L'Auteur

Né en 1993 à Rennes, Anthony est rapidement attiré par les livres et leurs pouvoirs mystiques. Puis c'est à l'adolescence qu'il développe le goût de l'écriture au sein d'un précieux cercle d'amis.

Diplômé d'une licence en droit des affaires, il préférera se concentrer sur les univers qui débordent dans sa tête.

D'abord auto-édité pour ses trois premiers romans, il entame en 2018 la saga Enchantements, publiée chez Inceptio, inspirée par les légendes Arthuriennes qui le passionnent depuis l'enfance. Aujourd'hui, Anthony vit dans les Côtes d'Armor avec ses deux enfants.

Anthony Blanchet

Enchantements

1 - L'Initié

INCEPTIO

Inceptio Éditions
Direction éditoriale : Guillaume Lemoust de Lafosse
Direction presse/médias : Ophélie Pourias
Couverture : Lysiah Maro
Diffusion : DOD&Cie

ISBN 978-2-38411-030-8

Inceptio
contact@inceptioeditions.fr
www.inceptioeditions.com

Pour Auguste et Louise,
mes deux merveilleux Initiés

Chapitre 1

Je ne suis plus immortel. C'est le terrible constat qui m'assaillit au moment où mon sang vint perler sur le bitume grisâtre de cette rue piétonne. Je regardai ces précieuses gouttes s'écraser à même le sol sous les yeux de la marchande de fruits qui grimaça. L'empathie, sans doute. Un concept qui m'était étranger depuis bien des années. Elle me proposa un bandage, un pansement, mais je refusai aimablement avant de payer pour les quelques grappes de raisins responsables de mon nouvel état. Sur la branche de vigne, j'aperçus une traînée rouge qui imprégnait le bois tendre et flexible. Mes sourcils se froncèrent et j'agitai mes doigts pour faire disparaître l'entaille. Une seconde plus tard, tandis que je remontai l'allée principale avec le poids du regard de la marchande sur mes épaules, je sentis la douleur s'apaiser. La coupure s'était volatilisée.

Hors de vue des passants et des clients de ce marché bondé, je me surpris à détailler ma main une nouvelle fois : à l'endroit où avait été visible une profonde entaille se trouvait maintenant une fine ligne blanche, droite et propre, symbole de ma première cicatrice en plus de deux cents ans d'existence. Il n'y avait pas de doute possible : j'avais saigné. J'ouvris le sachet en carton qui contenait les précieux fruits que je venais d'acheter et passai ma langue sur l'écorce de la branche. Ce goût m'était tout à fait inconnu. On aurait pu croire un savant mélange de rouille et de viande, un peu comme si j'avais léché une fourchette abîmée sur laquelle aurait traîné un morceau de bœuf trop cuit. J'avais déjà pris du plaisir à dévorer la chair de quelques animaux pour me nourrir, mais le sang humain était loin d'être aussi avenant que celui des gallinacés ou des bovins. Je crachai dans l'herbe pour me débarrasser du goût devenu infâme à l'arrière de ma gorge et continuai d'avancer en direction de la sortie du village. Il était temps de rentrer.

Pendant cette courte marche digestive, je pris la peine de réfléchir à ce que ce changement impliquait pour moi : si je pouvais perdre mon fluide vital, je pouvais donc être tué et mourir. C'était un aspect de ma vie que je n'avais pas prévu, mais qui ne me déplaisait guère. L'immortalité avait pour seul défaut d'être particulièrement longue. Ce revirement me donnait l'occasion de voir les jours à venir sous un autre angle. Peut-être serai-je mort au lever du jour ? Peut-être ne verrai-je jamais plus le soleil gravir les échelons du ciel ? Peut-être que mon temps sur cette Terre venait de reprendre sa course là où il s'était arrêté, décidant à ma place de l'avenir qu'il m'était donné de vivre jusqu'à présent ? Ces questionnements me firent sourire, conscient d'être à l'aube d'une nouvelle page que je pouvais écrire librement sans savoir où les mots s'arrêteraient.

Mes pas me guidèrent jusqu'à l'orée d'un bois reculé où peu de promeneurs s'aventuraient. Un ou deux s'y étaient déjà égarés, mais ils s'étaient enfuis très rapidement. On disait que cette forêt était hantée. Bien sûr qu'elle l'était : j'en étais le principal fantôme. J'avais décidé, quelques décennies plus tôt, de me poser dans un coin tranquille du pays qui m'avait vu naître pour y reprendre des forces et trouver le recul nécessaire afin de remplir la difficile mission qui m'avait été confiée. Toutefois, le temps était passé bien plus vite que je ne l'avais imaginé et, aujourd'hui, j'étais ramené à ma réalité de mortel. Si je devais faire le point sur ce que toutes ces années m'avaient permis d'accomplir, je devrais me fustiger et m'envoyer moi-même au pilori pour avoir été si négligent. Mais il n'était pas encore question de trouver un coupable à mon inaction. Pour l'instant, je devais reprendre mes recherches et arrêter de penser à ce qui venait de se produire au marché.

J'entrai sur un chemin protégé de la pluie grâce à l'épais feuillage d'une haie d'arbrisseaux à peine plus grands que moi. Leur cime formait une voûte protectrice au-dessus de ma tête qui empêchait les intempéries de m'atteindre. C'était plaisant pendant l'hiver, je n'avais jamais souffert du froid, mais l'été la vue du crépuscule me manquait, parfois, dans mes moments de nostalgie. Au bout de ce chemin perdu se trouvait le campement de fortune qui constituait ma demeure : un rondin de bois en guise de chaise, un cercle de pierres pour y faire flamber un feu douillet, une table en forme de rocher plat pour y poser mes grimoires et mes fioles, et enfin, une tente que j'avais achetée dans un magasin de sport quelques années plus tôt. C'était assez sommaire, mais suffisant pour ce que j'avais à faire ici.

Un écureuil se présenta sur la pierre et couina de toutes ses forces pour attirer mon attention. Je lui fis signe du doigt pour lui montrer que je l'avais entendu, mais je devais d'abord mettre mes provisions à l'abri pour éviter qu'un de mes compagnons forestiers ne vienne au beau milieu de la nuit me subtiliser mon maigre butin. Je caressai mon majeur droit avec son voisin, l'index, et le sachet cartonné fut entouré pendant une seconde d'un halo brillant avant de s'éteindre. Dorénavant, quiconque toucherait à ce paquet serait surpris !

Je me tournai vers l'animal qui continuait de gémir à mes pieds en requérant mon attention. Je baissai les yeux et fis voler ma barbe brune dans sa direction. Son langage était assez rudimentaire, mais suffisamment compréhensible pour une oreille avertie. La mienne, en l'occurrence, avait appris à déchiffrer beaucoup de codes invisibles pour les autres humains. L'écureuil me signalait la présence d'un odieux prédateur près de son nid et demandait mon assistance pour le chasser. Bien sûr, il s'agissait d'une traduction édulcorée de ses petits couinements, bien plus basiques si on les prenait dans leur sens littéral : danger – animal sauvage – aide requise.

Mon regard monta jusqu'au sommet du seul chêne présent à des kilomètres à la ronde et j'aperçus un majestueux faucon qui claquait déjà du bec à l'idée de son futur déjeuner. Je n'avais rien contre le volatile en question, mais je ne pouvais décemment pas le laisser décimer la petite famille de rongeurs qui me tenait habituellement compagnie. J'agitai bêtement les bras pour capter l'attention de l'oiseau qui ne daigna même pas me regarder. J'usai alors d'une seule sommation à son égard, mais cette menace ne le fit pas réagir. Il se rapprocha du nid de mes amis. Je serrai les poings, répugné à l'idée d'abattre un être vivant, mais la nécessité prit le dessus. Je tendis la main droite et sentis fourmiller dans mes doigts l'habituelle énergie qui vrillait mes sens en temps normal. Une seconde plus tard, je fis tourner mon poignet rapidement et libérai un éclair blanchâtre qui pulvérisa l'animal. Ce dernier tomba dans un bruit sourd sur le tapis feuillu de mon campement, immobile et transpercé de part en part. Je venais de trouver mon dîner.

L'écureuil ne demanda pas son reste et partit rejoindre sa famille terrorisée dans l'arbre. Pour ma part, je pris le temps d'ôter les plumes du faucon et de les mettre de côté pour m'en faire un oreiller. Avec celui-ci, j'avais de quoi m'en remplir un deuxième. Ces prédateurs étaient nombreux dans la région et venaient souvent me perturber. Ce n'était pas ma première victime.

L'animal ne pesait pas lourd, mais ferait un ou deux copieux repas, c'était une certitude. J'ouvris son corps tendre à l'aide d'un couteau en céramique et vis quelques gouttes de sang s'échapper de sa carcasse. Cela me rappela à ma nouvelle condition et, tandis que je vidai le chasseur de ses entrailles, j'essayai de me souvenir à quand remontait la dernière fois que j'avais fait face à la mort avec autant de certitude. Mon esprit abîmé ne s'en souvenait que trop bien et je fis abstraction des images qui s'imposaient sur mes rétines. Je n'aurais pas dû remuer le passé ! Je me concentrai sur la préparation de mon dîner et déposai le corps de l'oiseau sur une pierre de la taille d'une galette que j'installai sur les braises encore fumantes de mon dernier feu. Je joignis mes deux index et créai une friction mesurée qui raviva les flammes sous le rocher. Je pourrai bientôt manger.

L'atmosphère se faisait plus sombre et j'avais de plus en plus de mal à distinguer les contours de la canopée. Il ferait bientôt nuit et je ne voulais pas attirer d'autres bêtes sauvages qui risquaient de mourir inutilement. J'allais éteindre le feu lorsque la toile de la tente bougea fébrilement. Sans doute était-ce un souffle de vent qui avait fait remuer le tissu, mais je ne pus m'empêcher d'espérer et de scruter dans ces ténèbres grandissantes la silhouette que je tenais tant à voir. Toutefois, rien ne se produisit. Pas de miracle aujourd'hui. Au contraire, même !

Cette nouvelle mortalité me rappela l'une de mes obligations, plus pressante que jamais à présent : je déroulai une carte du monde connu que je gardai dans l'une des nombreuses poches de ma cape bleu nuit et l'étalai sur le rocher plat tout en la coinçant avec de plus petites pierres. La concentration était de mise et je devais faire en sorte qu'aucun son ne vienne me déranger. Mon être se replia dans les tréfonds de mon corps et y chercha l'étincelle nécessaire à cette pratique compliquée. Mes mains se joignirent, reflétant une lumière claire et apaisante, d'un bleu nuit aux reflets purs, sur le bout de chacune de mes phalanges. Je caressai le papier avec une certaine tendresse, faisant bien attention à n'oublier aucune zone de la carte. Cette dernière s'illumina quelques secondes et dégagea dans le ciel obscur une étrange clarté qui fit luire les feuilles ruisselantes des arbres trempés par la pluie de la veille. J'ouvris les yeux et retins mon souffle en voyant ce merveilleux spectacle. La lumière s'apaisa et laissa apparaître des points brillants à quelques endroits précis du globe. Sept en Amérique, six en Afrique, trois en Asie et deux en Europe.

Deux en Europe ?

La dernière fois que j'avais vérifié – le mois ou l'an dernier, je ne m'en souvenais pas – il n'y en avait qu'un ! Un autre enfant venait-il de naître ? Un nouvel espoir était-il possible ? Il faudrait que je me rende sur place dans les plus brefs délais. La nouvelle mortalité de mon corps me l'imposait.

Je dînai tranquillement, fixant le point lumineux avec force et inquiétude : qui donc se trouvait derrière cette nouveauté inattendue ? S'il s'agissait encore d'un bébé, je n'aurais pas la force de reprendre mes recherches encore une fois. Cependant, on avait rarement vu un adulte devenir réceptif à la magie en vieillissant, du moins, je ne l'avais lu qu'une poignée de fois et pourtant j'avais eu le temps de lire beaucoup d'ouvrages. Il ne pouvait s'agir que d'un bébé qui grandirait sans connaître sa véritable puissance, sa vraie nature. Qui verrait sa force s'éteindre lorsqu'il passerait l'adolescence comme on souffle sur une allumette déjà vacillante. J'irai le voir, j'irai à sa rencontre par acquit de conscience, afin qu'aucun Sage ne puisse me reprocher mon inaction, mais je n'entretenais guère d'illusions à ce sujet.

Une petite voix en moi me fit remarquer qu'il s'agissait du deuxième événement notable de la journée après quarante ans à attendre qu'il se passe quelque chose. Quarante années à imaginer ce qui arriverait le jour où il me faudrait reprendre mes combats pour qu'au final je sois paralysé par la peur du changement. Je savais que ce constat finirait par me rendre fou et c'est la raison pour laquelle je me promis de partir dès le lendemain matin. Une bonne nuit de sommeil suffirait sans doute à me remettre les idées en place. Je vérifiai tout de même que l'enchantement auquel j'avais soumis la carte n'était pas raté et réitérai l'expérience. Ce fut un nouveau succès et le point brilla plus fort encore qu'auparavant. Une personne était réceptive à la magie à cet endroit du monde.

Je bâillai tout en jetant les ossements du faucon dans les buissons, un peu plus loin. Ils seraient rongés cette nuit et auraient disparu demain matin, faisant certainement la joie d'un des charognards qui traînaient dans les environs. J'ouvris le sachet en carton et y prélevai une grappe de raisin que je gobai rapidement. Ce plaisir sucré me redonna un peu de courage alors que j'allais entrer dans la tente pour y passer la nuit. J'éteignis le feu avec le plat de ma chaussure et avalai le dernier grain avant de pousser le tissu. Une lampe à huile brûlait doucement dans la partie la plus reculée de l'habitacle tandis que deux lits occupaient la place principale. Le premier était vide et attendait que je vienne le rejoindre alors que le second était habité par un corps inerte et froid. Une jeune femme emprisonnée dans l'enveloppe de ses seize ans, habillée d'une robe rose aux bords dentelés. Elle était protégée par une épaisse couverture polaire parfaitement inutile, mais qui m'autorisait à croire que je jouais correctement mon rôle de père. Ma fille était mise à l'abri par de puissants sortilèges, incapable d'avoir froid, incapable d'avoir faim, incapable même de mourir. Cette couette n'était là que pour me permettre de visualiser une véritable barrière contre la fraîche température qui dominait la météo ces derniers temps.

Sous sa nuque battait faiblement un pouls que j'avais matérialisé par un simple rai de lumière blanc. Ainsi, je pouvais veiller sur elle sans la toucher, sans la déranger dans ce sommeil artificiel que j'avais créé pour elle.

Mon regard n'en supporta pas plus et je me glissai dans mon sac de couchage en lui tournant le dos. Je refermai le poing en direction de la lampe qui s'éteignit brutalement sans me laisser le temps de lui souhaiter une bonne nuit. À quoi bon ? Elle dormait déjà depuis si longtemps. Quarante ans…

Chapitre 2

J'ai dû prendre l'avion pour la première fois de ma vie. Auparavant, je n'avais jamais eu de mal à transporter mon corps, ce morceau de chair et d'os qui tenait debout par un habile mécanisme ligamentaire, à l'aide d'un sortilège de transfert. Cet enchantement, – coûteux en énergie, certes, mais particulièrement pratique en termes de gain de temps – m'avait été appris au tout début de ma carrière, alors que j'avais de nombreux idéaux et principes auxquels je m'accrochais. Par exemple, j'étais persuadé à l'époque que je ne prendrais jamais d'épouse et que je n'enfanterais jamais pour le bien de la race humaine. Quel type d'Enchanteur étais-je pour imposer ma condition d'immortel à une femme qui finirait par mourir ? Pire encore : à un bébé innocent qui aurait une chance sur deux d'être frappé par la même malédiction ? Évidemment, j'avais changé d'avis, une petite centaine d'années plus tard. Concernant mon mode de transport de prédilection, j'avais prévu de ne jamais utiliser le sortilège de transfert qui me mettait au tapis pendant quelques heures après chaque trajet. Petit à petit, j'avais fini par l'apprivoiser et me rendre compte que la distance importait réellement dans le calcul et qu'un léger déplacement ne pouvait pas me faire de mal. C'est pourquoi, jusqu'à la naissance de ma fille, j'avais pris l'habitude de ne voyager que par magie.

Mais en essayant de réaliser l'incantation, ce matin, je m'étais rendu compte que quelque chose n'allait pas. Au moment d'entrer dans les limbes de mon esprit pour y puiser l'étincelle nécessaire au sortilège, j'avais senti que ce transfert me tuerait. J'avais tenté de réessayer, mais l'identique s'était produit. J'étais coincé, à terre, dans ce corps incapable de supporter la décharge de magie qu'impliquait mon voyage. J'avais un peu pesté, profitant d'être seul dans mon trou perdu pour lancer quelques insanités. Devais-je mettre ce contretemps sur le dos de ma nouvelle condition de mortel ou bien s'agissait-il d'une fatigue passagère ? Je m'imaginai consulter un médecin généraliste, dans un cabinet de province, en lui exposant brièvement mon souci. L'idée, hilarante, me fit sourire. Toutefois, elle ne réglait pas mon problème. Que me restait-il comme solution de rechange pour voyager rapidement ? L'avion s'était imposé à moi. L'ennui était que j'avais plus confiance à dos de dragon qu'assis dans cet engin. Quel esprit malade et détraqué s'était dit que l'homme pourrait voler par ses propres moyens ? Le concept de planer dans une machine pesant plusieurs tonnes me paraissait complètement surréaliste et j'avais dû me concentrer pour ne pas faire une attaque de panique sur mon siège usé. Le voyageur à côté de moi avait les yeux rivés sur l'écran de sa tablette numérique et la femme dans la rangée de droite lisait un article sur son téléphone portable. Les passagers attendaient patiemment, sereinement, de prendre le chemin des airs sans avoir la moindre appréhension. Pour ma part, j'étais tétanisé, et le fait que je sois devenu mortel la veille n'arrangeait rien à mes réflexions. Étais-je destiné à m'éteindre dans un avion ?

Par bonheur, le vol dura un peu moins de quatre heures et nous atterrîmes sans soucis à l'aéroport, sur une piste trempée. Il pleuvait des cordes dans ce coin du monde et le ciel chargé promettait de laisser grêler sa colère pendant de nombreuses heures encore. Mon voisin dut ranger sa tablette, qu'il n'avait pas quittée du regard durant le trajet. Le retour à la réalité parut compliqué, sans doute la différence de résolution entre un écran et la vraie vie. Il plissa les yeux, cherchant l'entrée du tunnel qui devait nous mener jusqu'au terminal où nous pouvions récupérer nos bagages. Je n'avais aucun bagage hormis une large sacoche en cuir qui ne m'avait pas quitté, mais je suivis le flot de passagers vers l'extérieur en marchant à un rythme qui agaça quelques pressés. Cette ville m'était déjà désagréable.

En sortant de l'aéroport, je laissai mes yeux vagabonder sur les courbes du paysage urbain qui se dessinait devant moi : mon carré de forêt me manquait. J'espérai que ma fille était bien à l'abri derrière mon enchantement d'invisibilité et qu'elle ne souffrirait pas trop de mon absence, tout en sachant pertinemment qu'elle ne remarquerait pas la différence.

Si la carte que j'avais ensorcelée un peu plus tôt dans la matinée était censée me conduire jusqu'à l'humain responsable de son scintillement, elle restait tout de même très vague quant à son emplacement exact. En effet, j'avais une idée précise de la ville et du quartier dans lequel cette personne résidait, mais j'étais incapable de trouver la rue ou l'appartement qui la cachait à ma vue. Ce contretemps était provoqué par les nombreuses interférences que produisaient les êtres humains ordinaires avec leurs appareils électroniques. Ils perturbaient l'efficacité de mes sorts et je dus m'empêcher de pester plus d'une fois contre ces adolescents attardés scotchés à leurs écrans. Heureusement, j'eus tout le loisir de me calmer lorsque j'arrivai à l'entrée d'un parc aux contours boisés. Deux vieilles femmes promenaient leurs chiens et discutaient gaiement de banalités tandis qu'un garçon d'une dizaine d'années s'entraînait sur son skateboard à faire des figures acrobatiques. Je caressai l'air qui vibrait autour de moi, fixant mon regard sur ce petit bonhomme, mais il ne se passa rien. Ce n'était pas mon sujet d'observation.

Je fis le tour de ce rectangle de verdure sans y croiser d'autres âmes et m'attardai un peu sur un banc désert. Je dépliai la carte sur mes genoux et scrutai le terrain d'un œil attentif : ce nouveau Magicien était dans le coin. J'en étais persuadé, son point brillant luisait de mille feux, mais cet éclat se diffusait sur trois larges rues autour de moi. Je soupirai et rangeai le morceau de papier dans ma besace. L'une des promeneuses s'arrêta à ma hauteur et me lança un sourire appuyé. J'y répondis maladroitement, gêné, avant qu'elle ne s'éloigne. Avais-je pris quelques années pour intéresser une femme âgée ou bien était-ce une coutume particulière de ce pays ? J'eus le loisir de scruter mon reflet dans l'eau d'une fontaine toute proche, mais il me renvoya une image classique de mon physique : longue barbe noire, cheveux dépeignés et regard vif, mais fatigué. Rien n'avait changé, voilà qui était rassurant !

Je repris mon chemin sans savoir où aller tandis que les trottoirs commençaient à accueillir toute une population de travailleurs en quête d'un endroit où manger. Ce soudain regain de vitalité dans ce quartier grabataire me donna un nouvel espoir. Je devais me concentrer ! La personne que je cherchais devait être relativement jeune – la trentaine, maximum – et devait posséder des qualités rares pour que l'essence de la magie se soit fixée à son être après sa puberté. Elle était toute proche, je pouvais sentir l'odeur des enchantements dans cette rue, le sel piquant des sortilèges mal exécutés collait à ma peau. Elle s'était servie de ses nouveaux pouvoirs de façon grotesque, voire accidentelle. Je devais la retrouver avant qu'elle ne commette le moindre dégât qu'une population effrayée pourrait lui reprocher.

Mes sens éveillés me guidèrent jusqu'à l'ébauche d'un marché à ciel ouvert dont les quatre stands faisaient peine à voir. Les gens passaient sans s'arrêter malgré les grands gestes des quelques vendeurs désabusés. Je vis un homme immobile devant un étal de fromages, mais il secoua la tête, une adolescente bouscula un vieux monsieur pour lui voler son portefeuille et une jeune maman fondit en larmes lorsque son bébé se mit à hurler. Par mesure de précaution, je fis glisser ma main en direction de ces gens, surtout pour vérifier que le nouveau Magicien n'était pas ce bébé brailleur, mais il ne se passa toujours rien. J'allais faire demi-tour quand, du coin de l'œil, j'aperçus un homme s'arrêter au niveau du bambin et poser une main bienveillante sur sa joue. Presque instantanément, l'enfant se tut et colla sa tête au fond de sa poussette pour y retrouver le confort de son sommeil. Sa mère remercia de tout cœur l'inconnu et lui demanda comment il avait fait pour le calmer afin qu'elle puisse réitérer cet exploit à l'avenir. Il lui répondit qu'il avait un don avec les enfants et qu'il s'était senti obligé de voler au secours de cette femme épuisée. Je levai un sourcil devant cette explication tordue et caressai l'air une troisième fois vers ce m'as-tu-vu, bellâtre à trois sous. Sa silhouette scintilla sous mon regard pendant un instant et s'éteignit lorsque je perdis mes derniers restes de concentration.

Un Magicien, lui ? Je n'osai trop y croire. La science magique requérait un dévouement sans faille à la matière, une abnégation sincère et nécessitait une constante remise en question de soi. Cet homme se servait consciemment de ses dons pour parvenir à des fins matérielles que je qualifiai de médiocres. Il avait usé d'un enchantement de sommeil sur un bébé, sans même savoir quelle dose il devait lui appliquer pour qu'il n'y ait aucun risque pour sa santé, afin de séduire sa mère. Ils venaient de s'échanger leurs numéros de téléphone sous mes yeux et de convenir d'un rendez-vous pour le lendemain soir. Je restai bouche bée, incapable de raisonner correctement : pourquoi l'avoir choisi ? Pourquoi lui avoir fait cadeau de magie alors qu'il n'en était clairement pas digne ?

Cette personne était, pour l'instant, la seule pouvant recevoir mon enseignement et je savais mes jours comptés. Toutefois, imaginer que je devrais transmettre les plus puissants secrets magiques à cet individu me fendait le cœur. J'en étais pétrifié d'angoisse ! Alors quoi ? Laisser la magie s'éteindre ? C'était également hors de question ! Je n'avais plus qu'une seule solution : me rendre au nord pour y consulter le Recueil et déterminer combien de temps il me restait à vivre sur cette Terre. C'était un sortilège compliqué que je n'avais jamais maîtrisé, persuadé de ne jamais en avoir besoin. De plus, ses conséquences funestes en avaient poussé plus d'un à essayer de lui donner tort. Certains en étaient même devenus fous ! En ce qui me concernait, cela me permettrait de mettre au point une stratégie de transmission correcte. S'il me restait un an à vivre ou cinquante, mes options seraient différentes.

Je fis le trajet inverse vers l'aéroport, m'asseyant dans un train de métal bondé, un peu après le déjeuner. Les émanations de sueur et de parfums me firent mal à la tête et je dus me concentrer pour éviter de tourner de l'œil.

J'arrivai devant le panneau des départs, ma sacoche sous le bras, cherchant rapidement ma destination. Je sentis une goutte de transpiration couler le long de mon dos. Cette cape me donnait chaud. Je vis le numéro de l'avion qui me convenait le mieux s'afficher sous mes yeux et me dirigeai vers le comptoir d'une belle demoiselle au sourire étincelant. Deux personnes se tenaient devant moi au guichet et je patientai tranquillement, prenant le temps d'observer les environs avec quiétude. Le soudain accès de brutalité avec lequel les deux policiers me saisirent par les épaules me ramena brusquement à la réalité. Ces mastodontes m'obligeaient à aller dans une direction tout en me demandant de rester calme et de ne pas résister – alors que c'était eux qui paraissaient particulièrement sur les nerfs. Je voulus connaître la raison de cette arrestation arbitraire, mais on me fit comprendre qu'il était dans mon intérêt de garder mes questions pour plus tard en me montrant une matraque électrifiée à la ceinture de l'un de mes ravisseurs.

Ils m'emmenèrent dans un bureau carré où une large table occupait la majeure partie de l'espace. Un employé en costume était installé sur un fauteuil à roulettes et attendait que je sois menotté devant lui pour prendre la parole. Il se présenta, mais j'oubliai aussitôt son nom, sa profession et sa fonction dans cet aéroport. Ses questions m'échauffèrent rapidement l'esprit déjà à vif à l'idée de m'envoler à nouveau : pourquoi n'avais-je pas de bagage hormis ma besace ? Qu'y avait-il dans cette sacoche ? Pourquoi une cape ? Pourquoi une barbe ? Pourquoi un avion et pourquoi un autre le même jour, quatre heures plus tard ? Trop de pourquoi se bousculaient à mes oreilles et les réponses ne s'acheminèrent pas dans le bon ordre. Je m'embrouillai, je m'en voulais et je ne parvenais qu'à rendre mon interlocuteur encore plus suspicieux qu'auparavant.

L'un des agents de police derrière moi attrapa mon sac et le retourna au-dessus de la moquette épaisse qui tapissait le sol de ce local poussiéreux. La charnière résista une seconde, juste ce qu'il fallait pour que mon cerveau se mette en marche : dans un instant allait tomber par terre une fiole remplie de bile de renard, un sachet contenant de la poudre de queue de scorpion vert, une malle cubique de dix centimètres renfermant des herbes, de la sève de figuier, du thym et des graines de houx, et une gourde d'eau. Je n'aurai d'explication plausible que pour la gourde…

Je fermai les yeux, frottai mes deux paumes l'une contre l'autre dans un geste discret que je voulais anodin et attendis en croisant les doigts. La charnière se détacha et déversa son contenu par terre. Les officiers entendirent le choc des objets contre le sol, mais ne virent rien tomber. Ils cherchèrent des yeux ce qui avait bien pu faire ce bruit, mais durent se rendre à l'évidence : la sacoche était vide. Je bredouillai une remarque à peine audible concernant cette absence de bagage et acceptai leurs excuses avec un dédain mesuré. Une heure s'était presque écoulée entre le début de l'interrogatoire et le moment où j'avais fini par être relâché. Mon avion était probablement parti sans moi et, selon mes souvenirs, je savais qu'il n'y avait pas d'autre vol avant le lendemain matin. J'allais devoir passer la nuit dans cette ville sinistre où les grésillements des téléphones perturbaient mes pouvoirs magiques.

Sur le chemin qui me ramenait au centre-ville, je me surpris à penser à cet agent des forces de l'ordre qui m'avait arrêté, débordé par son instinct de conservation et persuadé que j'étais un terroriste en puissance. Ce monde allait-il si mal pour que l'on accuse de tout et n'importe quoi le premier homme avec une barbe et un accoutrement un peu excentrique ? Après tout, je n'étais pas le seul individu à me balader avec des habits étranges ! Cette fille avait un trou si grand dans l'oreille que je pouvais y glisser deux doigts sans en toucher le bord ; ce garçon avait des fentes si larges dans son pantalon qu'il aurait pu tout aussi bien se promener nu que cela n'aurait rien changé. Je croisai même un mendiant portant une jupe et une barbe dont les couleurs se mélangeaient ! Je n'étais pas la personne la plus bizarre de ce pays, ça non ! Pourtant, les préjugés m'avaient fait rater mon départ et je devais rester concentré sur ma demande auprès du conseil des Sages pour consulter le Recueil. Eux seuls pouvaient me donner un tel privilège et il y avait bien longtemps qu'ils avaient cessé de m'accorder leur confiance…

J'arrivai devant la porte d'un hôtel miteux dont la vitre n'avait pas été lavée depuis des lustres. Sur le bois était collé un prospectus indiquant que l'établissement était relayé dans un guide touristique dont l'année s'effaçait. Je déchiffrai qu'il y avait au moins une quinzaine de printemps que ces chambres n'avaient pas été visitées par un expert, mais poussai quand même la porte, résigné. Il n'était pas question que je me procure de l'argent que je ne possédais pas par un biais magique et encore moins que j'use de mes pouvoirs pour fausser le jugement d'un pauvre réceptionniste qui pourrait être accusé d'une faute que j'aurais provoquée ! Je devais me contenter de mes ressources réelles qui étaient relativement maigres. Cet hôtel était le seul dans mes moyens. J'entrai dans le hall, devant le comptoir de la réception et demandai une chambre à un employé au regard déprimé. Il monta mes bagages dans la pièce portant le chiffre 3, écrit en lettres de bronze à moitié rongées par l'humidité, et s'en alla sans un mot.

Je dînai non loin du parc où j'avais découvert l'homme réceptif à la magie ce midi. Mes pas m'avaient mené jusqu'ici sans doute à cause du désir inconscient que je nourrissais de comprendre pourquoi l'étincelle magique s'était liée à lui et non pas à quelqu'un de plus digne. Cette question ne devrait sûrement jamais trouver de réponse puisque j'avais décidé de ne pas lui adresser la parole. Pourtant, je ne pouvais m'empêcher d'y songer. Il devait avoir vécu quelque chose de grave, de traumatisant, mais avoir gardé au fond de lui une part de bonté, un sursaut de générosité que les forces mystiques avaient jugé suffisant. Une voix mesquine me répliqua que ces forces étaient peut-être contraintes à faire avec ce qu'elles avaient sous la main et cet homme était sans doute le meilleur – et unique – candidat.

J'étais en train de terminer une pêche bien mûre quand la personne qui mangeait à la table derrière moi me bouscula par inadvertance. Je me mordis la lèvre et sentis le goût du sang se répandre dans ma bouche. Deux fois en deux jours, c'était un peu trop pour moi ! Je crachai un peu de salive rougeâtre et me retournai pour voir le visage contrit de celui qui m'avait poussé.

— Pardonnez-moi, je suis confus ! Je voulais déboucher cette bouteille, mais je crois que mes doigts ont glissé.

Je restai sans voix, incapable de parler après avoir croisé le regard vert de cet homme que j'avais aperçu un peu plus tôt dans la journée. Il était là, devant moi, en train de baisser le menton, navré de son impertinence et de sa maladresse. Ses yeux exprimaient un réel regret et je voyais à son attitude qu'il cherchait mon pardon, surtout après avoir remarqué que je saignais de la lèvre. Je hochai la tête pour lui signifier que ce n'était pas grave. Pourtant, quelque chose d'autre me retint de parler. J'avais l'impression d'avoir déjà vu cet homme quelque part. Ailleurs que cet après-midi en tout cas ! De nombreux sentiments très contradictoires se bousculaient dans ma tête à son sujet et j'aurais donné cher pour en comprendre la raison.

— Puis-je vous offrir quelque chose pour me faire pardonner ?

Que faire ? Accepter m'obligerait à faire plus ample connaissance avec cet être aux pratiques perfides. Mais refuser reviendrait à ne jamais trouver de réponse à mes questions existentielles. La curiosité se fit plus forte que ma réserve. Je choisis d'accorder le bénéfice du doute à cet homme que je ne connaissais pas assez pour me faire un avis précis.

Je pris ma chaise et m'installai à sa table, en face de lui. Il mangeait seul, habillé d'un costume sombre à rayures blanches. Le nœud de sa cravate était légèrement desserré et tombait sur son torse carré. Cela lui donnait un côté nonchalant assez séduisant qui devait plaire aux femmes. Il devait avoir à peine trente ans, mais l'assurance qu'il avait dégagée ce midi avec cette mère désespérée m'avait fait croire qu'il était plus vieux. Ses cheveux blonds étaient coiffés en arrière, plaqués sur son crâne avec autant de netteté et de précision que s'il venait de sortir de chez le coiffeur. Enfin, ses yeux verts, qui dardaient sur moi leur regard désolé, semblèrent me rappeler un souvenir lointain, enfoui quelque part dans mon inconscient.

— Je suis vraiment très maladroit ! L'autre jour encore, j'ai cassé un verre en le sortant du lave-vaisselle ! Ma mère jurait que je serais responsable de nombreux accidents. Vous venez de lui donner raison.

Il essayait de faire de l'humour, de me dérider. Je ne pus m'empêcher de faire une moue approbatrice sans dire le moindre mot. Avais-je perdu toute répartie ? Je n'étais pas certain du comportement que je devais adopter face à cet homme dont le secret m'était connu. Être franc avec lui ou bien voir jusqu'où il serait prêt à aller pour me cacher la vérité ? Ces questions devaient se bousculer au fond de mes yeux, perdus dans un lointain inaccessible à ce garçon qui voulait faire amende honorable et qui cherchait un moyen de me faire ouvrir la bouche pour le déculpabiliser.

— Il n'y a pas mort d'homme.

— Non, mais je vois que vous saignez. Je déteste être la cause de désagréments. Pardonnez-moi, encore une fois ! Je peux vous offrir un verre ?

— Un jus de raisin ne serait pas de refus.

Il commanda et reporta son attention sur moi. Il avait demandé à la serveuse la boisson que je lui avais indiquée et un peu de vin pour lui. Cette dernière, plutôt jolie dans son tailleur noir et blanc, n'avait même pas éveillé la moindre attention de désir chez lui. Je notai ce détail dans un coin de ma tête pendant que la demoiselle apportait nos commandes. Elle s'en alla tandis que le soleil dardait son dernier rayon sur nos peaux blafardes.

— Au fait, je m'appelle Arthur. Et vous ?

— Vous plaisantez ?

— Rarement avec mon prénom, pourquoi ?

— Disons que le mien s'y accorde particulièrement bien.

Je m'autorisai un sourire énigmatique qu'il ne chercha pas à élucider. Il but une gorgée de son verre qu'il dégusta avec un réel plaisir. Pour ma part, j'avalai une grande partie du jus tout en me demandant ce qu'aurait fait ma fille à ma place. Elle aurait sans doute essayé d'en savoir plus sur ce jeune homme, son comportement, son tempérament. Mais je n'avais ni sa patience ni sa capacité à tirer des informations de la part de personnes non coopérantes.

— Je vous ai vu ce midi. Avec cette mère de famille en larmes. Vous êtes venu à son secours alors que son bébé pleurait. Comment avez-vous fait ?

— Vous me suivez ?

Je sentis une légère pointe d'inquiétude dans sa voix, mais ne répondis pas à sa question. Je n'avais pas pour habitude qu'on élude mes interrogations.

— J'ai… un don. Les gamins ressentent les bienfaits de mes caresses et s'apaisent. Rien de très spectaculaire.

— Cet enfant faisait une crise, caprice ou réel besoin d'attention, je l'ignore, mais il était vraiment dans un état catastrophé. Votre don semble être très puissant pour calmer ce genre de comportement. N'y a-t-il rien de plus ?

— Non ! Je l'ai juste apaisé ! Qu'est-ce que vous croyez que je lui ai fait ? Que je l'ai drogué ? Vous aussi je pourrais vous endormir si je le voulais. Ça marche sur tout le monde ! C'est un don, c'est tout !

Voilà qui était intéressant : il avait testé cette capacité sur plusieurs personnes et savait déjà comment la faire fonctionner, mais il ne semblait pas avoir mesuré l'ampleur de son pouvoir. Son premier sortilège était donc un accident et la dépense d'énergie pour un enchantement de sommeil était particulièrement négligeable, ce qui expliquait qu'il n'ait rien remarqué quant à sa nouvelle condition de Magicien. Une idée me vint soudain pour le prendre à son propre jeu.

— Je serais curieux de voir cela.

— Pardon ?

— Endormez-moi !

— Quoi ? Là, ici ?

— Oui. Allez-y !

— Vous êtes sûr ?

— Vous avez mon autorisation.

Je lus l'hésitation dans son regard, essayant de masquer une certaine pointe de fierté. Il voulait me prouver son talent. Il approcha sa main de ma joue et la posa avec un tremblement discret. Je sentis le contact de sa paume glacée sur ma peau, malgré la température douce de la soirée, et attendis de m'imprégner de l'onde magique qui réchaufferait nos tissus. Celle-ci se dissipa dans ma mâchoire et, très vite, circula dans mon corps. Néanmoins, je restai parfaitement éveillé et alerte. Il recula de quelques centimètres et observa sa main sans comprendre.

— Vous saviez que je n'y arriverais pas sur vous, n'est-ce pas ?

— En effet.

— Alors, pourquoi m'avoir demandé de le faire ?

— Pour vous faire oublier l'idée que vous êtes tout-puissant et que vous pouvez manipuler les femmes.

— Je ne la manipulais pas !

— Je vous ai vu ! Vous vouliez son numéro de téléphone ! C'est l'unique raison qui vous a poussé à venir à son secours.

— Je ne voulais rien de sa part, je vous le promets ! Je ne suis pas un manipulateur. C'est elle qui me l'a proposé ! Je ne comptais même pas la rappeler…

— Tant mieux, car je n'aimerais pas m'entretenir avec une telle personne.

Il jaugea ma cape d'un œil attentif et scruta ma besace accrochée au cadre de ma chaise. Ses iris fixèrent mes deux bagues ornées de runes et il sembla me détailler avec plus de précision qu'il ne l'avait fait auparavant.

— Qui êtes-vous ?

— Je m'appelle Merlin et je pense qu'il est temps que nous ayons une petite conversation.

Chapitre 3

Sous l'éclairage tamisé de ma chambre d'hôtel, je me surpris à ressasser la conversation que j'avais eu avec Arthur à la fin du dîner. Si l'écho de mon prénom avait accroché un sourire narquois sur les lèvres de ce jeune homme, la suite de notre entrevue lui avait laissé un goût bien plus amer dans la bouche. Il avait payé son repas, moi le mien, et nous nous étions éloignés sur les quais d'un fleuve qui serpentait autour de nous. Quelques promeneurs s'étaient distingués à la lumière des réverbères qui jouaient avec leurs ombres pendant que j'avais cherché mes mots pour aborder un sujet aussi compliqué que celui de la magie. Mon interlocuteur n'avait pas parlé, respectant mon silence tout en m'interrogeant régulièrement du regard. Finalement, lorsque sa patience avait atteint un point de non-retour, j'avais bêtement lâché :

— Vous êtes un Magicien.

— Je vous demande pardon ?

— Ce que vous faites, avec vos mains, ce que vous avez fait avec ce bébé et, à en croire vos dires, avec d'autres cobayes, il s'agit de magie.

— La magie n'existe pas.

Aussitôt, l'ampoule d'un lampadaire avait explosé non loin de nous, au-dessus de nos têtes. Quelques débris de verre s'étaient écrasés et j'avais pris soin de me protéger le crâne pour éviter une blessure inutile.

— Vous devriez être un peu plus respectueux des forces dont vous parlez, jeune homme. La magie aime qu'on la comprenne, mais, surtout, qu'on la voie là où elle est.

— Vous voulez me faire croire que des personnes aux dons surnaturels existent pour de vrai ? Je ne suis plus un gamin. J'ai cessé d'attendre le père Noël.

— Saviez-vous qu'il existe un homme, un Français il me semble, qui est descendu à cent-quarante mètres de profondeur en apnée ? Et saviez-vous qu'un de ses congénères a tenu plus de onze minutes sous l'eau sans respirer ?

— Je ne vois pas le rapport avec la magie…

— Avec la magie ? Aucun. En revanche, vous parliez de personnes aux dons surnaturels. Je viens de vous en fournir deux exemples et aucun d'entre eux n'est un Magicien. Ces talents exigent du travail, de l'entraînement, mais aussi un certain don inné. Un don surnaturel. En ce qui concerne la magie, certains scientifiques admettent volontiers son existence en une simple phrase : la magie, c'est de la science inexpliquée. Je ne suis pas d'accord avec eux, mais cela permet de voir les choses d'une façon plus relative.

— Est-ce que vous pourriez être un peu plus clair ?

J'avais senti son désir de comprendre mes explications, mais je m'étais aussi rendu compte qu'en plus de deux cents ans d'existence, j'avais fini par me perdre moi-même dans mes réflexions. Le commun des mortels ne pourrait sans doute pas suivre le fil de mes pensées si je ne les exprimais pas, et il m'avait fallu être plus direct avec lui.

— Croyez-vous que je sois capable de sauter sur le toit de cet immeuble ?

Je lui avais montré un building de cinq étages aux proportions admirables, datant du début du siècle dernier. Le bâtiment devait mesurer près de dix-sept mètres de haut.

— Bien sûr que non !

— Moi je vous affirme le contraire ! Voulez-vous bien vous tenir à mon bras, je vous prie ?

Il y avait eu une lueur de panique dans ses yeux, un instinct de survie qui avait cherché à se manifester pendant une seconde avant de lâcher prise et accepter de saisir le bras que je lui avais tendu. Sa poigne était ferme et nerveuse. Peut-être n'aurais-je pas dû commencer avec un exemple aussi spectaculaire, mais le souvenir de son comportement au déjeuner avait fini par ressurgir dans ma mémoire. J'avais voulu lui donner une leçon.

J'avais tapé deux fois du pied sur le sol tout en concentrant mes forces dans mes jambes. L'énergie avait parcouru mes membres, décuplant ma puissance pendant un court instant, me permettant de décoller et d'atterrir sur le toit goudronné de l'édifice en face de nous. Un son étonné et effrayé avait jailli de la gorge du jeune homme qui avait senti ses cheveux se plaquer contre son crâne. Sa coupe parfaite était désormais fichue, mais ce qui m'avait le plus amusé était son regard interloqué qui n'avait cessé de chercher une réponse logique à ce soudain envol et à notre arrivée contrôlée au sommet d'un immeuble. Ses propres jambes avaient cédé sous son poids et il avait failli vomir son récent repas. Je m'étais enquis de son état avant d'aller plus loin dans mes explications. Il avait exigé de redescendre immédiatement, mais par l'ascenseur cette fois. Il lui avait fallu cinq bonnes minutes pour qu'il accepte à nouveau de m'écouter.

— Comme je vous l'affirmais, la magie existe et il ne s'agit pas de science. Ou, du moins, pas complètement. Vous savez sans doute qu'il existe quatre forces qui régissent notre univers : la force gravitationnelle, la force électromagnétique, la force nucléaire forte et la nucléaire faible. Figurez-vous qu'il en existe une cinquième que peu de gens perçoivent et sont capables d'étudier et de maîtriser : la force élémentaire.

Il s'agit d'un courant énergétique qui traverse tous les individus et qui relie les éléments matériels entre eux. Vous voyez cet arbre ? Vous voyez cet oiseau ? Les deux sont traversés par un flux d'énergie dont ils n'ont pas conscience, mais qui existe bel et bien. Nous sommes tous reliés les uns aux autres.

— J'ai l'impression d'entendre un hippie des années 70…

— Leur discours était bien plus pacifique que le mien, mais ils n'avaient pas tort sur le fond. Ce qui affecte un être vivant affecte tous les autres de façon plus ou moins directe. Si cet arbre meurt, vous ne recevrez plus ses bienfaits en oxygène et cet oiseau ne pourra plus s'y nicher pour se protéger des prédateurs terrestres.

— C'est un lien de cause à effet, si je puis me permettre. Mais cela ne relie pas les êtres entre eux.

— C'est un lien que vous pouvez observer à l'œil nu que j'ai choisi d'énoncer. Pour un Magicien, c'est différent. La force élémentaire qui unit ces deux entités, l'arbre et l'oiseau, est un lien étroit qui, s'il venait à mourir, l'empêcherait de s'imprégner et d'utiliser leur essence. La magie, c'est la faculté de se servir de cette énergie qui accorde tous les êtres entre eux.

— Alors vous êtes un Magicien, vous aussi ?

— Non, je suis un Enchanteur.

— Quelle est la différence ?

Nous avions marché et atteint une berge où un canot appartenant à la police fluviale attendait qu'on le mette à l'eau. J'avais eu envie de m'asseoir au bord du quai afin de regarder les étoiles et apprécier cet instant dont j'avais rêvé depuis si longtemps. Un moment qui me replongeait dans tant de souvenirs. La dernière fois que j'avais eu cette conversation avec quelqu'un, c'était avec ma fille, sur les rives d'un lac gelé en Écosse. J'avais pensé ne plus jamais avoir l'occasion de reparler des fondements de la magie et de notre univers. Ce midi encore, après avoir vu cet homme user impunément de ses pouvoirs, j'avais fait une nouvelle croix sur cette possibilité. Et pourtant, je m'étais surpris à apprécier la conversation et à m'extasier de sentir chez mon interlocuteur une étincelle de curiosité, même si le souvenir des traits de son visage m'intriguait de plus en plus.

Finalement, j'avais renoncé à m'asseoir sur les pavés frais du quai pour continuer à marcher en voyant arriver non loin de nous une bande d'individus passablement énervés, tenant des bouteilles d'alcool à la main et des chiens en laisse. Mon expérience m'avait appris qu'en pareilles circonstances, il convenait de ne pas se mettre dans une situation périlleuse. Deux hommes seuls, perdus dans le noir au beau milieu d'un quartier inconnu, face à une troupe de huit ou neuf personnes échevelées était une situation périlleuse.

— « Enchanteur » est la distinction ultime pour un Magicien. Lorsque l'on découvre ses pouvoirs et qu'on devient l'élève d'un Maître, on appelle cette personne un « Initié ». Puis, quand le Maitre en question estime que la formation de son pupille arrive à son terme, il l'honore au cours d'une cérémonie et le nomme officiellement « Magicien ». Par la suite, il peut prétendre au titre de « Mage » en étudiant de façon plus approfondie un domaine spécifique de la magie. Enfin, il arrive un jour où le Magicien se distingue en accomplissant une quête dangereuse ou en rendant un service à la communauté des Mages et des Magiciens et reçoit le titre honorifique « d'Enchanteur ».

— Et vous avez passé tous ces stades ? avait-il dit avec une pointe d'étonnement dans la voix. Vous êtes à peine plus vieux que moi !

— Détrompez-vous… Je suis bien plus âgé que j'en ai l'air. Mais oui, en effet, j'ai franchi tous ces obstacles et cela n'a guère été de tout repos.

— Qu'avez-vous accompli comme quête ?

— C'est une longue histoire et je pense qu'il y a des questions plus urgentes auxquelles je dois apporter des réponses.

Mon ton ferme avait suffi à le réduire au silence, essayant de lui faire comprendre qu'il n'était pas de bon ton de m'entraîner sur ce terrain-là. Derrière nous, j'entendais encore les rires gras des hommes alcoolisés qui s'étaient un peu rapprochés. Nous avions dû forcer l'allure. Nous aurions pu simplement remonter sur les trottoirs éclairés de la ville, mais mon acolyte semblait n'avoir rien remarqué du danger qui nous précédait et je ne souhaitais pas l'alarmer.

— Donc vous n'êtes pas en train de me faire une blague ? Vous pensez réellement que je suis un Magicien ?

— Je ne le pense pas, j'en suis persuadé !

— Comment pouvez-vous en être si sûr ?

— Cela fait quasiment quarante ans que je cherche un individu réceptif à la magie et vous êtes le seul qui soit apparu sur mes cartes.

Il s'était arrêté net et m'avait regardé avec des yeux ronds. Pendant une fraction de seconde, j'avais pensé qu'il m'aurait dit ne pas croire en sa chance ou bien qu'il était heureux d'être l'élu sur lequel je m'étais penché. Mais, au contraire, il fut secoué d'un rire silencieux et me pointa du doigt avec amusement.

— J'ai failli tout gober, hein ! Vous êtes vraiment doué ! Le coup du saut sur le toit de l'immeuble était très impressionnant et je n'ai toujours pas compris comment vous avez fait, mais c'est bon, j'ai saisi : vous vous fichez de moi.

— Pourquoi ce soudain revirement de pensée ?

— J'estime que si une chose aussi improbable que la magie devait exister, elle ne toucherait pas que moi. Vous vous rendez compte de ce que vous racontez ? Une force vieille comme le monde qui n'existerait que pour un petit nombre de chanceux et je serais le seul et l'unique être humain à en profiter.

— Voilà un raisonnement qui vous donne un peu trop d'importance. À quel moment ai-je dit que vous étiez le seul être réceptif à la magie ? J'ai dit que cela faisait quarante ans que j'en cherchais un, pas que vous étiez le premier !

J'avais tué dans l'œuf la suite de ses réflexions. Il avait semblé vouloir ajouter quelque chose, cherchant de nouveaux arguments pour contrer mes théories, mais nous avions été interrompus par le groupe qui nous suivait depuis plusieurs minutes. J'aurais tant aimé me tromper à leur sujet…

Mon compagnon finit par remarquer leur présence, trop proche de nous pour être naturelle. Ils avaient une démarche aussi ridicule que reconnaissable : c'était celle de personnes ayant un peu trop fait la fête. Je n'avais pas encore eu l'occasion de voir l'éclat de leurs yeux qui m'aurait renseigné assez facilement sur les intentions de ces gens. La nuit était sombre et le coin dans lequel nous avions atterri plus particulièrement. Ils s'étaient de nouveau avancés et nous avaient rapidement encerclés, de façon à ce que nous ne puissions pas nous enfuir. Le jeune homme m'avait jeté un regard de détresse tandis que j'avais tendu les mains devant moi en signe de paix. Le plus hideux de la bande s'était approché de moi, tenant à bout de bras un énorme chien dont la race m'était inconnue. Sans doute un croisement entre un rottweiller et un pitbull, le genre d'animal utilisé pour les combats clandestins. Ce dernier bavait abondamment et grognait dans ma direction. J'avais dû leur reconnaître une chose : leur technique d'intimidation était bien rodée.

L'homme qui le tenait en laisse m'avait souri d'un horrible rictus édenté par endroits, et nous avait fait signe de nous avancer. Il avait ensuite lancé un commentaire graveleux sur le fait qu'il ignorait qu'aujourd'hui était un jour de carnaval.

Sa bande s'était esclaffée d'un rire sonore tout en jetant des regards à ma tenue peu conventionnelle. C'était la cape qui faisait cet effet, avais-je pensé. Les êtres humains normaux n'avaient pas l'habitude de voir des gens se promener avec une cape de velours, surtout après la journée assez chaude qui venait de s'écouler. Pourtant, c'était une tenue très pratique qui m'avait sauvé de bien des situations périlleuses : le velours du tissu absorbait très bien la magie et je ne pouvais plus envisager de m'en séparer. Les autres éléments de ma tenue étaient plutôt simples : un pantalon sombre qui collait légèrement à la peau de mes jambes et une chemise blanche en lin, assez fine. Rien de très excitant.

Souhaitant désamorcer un conflit naissant, je leur avais fait remarquer qu'il n'était nullement nécessaire de devenir violent et d'user de la force avec nous. Nous n'étions que deux voyageurs égarés sur un territoire inconnu. Pour ma part, du moins ! Malheureusement, cette troupe n'avait jamais eu l'intention de nous laisser partir sans problème. Il s'agissait d'un de ces groupes dont le besoin de démontrer la part importante de testostérone dans leur organisme était irrépressible. Et quoi de mieux pour commencer la nuit que de frapper deux hommes seuls face à neuf soûlards et une demi-douzaine de chiens ?

J'en avais assez lu dans leur regard pour comprendre que nous ne sortirions pas vivants de ce traquenard sans nous salir les mains. Toutefois, mon accompagnateur n'était pas en mesure de se défendre et j'avais le devoir de veiller sur lui. Pas qu'il m'était sympathique ou que je m'étais un peu attaché à lui, mais parce qu'il était mon unique chance de sauver la magie et que je n'avais pas encore décidé de ce qu'il convenait de faire.

— Vous voulez que je vous montre que ce n'est pas une blague ? lui avais-je demandé dans un souffle en me tournant dans sa direction.

Il ne m'avait rien répondu, incapable de prononcer la moindre parole cohérente face à ce groupe effrayant. Il m'avait imploré du regard de ne rien faire de stupide qui marquerait le début d'un combat très inégal. Toutefois, il avait semblé oublier ce que je venais de lui révéler. Je lui avais adressé un sourire et avais de nouveau tendu les mains vers moi en fermant les yeux. Il me fallait un minimum de concentration. J'avais entendu le chef de nos agresseurs ordonner à son chien de m'attaquer. Il ne m'en avait pas fallu plus pour pivoter sur moi-même, les trois plus grands doigts de ma main droite tendus vers le ciel. J'avais fait un tour complet en libérant une dose mesurée de mon enchantement sur les animaux qui aboyaient de plus en plus fort. Immédiatement, les molosses étaient tombés sur le sol, endormis. Ces créatures n'avaient rien demandé et représentaient le danger le plus imminent, selon moi. Il avait été nécessaire de ne pas leur faire de mal. En revanche, leurs propriétaires avaient cherché la bagarre et, sous leurs yeux ébahis, ils avaient assisté à un simple enchantement de sommeil parfaitement réalisé. J'avais voulu faire une remarque bien pensée au jeune homme qui m'accompagnait, mais je n'en avais pas eu le temps, car l'un de ces gaillards s'était jeté sur moi avec la force d'un buffle lancé à pleine vitesse.

Sans perdre une seconde, j'avais reculé ma jambe d'appui et avait fait claquer mon bras gauche comme un fouet. La décharge d'énergie avait circulé sur ma peau flamboyante et un éclair avait frappé l'homme au visage qui s'était effondré sur le sol humide. Un autre avait connu le même sort, trois secondes après son ami. Inconscientes, mes deux premières victimes venaient de subir une charge de puissance, non létale, mais suffisamment violente pour leur faire passer le goût de recommencer à agresser des gens pendant un bon moment.

Avait-ce été de la peur ou bien une envie meurtrière de venger leurs camarades tombés au combat, je n'en savais rien, mais les sept autres types s'étaient jetés sur moi en même temps. J'avais entendu Arthur lâcher un cri de terreur tandis qu'une masse informe de poings avait volé dans ma direction. J'avais fermé les yeux une nouvelle fois et m'étais laissé tomber par terre en posant la paume de ma main sur le sol. Un cercle lumineux s'était étiré autour de moi et mes adversaires, mettant hors d'atteinte le jeune homme. Instantanément, mes ennemis s'étaient immobilisés dans des positions grotesques et dévoilant des faciès repoussants que j'avais pu observer sans grand intérêt. L'unique but de cet enchantement était de montrer à mon compagnon que la magie existait bel et bien et qu'elle pouvait être très puissante. Je l'avais vu regarder ces hommes et s'étonner de les observer ainsi. Il avait même consenti à s'approcher pour mieux comprendre ce que je leur avais fait.

Toutefois, je n'en avais pas fini avec eux : j'avais libéré une nouvelle charge de puissance sur mon index tendu et avais touché, un par un, leurs fronts suintants de sueur. Quand l'enchantement dans lequel ils étaient prisonniers prendrait fin, ils seraient projetés en arrière, méchamment assommés. Enfin, j'avais quitté cette ronde malveillante pour rejoindre l'homme qui m'attendait sans en croire ses yeux.

— Qu'est-ce que vous leur avez fait ?

— Un petit choc qui devrait suffire à leur faire regretter d'agresser les honnêtes gens au beau milieu de la nuit.

L'énergie qui m'avait parcouru pour les immobiliser continuait de drainer mon corps de sa puissance et j'avais soudain senti un tremblement dans l'une de mes jambes qui avait failli lâcher sous mon poids. Il était temps que je finisse ce sortilège et que j'en arrête les effets avant d'être complètement épuisé. J'avais coupé le flux qui alimentait l'enchantement et le groupe s'était retrouvé au sol, inconscient. J'avais fait signe au jeune homme de me suivre et de filer rapidement avant qu'ils ne reprennent connaissance. Nous avions alors rejoint les rues plus lumineuses de la ville en laissant dans la pénombre ces agresseurs hors d'état de nuire.

J'avais rejoint mon hôtel peu de temps après le combat, car j'avais senti mes forces diminuer rapidement et il fallait que je me repose. J'avais pensé qu'Arthur serait plein de questions après ce à quoi il venait d'assister, mais, au contraire, il était resté aussi silencieux qu'une tombe et m'avait regardé pendant tout le chemin avec un constant mélange de peur et d'admiration.

Quand nous étions arrivés à la porte de l'immeuble dans lequel j'allais dormir, j'avais senti qu'un combat intérieur faisait rage chez mon compagnon de voyage : devait-il ou non prendre le moyen de me recontacter ?

— Je sais que vous êtes effrayé et que vous vous demandez ce qui est arrivé à ces hommes tout à l'heure, mais je vous assure qu'ils vont bien. La magie est une arme puissante et peut être dévastatrice, mais en aucun cas je n'en use avec l'intention de tuer. C'est un principe fondamental, chez moi.

— Et vous pensez que je suis capable de faire tout ça ? Je sais juste endormir les gens. Cela ne me semble pas aussi impressionnant que tout ce que vous avez fait ce soir…

— C'est parce que vous attachez trop d'importance au spectacle. Réussir à contrôler un enchantement sans avoir reçu d'enseignement est une chose que je n'avais encore jamais vue. Vous êtes promis à un grand avenir dans la magie, mais seulement si vous suivez un programme correct et intensif.

— Vous êtes en train de me demander d'être votre apprenti ?

— Mon Initié, oui.

J'avais pris ma décision pendant que nous marchions sans dire un mot. Après tout, son comportement avec la jeune femme était peut-être une simple erreur de parcours et j'avais parlé toute la soirée avec un homme qui me semblait droit et honnête. Sa seule frayeur du fait que j'aurais pu blesser la bande de bras cassés qui nous avait attaqués démontrait qu'il avait un tempérament bon. Meilleur que le mien, en tout cas. Et puis, j'avais l'intime conviction que l'univers n'avait pas choisi un Arthur au hasard pour être l'Initié d'un Merlin. Moi-même je devais mon nom à la légende arthurienne de laquelle ma mère, une Mage, était tombée amoureuse au fil des écrits qu'elle avait pu lire. J'étais persuadé qu'il y avait quelque chose à tirer de notre collaboration.

— Si vous souhaitez travailler avec moi, je serai à l'aéroport, demain, à 14 heures. Il y a un vol que je dois absolument prendre. Pendant le trajet, nous pourrons discuter un peu plus en détail des questions que vous devez vous poser. Ensuite, une fois sur place, nous aurons beaucoup de travail à accomplir en peu de temps, mais je suis certain que vous avez les capacités de m'étonner. Je vous attendrai près du comptoir d'enregistrement principal à 14 heures précises. Passé ce délai, je partirai. À vous de choisir quelle existence vous voulez découvrir : avoir un quotidien ordinaire et passer à côté de la chance de votre vie ou rendre le monde meilleur grâce à vos dons ?

— Qui vous dit que j'en suis capable ?

— Je le sens. Faites-moi confiance.

À présent, le regard suspendu au plafond de ma chambre, je n'arrivai pas à trouver le sommeil malgré la fatigue évidente qui assaillait mon corps. J'avais peur du choix de cet homme. Nous avions à peine effleuré le sujet de la magie et il restait encore tant de choses à lui apprendre, à lui faire comprendre. Savoir qu'il était le seul individu capable de recevoir mon enseignement donnait à la fin de notre rencontre un suspens auquel je n'étais pas habitué. S'il ne venait pas demain, j'aurais un éternel regret dans le cœur, doublé d'une profonde amertume : je n'aurais pas su convaincre la seule personne capable de sauver la magie. Mais s'il venait, je prenais également le risque d'être déçu par un homme que je connaissais à peine et qui pouvait révéler un tout autre visage une fois en possession d'un apprentissage complexe et puissant. C'était à moi de trouver le juste équilibre entre l'enseignement et la mise en garde.

Le souvenir de mon dernier Initié me revint en tête alors que je laissai mes yeux divaguer à la lumière des phares de voitures qui traversait les interstices de mes volets. Je n'avais eu que deux Initiés durant ma longue vie et chacun d'entre eux s'était révélé être une erreur. J'avais pris le premier sous mon aile alors que je venais tout juste d'être nommé Magicien et j'avais eu la désagréable surprise de découvrir que l'enseignement n'était pas une chose facile. La patience n'était pas ma plus grande vertu et j'avais eu un mal fou à faire tenir notre collaboration suffisamment longtemps pour qu'il apprenne quelque chose de moi. Nous avions travaillé un an ensemble avant que j'abandonne la tâche à quelqu'un de plus compétent que moi.

La deuxième Initiée, c'était ma fille. Elle n'avait jamais eu le loisir de devenir une Magicienne accomplie. Et cela par ma faute…

Développer une nouvelle entente avec un jeune apprenti était quelque chose qui me terrifiait, je devais bien le reconnaître. Mais avais-je seulement le choix ?

Finalement, je m'endormis aux premières lueurs du jour dans un sommeil agité de rêves désagréables.

Lorsque je me réveillai, l'heure du rendez-vous était proche et j'avais besoin d'une douche pour effacer les courbatures qui stagnaient dans mes muscles raides. Était-ce ma condition de mortel ou bien simplement une fatigue inattendue due à un exercice trop intense qui provoquaient ces douleurs ? Je fus pris d'un vilain doute en imaginant mon corps en train de vieillir en vitesse accélérée et l'urgence de ma mortalité et de la mission qui en découlait m'obligea à sortir rapidement du lit pour me préparer.

J'avais raté le petit-déjeuner et ne pris que le temps nécessaire pour m'acheter un sandwich sur le chemin de l'aéroport. Inutile de tenter un sortilège de transfert, j'avais suffisamment mal partout pour ne pas risquer de me désintégrer maladroitement. Un taxi ferait l'affaire.

J'arrivai dans un hall d'accueil bondé en ce début de week-end. Des parents avec leurs enfants cherchaient leur vol du regard sur le panneau d'affichage tandis qu'un groupe scolaire dont les membres portaient tous la même veste kaki avançait en file indienne vers un terminal d'embarquement. Un homme jeta le papier de son chewing-gum par terre sous les yeux réprobateurs de la femme de ménage qui l'avait vu et qui se pencha pour le ramasser sans lui faire d'autres remontrances qu'un lourd regard appuyé. Une armée d'hôtesses était en train d'enregistrer les noms et les bagages des passagers tandis que les voyageurs excités faisaient la queue devant les différents comptoirs. Toute cette effervescence me fit presque oublier l'heure et je dus me rappeler à l'ordre pour me placer au point de rendez-vous. Il restait encore quinze minutes au jeune homme pour se montrer. Aurait-il ce courage ? Le doute m'assaillit péniblement pendant que je regardai de tous côtés pour essayer d'apercevoir ses cheveux blonds dans la foule.

Lorsque l'aiguille de la grande horloge du hall pointa l'heure fatidique, je sentis mes membres se relâcher. Il n'était pas venu, il n'avait pas osé. J'avais perdu ma seule chance de sauver les bribes de magie qui petit à petit s'exilaient de ce monde. Finalement, après mes deux échecs d'apprentissage, ce n'était peut-être pas plus mal… Que se serait-il passé si j'avais créé un monstre cette fois ? Aurais-je pu me le pardonner ? Notre univers comptait bien assez d'horribles Sorciers pour ne pas en ajouter un autre.

Je tournai les talons vers le terminal d'embarquement où était prévu mon vol et m'y dirigeai d'un pas lent. Je n'avais peut-être pas su convaincre Arthur, mais j'avais toujours une mission : consulter le Recueil après l'accord des Sages, établir mon espérance de vie et choisir un plan d'action. Il fallait que je prenne le temps du trajet pour mettre au point un argumentaire solide à faire valoir devant le conseil qui m'accueillerait demain.

Je m'assis sur un des sièges qui faisaient face à la porte en verre derrière laquelle un énorme engin se stationnait et faisait le plein de kérosène. Je pourrais peut-être me reposer un peu dans les airs. Après tout, mon premier voyage s'était bien passé et le vol n'avait pas été si terrible. Je pourrais sans doute arrêter d'angoisser et prendre le temps qu'il faudrait pour faire le plein d'énergie.

Considérant cette pensée, je n'aperçus que très tard qu'une personne venait de s'asseoir à côté de moi, sur le siège voisin. Je me tournai et vis le visage souriant d'Arthur qui me dévisageait.

— Vous aviez l'air perdu dans votre propre tête. Je n'ai pas osé vous déranger.

— Vous avez bien fait de venir. En revanche, question ponctualité, vous allez devoir faire un effort.

— Il y avait un monde fou dans la navette, je n'y suis pour rien. Et sachez que je ne suis toujours pas certain de faire le bon choix.

— C'est normal. Moi non plus, lui avouai-je.

Il me sourit et regarda ses mains pendant quelques secondes. L'hôtesse nous demanda de nous lever pour embarquer et je me mis derrière une femme aux cheveux clairs tandis que mon compagnon me suivait. Nous traversâmes la piste bitumée avant de monter dans cet oiseau de métal et prendre nos places en classe affaires. J'avais réservé deux sièges en dépensant l'argent de mes dernières économies. Arthur s'installa et déposa sa petite valise dans le compartiment à bagages au-dessus de nos têtes.

— Vous avez déjà pris l'avion ? lui demandai-je.

— Quelques fois, oui.

— Vous n'êtes pas malade pendant le vol ?

— Non, jamais.

— Très bien ! Dans ce cas vous pourrez me soutenir si jamais je défaille.

Il rit et secoua la tête sans parvenir à savoir si je blaguais ou pas. S'il m'avait connu un peu mieux, il aurait su que je n'avais aucun sens de l'humour.

Chapitre 4

Le vol dura près de sept heures pendant lesquelles nous parlâmes un peu de la vie d'Arthur, surtout au début, ce qui me détendit au moment du décollage. J'avais appris qu'il s'appelait Arthur Curve – qui se prononce « curvé » –, qu'il avait vingt-neuf ans et qu'il venait tout juste de divorcer. Sa femme était partie avec l'un de ses meilleurs amis, un peu plus d'un an auparavant, ce qui l'avait laissé dans un profond désarroi duquel il avait eu beaucoup de mal à s'extirper. La raison de son départ n'était pas claire, d'après lui : elle lui avait dit qu'il l'avait trop délaissée pour son travail et qu'elle en avait assez de passer après ses passions et ses loisirs. L'ami en question avait été un peu trop entreprenant un soir où ils attendaient le retour d'Arthur, dans l'appartement de celui-ci et la dame s'était laissée faire. Je lui avais demandé s'il trouvait justifiées les explications de son ex-femme, mais il m'avait répondu qu'il avait fait beaucoup d'efforts pour passer plus de temps avec elle et que cela n'avait rien changé. Pourtant, ils avaient des projets en commun : ils voulaient acheter une maison, avoir un enfant, vivre la grande vie, en somme. Mais rien ne s'était passé comme prévu. Selon Arthur, le fait que sa femme ne parvenait pas à tomber enceinte les avait éloignés et elle avait trouvé plus simple de refaire sa vie ailleurs plutôt que de se battre avec lui.

J'avais senti que ce sujet était très délicat, alors j'avais enchaîné sur son métier. Si Arthur était capable de parler un long moment sans reprendre son souffle, c'est à ce moment précis qu'il me l'avait prouvé. Il était violoniste dans un orchestre et passait la plupart de son temps au conservatoire pour répéter ses morceaux. Il aurait aimé le faire depuis chez lui, mais vivant dans un appartement assez petit et mal insonorisé, il ne voulait incommoder les voisins. La vie de musicien ne lui permettait pas d'investir dans la pierre, pas encore du moins, et il devait se résoudre à louer un deux pièces avec un beau vis-à-vis sur l'appartement de la rue d'en face. Néanmoins, c'était un homme passionné par son instrument et par sa pratique. Il m'avait décrit son premier concert comme s'il l'avait revécu avec moi à ses côtés. Son émotion était palpable et j'avais lu dans son regard un amour dévorant pour la musique. Je lui avais demandé s'il composait lui-même, mais Arthur ne pensait pas avoir suffisamment de génie pour écrire ses propres partitions. Il avait été inscrit dans un cours de solfège par sa mère lorsqu'il avait cinq ans et, très vite, il s'était avéré qu'il était capable de lire une partition plus facilement qu'un livre. Le violon lui avait paru un choix naturel face au son pur et cristallin qu'émettait l'archet sur les cordes tendues et sa mère avait contracté un emprunt pour lui offrir un magnifique instrument neuf lorsqu'il fut évident qu'il n'abandonnerait jamais la pratique de la musique.

Sa mère était une femme qu'il admirait par-dessus tout et pour qui il avait un amour débordant. J'aurais voulu en savoir un peu plus sur elle, mais il m'avait annoncé qu'elle était décédée d'un cancer, l'an dernier, quelques semaines après son divorce. La perte était trop fraîche pour en discuter, alors j'avais une nouvelle fois changé de sujet.

Il avait un père qu'il ne voyait plus depuis dix ans suite au divorce de ses parents et un frère avec qui il ne s'entendait pas bien. Leurs rapports étaient cordiaux, mais ils n'avaient rien en commun. Ils se disaient bonjour lorsqu'ils se croisaient, mais les conversations ne s'étendaient jamais beaucoup plus. Le reste de sa famille était éparpillé un peu partout et il n'avait aucun contact avec eux. C'était un homme assez solitaire depuis un an. Cela me laissa penser que les tragiques événements qu'il avait traversés récemment lui avaient sans doute permis d'acquérir ses pouvoirs magiques. J'aurais aimé lui demander des détails, mais je serais passé pour un monstre sans cœur incapable de respecter la peine des gens. Nous aurions probablement le temps d'évoquer ce sujet plus tard.

Arthur se révéla être aussi à l'aise à parler qu'à écouter. Il m'avait demandé des détails sur ma vie, sur mes habitudes et mon quotidien, mais je n'avais pas pu me résoudre à lui révéler que j'étais âgé de plus de deux cents ans. Cela aurait pu lui causer un trop gros choc, ne sachant pas si lui-même était devenu immortel suite à l'arrivée de la magie dans sa vie. Par conséquent, je ne pouvais répondre à ses questions que de façon brève et concise. Quand il avait compris qu'il ne tirerait pas grand-chose de moi, il avait fini par se taire et s'allonger dans le luxueux fauteuil à sa disposition. Nous avions dormi pendant le reste du voyage.

En arrivant à Vadso, à l'extrémité nord de la Norvège, je surpris le jeune homme à grelotter. Il ne devait pas faire plus de trois degrés et il n'avait emporté avec lui qu'une petite veste de cuir marron. Il n'avait eu aucune indication quant à l'endroit où nous allions atterrir et une petite voix intérieure devait lui faire regretter de ne pas avoir posé la question plus tôt. L'intérêt de ma cape était bien réel à présent.

Devant nous s'étendaient des champs à perte de vue et, dans le lointain, cachée par un nuage de brume filandreux, une ville se dévoilait par l'éclat de ses réverbères et de ses maisons allumées alors que le soleil était déjà couché depuis longtemps.

Un bus attendait que les voyageurs du dernier vol de la journée montent à son bord et nous prîmes deux tickets pour aller au nord du village. Il ne devait pas y avoir plus de dix passagers dans le véhicule qui s'ébranla avant de rouler sur les routes cahoteuses de campagne.

— Vous ne m'avez toujours pas dit où nous allons, me rappela Arthur alors que les lumières du car s'éteignaient pour nous permettre de profiter du paysage nocturne.

— Si j'avais été seul, j'aurais filé à cent kilomètres de cette ville. Ici, c'est l'aéroport qui se trouve le plus au nord de l'Europe. Plus haut, il n'y a rien hormis quelques masures d'ermites qui ne souhaitent pas se mêler au reste du peuple. Dans ces contrées, la température ne dépasse pas quinze degrés l'été et on peut tomber à moins cinquante l'hiver. Ces hommes et ces femmes savent vivre dans des conditions de froid extrême. Et pourtant, aucun d'entre eux ne s'aventurera jamais plus au nord de cette position.

— Pourquoi ?

— Il y a, à environ cent kilomètres d'ici, la dernière maison terrestre bâtie. Au-delà, c'est le pôle nord où les ours polaires régnaient en maître autrefois. Autour de cette habitation gravite des tas d'histoires plus horribles les unes que les autres : des gens s'y sont fait dévorer vivants, d'autres ont simplement disparu sans laisser de traces et d'autres encore affirment avoir vu des éclairs de lumière jaillir depuis ce lieu étrange. Mais quelle que soit la version des faits que vous pourriez entendre, elles ont toutes le même effet : elles évitent de subir la curiosité des gens. Évidemment, chaque année, il y a un groupe ou deux de petits malins qui se croient suffisamment braves pour s'approcher de la maison et risquer de mourir dans d'atroces souffrances, mais, la plupart du temps, c'est un lieu isolé et tranquille. Les gens d'ici la nomment « *Skrekkhus* » : la maison des horreurs.

— Et en vérité ?

— La vérité c'est qu'il s'agit d'une maison en bois, vide de tout meuble et de toute décoration. La seule particularité, c'est qu'il y a un escalier dans le hall qui s'enfonce dans les ténèbres et qui donne accès au conseil des Sages. Un lieu hautement important pour la communauté des Magiciens puisqu'il regroupe des Enchanteurs du monde entier qui y prennent les décisions importantes pour notre espèce.

— Pourquoi avez-vous besoin de leur rendre visite ?

— Premièrement, parce que cela fait bientôt dix ans que je n'y suis pas allé. Et deuxièmement, j'ai besoin de consulter un ouvrage dans la bibliothèque du conseil. Celle-ci n'est autorisée d'accès qu'après approbation du conseil, car elle renferme des savoirs que beaucoup de Magiciens et de Mages ne sont pas capables de maîtriser ou même de comprendre.

— Mais cela aurait été votre programme si vous aviez été seul, avez-vous dit. Puisque vous êtes avec moi, quelle est la suite des événements ?

— Plus ou moins la même à un petit détail près.

— Lequel ?

— Je vais devoir commencer votre formation d'Initié.

— Déjà ?

— Vous pensiez attendre l'an prochain ?

Arthur ne répondit pas et se contenta de me regarder avant de reporter son attention au-dehors. La ville se rapprochait et je pouvais apercevoir les contours des bâtiments. Autrefois, ce n'était qu'un petit village de pêcheurs regroupés autour d'une église solidement construite sur les seules fondations en pierre de la région. Aujourd'hui, bien que la pêche restât leur meilleur moyen de gagner de l'argent, les habitants avaient développé le tourisme en créant quelques hôtels et centres commerciaux afin d'attirer des visiteurs. Leur slogan était assez prévisible : venez visiter le point le plus haut de l'Europe. À quelques centaines de kilomètres se trouvait d'ailleurs le village du père Noël, en Laponie. Je n'y avais jamais mis les pieds, mais je savais que, quelques dizaines d'années plus tôt, c'était un Enchanteur qui se prêtait au rôle pour continuer à faire prospérer la légende de ce généreux monsieur.

— Pour pouvoir vous considérer officiellement comme un Initié, je dois dévoiler votre potentiel devant le conseil. S'ils estiment que vous en valez la peine, vous pourrez revêtir votre manteau d'apprenti Magicien. Il va donc falloir que je vous enseigne à maîtriser le flux d'énergie et que nous travaillions un enchantement complexe, mais pas trop compliqué pour impressionner suffisamment les Sages.

— Vous vous rendez compte du paradoxe ? s'étonna Arthur alors que nous pénétrâmes dans la ville. Vous devez m'enseigner un sort pour pouvoir m'enseigner d'autres sorts ? C'est stupide !

— C'est une tradition… Ce n'est pas moi qui l'ai inventée ! Mais oui, je suis d'accord avec vous… c'est stupide.

— Et vous avez déjà une idée de ce que nous allons leur montrer ?

— J'en ai quelques-unes.

Le bus s'arrêta trois fois pour faire descendre des passagers sans qu'aucun autre ne monte à bord. Finalement, nous fûmes les derniers en compagnie du chauffeur qui nous jetait parfois des regards indiscrets. Nous allions au terminus. Celui-ci se trouvait à cinq kilomètres après la limite de la ville, là où le dernier lampadaire éclairait un trottoir quasi inexistant. Aux abords de l'arrêt se trouvait une cantine un peu rustique aux fenêtres crasseuses. Peu de gens devaient venir jusqu'ici.

Arthur me précéda avec sa valise et nous marchâmes en direction du nord sur une route sinueuse sans le moindre éclairage. Il me demanda si je n'avais pas peur qu'une voiture nous renverse, mais je le rassurai : dans ce coin du monde, il n'y avait pas de voitures. Nous continuâmes donc silencieusement sur le chemin pendant une dizaine de minutes. Une pente douce s'élevait devant nous tandis que je sentais monter autour de moi l'odeur d'une forêt de pins qui se rapprochait. Ma respiration se fit plus courte alors que nous progressions rapidement. Par moments, la lumière de la lune nous éclairait de ses faisceaux gracieux, dévoilant l'orée d'un bois aux contours indistincts. C'était notre destination principale : mon refuge au milieu de la forêt de Vadso. Il s'agissait d'un campement bien plus équipé que celui dans lequel j'avais laissé ma fille. Évidemment, je m'en servais moins régulièrement, mais les périodes où je visitais le conseil des Sages étaient parfois très longues et ennuyeuses et il me fallait un minimum de confort pour travailler mes enchantements. Je n'avais jamais eu besoin de le protéger, car j'y avais posé sur la table qui me servait de bureau d'études un lapis-lazuli octogonal incrusté d'une ancienne rune celte : *Haglaz*, la protectrice. Personne d'autre que moi ne pouvait pénétrer dans ce campement à moins d'en avoir mon accord. Si mes souvenirs étaient exacts, nous avions encore un peu plus d'un kilomètre à faire au milieu des arbres avant de retrouver la chaleur douillette d'un abri décent.

Arthur peinait à avancer dans le noir, à la seule lumière de son téléphone portable pour éclairer les racines. Pour ma part, j'avais enflammé le bout de mes doigts pour tenter d'illuminer un peu notre environnement, mais la lumière qu'ils dégageaient était trop faible. Une flamme plus grande aurait risqué de déclencher un incendie, ce qui n'était évidemment pas mon intention. Toutefois, j'avais une connaissance plus certaine des lieux et je savais à peu près comment me rendre à mon campement. Je l'entendis pester plus d'une fois, ce qui ne m'empêcha pas de sourire. Son apprentissage commencerait dès demain et il ne devrait jamais être à court de jurons.

Une lueur scintilla dans le lointain, émise par la pierre bleutée que j'avais mise bien en évidence à l'entrée du camp pour ce genre d'arrivée tardive. Dans ce pays nordique où le soleil se couchait à 17 heures l'été et se levait aux environs de 9 heures du matin, il était nécessaire de prévoir un plan de secours au cas où l'obscurité me rattraperait un peu trop vite. Je montrai la lumière à mon compagnon qui se détendit un peu en imaginant être arrivé au bout du chemin. Il me demanda si j'avais suffisamment de provisions et d'eau pour tenir quelques jours sans sortir de la forêt, mais je lui répondis que nous n'en avions guère besoin : l'eau était fournie par les lacs environnants et était d'une pureté incomparable. Quant à la nourriture, la magie permettait de chasser sans trop d'efforts et, dans le pire des cas, quelques jours de jeûne ne seraient pas un drame. Cette réponse eut le don d'irriter le jeune homme qui pensait au moins manger à sa faim pendant cet exil glacé. Le pauvre n'était pas au bout de ses peines et risquait de regretter de m'avoir suivi.

Si l'enchantement que la pierre émettait autour du campement me permettait de tenir à l'écart les éventuels intrus et les rôdeurs animaliers intempestifs, cela n'empêchait pas les feuilles mortes et l'eau croupie de squatter l'intérieur de la grande tente qui me servait de logis. Une odeur de moisi se faisait sentir sur les murs en toile et je pus à peine respirer en pénétrant dans les chambres voisines. Des champignons s'étaient développés à la base des piquets et des flaques d'eau stagnaient en dégageant leur parfum nauséabond. Il me faudrait au moins une journée entière pour retaper cet abri de misère.

J'allumai un grand feu dans un cercle de pierres afin de nous réchauffer et je dispersai les mauvaises senteurs d'un geste de la main qui, d'un courant d'air frais, nettoya l'atmosphère putride. Arthur sembla me remercier d'un regard, mais n'osa pas faire de commentaire sur l'état de son nouveau logis. Il avait peut-être imaginé plus spectaculaire endroit. Hélas, cela faisait dix ans que je n'avais pas mis les pieds ici. Mes grimoires et mes fioles m'avaient suivi dans mes périples et seule la structure du camp n'avait pas bougé. Je retrouvai tout de même une vieille boîte de conserve, souvenir lointain de mon dernier séjour dans ces contrées. Le métal était bombé et une sauce bleue avait commencé à suinter sous le couvercle. Dégoûté, je la fourrai dans un sac poubelle que je tassai dans un coin de la tente. Le nettoyage attendrait le lever du jour.

Je m'assis à côté du jeune homme qui semblait fatigué de ce début de périple. La journée avait été longue et il avait beaucoup à digérer depuis mon entrée dans sa vie, la veille. Il était normal qu'il ait besoin de faire le point en silence. Pour ma part, écouter le chant des brindilles crépitant dans le feu ne me dérangeait pas le moins du monde.

Une pensée sembla tirer mon compagnon de ses rêveries. Il se redressa et se tourna vers moi.

— Je me pose une question et j'ignore si vous aurez la réponse, mais j'ai envie de vous la poser depuis hier : je n'étais pas un Magicien jusqu'à très récemment. Je n'avais jamais eu de pouvoir magique, je n'avais jamais endormi personne et je n'avais aucune idée de ce qui m'entourait réellement. Et, du jour au lendemain, je deviens cet homme pour qui vous développez un intérêt et j'apprends que je peux contrôler les éléments naturels qui m'entourent. C'est normal ? Vous avez déjà observé cela auparavant ?

— Je pensais que vous m'auriez posé cette question plus tôt, en réalité. Et, pour vous répondre, non vous êtes le premier cas que j'observe. Il n'y a que deux façons de devenir Magicien : naître ainsi ou avoir des prédispositions naturelles. Il semble que vous faites partie de la seconde catégorie. Néanmoins, ces personnes prédisposées le sont durant l'enfance et découvrent, par surprise en général, qu'elles sont capables de faire des choses que les autres humains ne peuvent pas faire. Cela peut apparaître très tôt. J'ai déjà vu un bébé luire dans le noir pour contrer sa peur de l'obscurité. J'ai également aperçu un enfant de dix ans qui avait échappé à une mort certaine en se transférant hors de la voiture de ses parents alors que celle-ci allait percuter un arbre de plein fouet. Et, dans la quasi-totalité des cas, ces enfants doués de dons spéciaux les acquièrent avant leur puberté. Lorsqu'ils grandissent, leurs pouvoirs s'éteignent ou bien se confirment. Et ainsi, naissent les jeunes Initiés que nous surveillons de très près, dans l'ombre, sans qu'ils ne le sachent eux-mêmes.

— Mais je n'étais pas ce genre d'enfant !

— Je le sais. Sinon je vous aurais repéré beaucoup plus tôt... Mais il y a tout de même une explication à votre apparition dans le domaine de la magie : il existe un livre, dans la bibliothèque du conseil des Sages, qui renferme tous les cas étranges de découverte de Magiciens sur terre depuis que le conseil a été fondé en 476 de notre ère. J'ai lu ce livre lorsque j'ai commencé mon apprentissage et il y était recensé, environ une ou deux fois par siècle, qu'un individu, homme ou femme, découvrait ses pouvoirs bien après sa puberté à la suite d'un événement traumatisant très fort. Ce serait un peu comme si vos pouvoirs avaient refusé de se montrer lors de votre enfance et auraient jailli d'une manière beaucoup plus violente et inattendue à la suite d'un choc.

— Je n'ai subi aucun choc !

— Votre divorce, la perte de votre mère... Je ne connais rien de votre vie hormis les détails que vous avez bien voulu me raconter, mais ces deux disparitions ont pu déclencher chez vous une réaction en chaîne qui a entraîné l'apparition de ces pouvoirs. Néanmoins, je ne suis pas un spécialiste et ce que je vous dis là n'est que pure théorie tirée de mes lectures d'autrefois.

— J'imagine que vous avez peut-être raison...

— Vous m'avez dit avoir eu beaucoup de mal à vous sortir de la dépression dans laquelle vous avez été plongé après l'enterrement de votre maman.

— Je n'ai pas parlé de dépression !

— Vous m'avez décrit les symptômes caractéristiques d'une dépression : tristesse, perte d'intérêt et de plaisir, fatigue, trouble de la concentration et du sommeil… Il s'agissait d'une dépression. La vôtre a peut-être déclenché autre chose !

Arthur se terra dans le silence après que j'eus posé mon diagnostic sur la naissance de la magie dans son corps. Je ne pensais pas qu'il ait consulté de spécialiste après la mort de sa mère et c'était probablement la raison pour laquelle entendre parler de dépression l'avait frappé avec tant de force. Il n'avait jamais mis de mot sur son mal-être.

Il me demanda s'il pouvait aller se coucher et s'il était possible qu'on évite d'aborder le sujet de son divorce et de sa mère à nouveau. Je lui répondis par l'affirmative pour les deux, et le laissai rejoindre son lit de camp dans la petite chambre. Je l'entendis défaire le vieux sac de couchage qui ne m'avait pas servi depuis si longtemps et s'enrouler dedans avant de se tourner sur le côté pour chercher le sommeil.

Pour ma part, je préférai rester encore un peu dehors après avoir passé la majeure partie de la journée enfermé dans un oiseau de métal. J'essayai d'imaginer ce que pouvait être la vie séparé d'une personne chère sans parvenir réellement à comprendre. Ma propre mère avait refusé tout contact avec moi depuis si longtemps que j'avais fini par m'y habituer et j'avais toujours eu ma fille pour me rassurer malgré son sommeil éternel. Elle était toujours là, près de moi. Je n'osai imaginer le jour où je la perdrais et sentis naître en moi une pointe de terreur. Celle-ci me crispa les entrailles et, l'espace d'un instant, je compris le mal-être d'Arthur. J'aurais été étonné qu'il parvienne à dormir sereinement après notre conversation.

Chapitre 5

Au petit matin, j'eus la surprise de découvrir Arthur, les pieds dans l'herbe gelée, dégourdissant ses jambes raidies par une mauvaise nuit de sommeil. Il étirait systématiquement chacun de ses muscles engourdis sans faire attention à ma présence dans son dos. Peut-être ne m'avait-il pas encore remarqué ? Cela me donna le loisir de le détailler un peu plus : il était assez grand, sa tête frôlait presque les feuilles les plus basses de l'arbre sous lequel il s'exerçait. Il avait le corps d'un homme qui s'entretenait et possédait de larges épaules robustes que les femmes devaient adorer. Son visage, quant à lui, était fin, ovale et lisse. Il s'était probablement rasé ce matin, car je ne vis aucune trace de barbe sur son menton. Ses yeux étaient légèrement étirés en amandes et son teint clair lui donnait un type asiatique assez charismatique. En somme, c'était un bel homme qui devait avoir un public plutôt réceptif lorsqu'il partait en quête d'un amour durable ou d'une nuit torride, si telles étaient ses pratiques. J'avais connu, une centaine d'années plus tôt, un charmant gringalet qui avait à peu près le même physique que lui. Beaucoup de femmes s'en étaient amourachées et il était au courant de son succès. C'est d'ailleurs ce qui avait causé sa perte.

Je me montrai un peu plus bruyant afin qu'Arthur remarque que j'étais derrière lui. J'avais entre les mains une bouteille isotherme de café chaud et m'en servais une tasse dans un gobelet défraîchi par le temps et l'humidité. Le jeune homme se retourna et me lança une vague salutation marmonnée. Mon intuition se vérifiait : il avait mal dormi. Il s'assit à table, sur une chaise un peu bancale mais solide et attendit que j'eus fini pour m'emprunter le récipient et prendre un peu du liquide qu'il contenait à son tour. La première gorgée fut salvatrice, pour lui et moi, éclairant mon esprit comme un phare dans le brouillard d'un soir de novembre.

— Je croyais qu'il n'y avait aucune provision sous cette tente ? me fit-il habilement remarquer.

— Disons que l'on peut se procurer ce dont on a besoin quand on sait où chercher.

— J'ai beaucoup à apprendre, alors !

— En effet, et peu de temps pour en travailler la pratique. J'ai envoyé un message aux Sages pendant que vous cherchiez le sommeil, hier soir. Ils nous attendent au crépuscule, dans trois jours.

— Trois jours ? C'est…

— Trop long ?

— Trop peu ! Comment pourrai-je assimiler toutes ces choses que vous faites alors que je n'ai jamais étudié la magie ? Je ne croyais pas à son existence il y a quelques heures à peine !

— Je ne vous demande pas l'impossible, Arthur. Il vous faudra connaître un unique enchantement à présenter devant le conseil. Pour le reste, ces choses que j'ai faites devant vous, vous aurez des années pour les travailler. Des décennies. Peut-être même des siècles…

— Pardon ?

Il était en train de porter sa tasse à ses lèvres quand il avait entendu mes derniers mots et avait arrêté son geste. J'avais fait en sorte d'amener le terrain glissant de l'immortalité aussi doucement que possible devant lui. Il ne connaissait pas mon âge, mais, durant la journée de la veille, j'avais laissé traîner quelques indices qui auraient pu lui mettre la puce à l'oreille. Je lui avais avoué que l'Allemagne nazie était un pays terriblement craint, mais qui avait incroyablement favorisé l'art avant le début de la guerre. N'avait-il pas souhaité relever ce détail ou bien était-ce resté dans la masse des informations qu'il devait ingurgiter ? Cependant, aujourd'hui, j'avais prévu de me montrer plus direct. Il ne pourrait pas ignorer sa condition très longtemps et il fallait qu'il sache que sa conscience humaine et mortelle s'était éteinte en même temps que s'était allumée l'étincelle magique en lui. Ne serait-ce que pour faire des projets sur le long terme et oublier sa vie d'avant.

— Il y a un détail dont nous n'avons pas parlé hier au sujet de la magie, commençai-je…

— Je suis devenu immortel ?

Les connexions venaient de se faire dans sa tête et il avait vite compris le sens caché de mes mots d'hier et d'aujourd'hui. Je hochai le menton, gêné de ne pas le lui avoir appris plus tôt, mais, au contraire, il semblait heureux de cette découverte. Il ne réalisait sans doute pas le cataclysme qui en découlerait.

— Pour habiter un corps, la magie a besoin d'un être qui dure dans le temps, qui ne se désagrège pas, qui ne vieillit pas. Quand on naît Magicien, on choisit l'âge auquel on souhaite arrêter de vieillir. Certains de mes collègues ont l'apparence de vieillards tandis que d'autres sont de fringants adolescents. Quand on a des prédispositions, comme vous, le corps perd naturellement sa capacité à devenir âgé lorsque les pouvoirs se déclenchent. Vous devrez garder votre apparence d'aujourd'hui pour toujours.

— Et pourquoi ne pas m'en avoir parlé plus tôt ? s'étonna-t-il en observant la peau de ses mains comme s'il les découvrait pour la première fois.

— Pour être honnête, tous les êtres magiques pensent qu'il s'agit là du pire fardeau auquel nous sommes confrontés.

— Vous plaisantez ?

— Sérieusement, il va falloir perdre l'habitude de me poser cette question : je ne plaisante jamais ! En ce qui vous concerne, vous ne semblez pas prendre la mesure de ce que cette condition impose… Vous ne pourrez jamais mourir ! Ce qui fait que la vie est unique et précieuse, c'est qu'elle est fugace et risque de se terminer à tout instant. Vous pouvez être en bonne santé un jour et, le lendemain, tomber gravement malade. Vous pouvez être jeune et mourir fauché par un chauffard ou bien être vieux et vous éteindre dans votre lit, délicatement. La mort fait partie du cycle de la vie : elle permet aux êtres vivants de regarder devant eux et de vivre chaque jour comme si c'était le dernier. C'est cela qui rend la vie magnifique ! Pour nous autres, Enchanteurs, Mages et Magiciens, nous sommes immortels. Chaque jour se ressemble et se succède comme une infinité de moments identiques. Chaque jour, je me lève, je bois mon café, je travaille et je me couche. Et même si mon programme venait à changer de temps à autre, je n'aurais jamais le loisir de faire quelque chose de nouveau. Pour vous avouer la vérité, je suis né le 11 décembre 1799, d'une mère Mage et d'un père mortel relativement étranger à cet univers. En cent ans, j'ai fait le tour du monde, j'ai visité chaque pays et j'ai lu autant de livres qu'il est possible de lire en l'espace d'une vie. J'ai bu des litres de vin, j'ai aimé quelques femmes, j'ai vu des guerres terribles et j'ai assisté à l'avènement et à la mort de souverains. J'ai rencontré des gens formidables qui sont décédés avant même d'être vieux et j'ai refusé de devenir ami avec d'autres pour m'éviter de ressentir à nouveau cette peine terrible. J'ai tout vu et j'ai tout fait ! Je ne dis pas qu'il ne me reste pas de livres à lire ou de femmes à aimer, mais rien ne sera jamais nouveau pour moi ! Je suis immortel ! Et aujourd'hui, après 219 ans d'existence, je peux vous l'affirmer : j'en ai assez ! Je veux pouvoir mourir ! Mais ce n'est pas un don qui nous est offert, à nous, les Enchanteurs et autres êtres magiques. Vous êtes heureux d'être immortel ? Commencez donc à sérieusement réfléchir à la question.

J'avais été un peu rude dans mes propos, mais son sourire éblouissant à l'idée de ne jamais connaître la mort m'avait fait froid dans le dos. Bon nombre d'êtres humains normaux évoquant l'idée d'être immortels étaient terrifiés à l'idée que cette vie n'ait jamais de fin. Pour quelqu'un de riche et prospère, en bonne santé, il est vrai que cette personne souhaiterait sans doute avoir quelques décennies en plus au compteur. Mais, pour le commun des mortels, la ligne d'arrivée représentait très souvent une délivrance attendue. Arthur ne semblait pas faire partie de ces gens-là, du moins pas avant que je ne lui remette les idées en place. Cela ne faisait pas de lui quelqu'un de mauvais, loin de là, simplement quelqu'un d'ignorant.

En revanche, je n'avais pas pris la peine de lui préciser que ma propre condition d'immortel venait de se voir modifiée. C'était encore neuf pour moi et j'étais résolu à demander conseil aux Sages pour savoir s'ils avaient déjà observé ce phénomène chez un autre Enchanteur, auparavant. Comme je l'avais affirmé à mon compagnon, l'idée de mourir ne m'effrayait pas, au contraire. Mais j'aurais aimé savoir pourquoi ce changement brutal survenait chez moi alors que certains de mes confrères avaient plus de mille ans.

— Je suis désolé, s'excusa le jeune homme après un long moment de silence. Je n'avais pas pensé à tous ces détails.

— Cela ne fait rien. Et puis, en ce qui me concerne, j'ai eu une mère pour m'enseigner la peur de l'immortalité depuis que je suis enfant. Ce n'est pas votre cas !

Je terminai mon café tout en le voyant sourire un peu plus derrière son gobelet. Il semblait soulagé de savoir que je ne lui tenais pas rigueur de ses propos.

Je me levai de ma chaise et m'éloignai d'une centaine de

pas de la tente afin d'éviter qu'il ne lui arrive malheur lorsque Arthur pratiquerait pour la première fois le sortilège que j'avais en tête. Ce dernier me suivit, armé d'une franche détermination dans son regard. S'il avait hésité à venir avec moi hier, il paraissait avoir réfléchi à son choix et s'être mis en accord avec lui-même. Tant mieux, car il aurait besoin de tout le courage possible pour venir à bout du programme que je lui réservais.

Nous nous installâmes sur un tapis de feuilles glacées au milieu d'une petite clairière éclairée par les premiers rayons du soleil. La basse température de cette matinée me fit frissonner malgré ma cape que je rajustai sur mes épaules avant d'entamer les paroles que j'avais répétées la veille. Cela faisait bien longtemps que je n'avais pas enseigné et j'avais peur d'être un peu rouillé.

Arthur attendit patiemment, devant moi, son souffle dégageant un nuage de brume qui se dispersa autour de lui. Un corbeau passa non loin au-dessus de nous tandis qu'un hibou prenait appui sur une large branche afin de retrouver le confort de son nid après une nuit de chasse. Quelques autres volatiles se rassemblaient dans les hautes sphères boisées de la forêt pour observer le spectacle que nous nous apprêtions à jouer pour la première fois.

— L'apprentissage de la magie est complexe et fastidieux. Vous aurez très vite l'impression de ne rien apprendre une fois les bases enseignées et vous penserez que les exercices auxquels vous vous soumettrez quotidiennement ne représentent qu'un maigre butin dans un trésor de connaissances. Pourtant, croyez-moi, vous aurez besoin de tout ce que vous apprendrez auprès de moi !

— Si j'ai bien compris, vous m'enseignerez tous les jours si le conseil valide ma place d'Initié à vos côtés ?

— En effet, et pour cela nous devons mettre toutes les chances de notre côté. J'ai donc pensé que…

— Y a-t-il des sortilèges interdits ? Des choses que les Enchanteurs n'ont pas le droit de faire ? Est-ce que la magie peut résoudre n'importe quel problème ?

— Je ne pensais pas entamer cette leçon par de la philosophie, avouai-je perplexe. De plus, il faudra éviter de m'interrompre, à l'avenir. Cela ira pour aujourd'hui, mais j'espère que vous m'avez bien entendu. Je n'aime pas me répéter.

— Pardonnez-moi…

— Pour répondre à vos questions, il faut bien comprendre que la magie n'est pas une force commune dans l'univers, elle n'est pas équitablement répartie sur l'ensemble du globe. Elle se pose à divers endroits et s'infiltre dans quelques individus choisis aléatoirement. Elle a peut-être un plan, peut-être que chaque Magicien a son utilité, mais il fait partie d'un théâtre d'action si grand qu'il ne saura jamais à quoi il a servi en ce monde. Par conséquent, nous sommes trop peu pour avoir des limites en termes de pouvoirs. La magie peut résoudre presque tous les problèmes, du plus insignifiant au plus grave. La seule chose qu'il est impossible de créer par magie, c'est l'amour. Vous ne pourrez jamais ensorceler quelqu'un pour le forcer à vous aimer. J'irai même jusqu'à dire que l'amour est la sixième force de l'univers, bien qu'elle n'ait pas autant d'impact sur le monde.

— Vous voulez donc dire qu'on peut ressusciter les morts ou remonter le temps si l'envie nous en prend ?

— Ce que vous citez en exemple sont deux domaines très dangereux de la magie qui demandent des dizaines d'années d'études. La nécromancie est un art très noir qui n'a jamais été vu d'un très bon œil par les Sages et qui, bien souvent, a servi à des desseins peu recommandables. Quant à la magie temporelle, si son apprentissage n'est pas le plus compliqué, c'est sans doute le plus difficile à maîtriser. Les conséquences d'un voyage dans le temps peuvent être terribles et il ne faut pas jouer avec des forces que l'on ne contrôle pas. Mais pour être honnête, oui, on peut ressusciter les morts et voyager dans le temps.

— C'est dingue ! J'y ai un peu pensé, hier soir, après notre discussion, et je me suis demandé jusqu'où il était possible d'aller.

— Vous avez raison de vous poser cette question, Arthur. Et le conseil des Sages a été créé car quelques Enchanteurs se la sont posée également. Jusqu'où un être doté de nos pouvoirs a-t-il le droit d'aller ? Peut-il invoquer une armée de cadavres afin de dominer le monde ? Peut-il revenir à la naissance de l'Univers et devenir un véritable Dieu ? A-t-il le droit de procéder à n'importe quelle expérience sur des êtres sans pouvoirs ? Non, évidemment que non ! Il y a une éthique, un chemin à respecter. Quand nous voulons procéder à un enchantement aussi complexe que ceux que vous venez de mentionner, nous devons en demander l'autorisation aux Sages. Premièrement, ce sont les seuls à même de mesurer l'impact de notre magie et de prévoir toutes les conséquences que cela peut avoir sur le monde extérieur. Deuxièmement, la plupart de ces sortilèges très compliqués sont impossibles à apprendre par cœur et sont inscrits dans des grimoires appartenant à la bibliothèque du conseil. Il faut leur aval pour pénétrer dans ce lieu. Si un Enchanteur venait à créer un sortilège trop puissant ou à faire usage d'un enchantement dangereux sans leur accord, les conséquences pourraient en être terribles pour lui. Il serait châtié, renié de notre communauté, banni, voire, dans le pire des cas, condamné à mort.

— La peine de mort ? Pour des immortels ? Cela me paraît contradictoire.

— Ce qui se rapproche le plus de la mort, en fait. La privation des sens – la vue, l'ouïe, le goût, le toucher et l'odorat – ainsi qu'une immobilité totale donnent un aperçu très convaincant de ce à quoi ressemble la mort. L'Enchanteur devient alors prisonnier de sa propre tête et ne peut plus jamais en sortir. Il ne peut que penser, c'est la seule faculté qu'il est impossible de cadenasser. Mais la plupart des condamnés deviennent fous à la longue…

— Vous avez déjà assisté à ce genre d'exécution ?

— Une fois, oui, au tout début de mon apprentissage. C'était un moment atroce que je ne suis pas près d'oublier. Torhold doit toujours être enfermé dans son manoir, si je ne m'abuse. Mais, depuis le temps, il doit être complètement dément.

— Qu'est-ce qu'il…

— Nous nous éloignons du sujet ! Vous vouliez enfin savoir s'il y a des sortilèges interdits ? Une multitude, à vrai dire. Mais ils sont interdits pour le bien de la communauté magique et non magique. Nous sommes un peuple très rare doté d'une grande puissance. Nous ne pouvons pas apparaître aux yeux du monde en toute lumière : certains verraient en nous des Dieux, d'autres des créatures dangereuses qu'il faudrait éliminer. D'autres encore viendraient nous demander des faveurs. Ce serait une vie très difficile à mener et, pour le bien de tous, il vaut mieux vivre cachés. De plus, avec la disparition de nombreuses espèces animales, nous avons beaucoup moins de mal à rester invisibles. Jadis, quand un dragon sortait de sa caverne, il fallait forcément faire venir un Enchanteur ou un Mage pour le capturer ou le tuer et effacer les souvenirs des humains qui avaient assisté à l'affrontement ou à l'escapade de la bête. Aujourd'hui, il ne doit pas rester plus d'une dizaine de dragons dans le monde entier. Et c'est la même chose pour beaucoup de bestioles oubliées depuis longtemps. Par conséquent, tous les enchantements qui risqueraient de nous révéler au monde humain sont interdits.

Pour les autres, il suffit d'en demander l'accord du conseil des Sages.

— C'est pour cette raison que vous n'êtes pas intervenu dans les guerres ?

— Les hommes s'entretuent depuis la nuit des temps. Ce ne sont pas nos affaires, nous n'avions pas à nous en mêler. Et, effectivement, cela aurait pu nous mettre à découvert. Je ne dis pas que quelques-uns d'entre nous n'ont pas essayé de régler les choses, mais, la plupart du temps, ils agissaient sur des événements mineurs qui n'ont eu que peu d'impact sur le fil de l'Histoire.

— Et vous n'avez jamais songé à siéger au conseil des Sages ?

— Il faut bien plus d'expérience que je n'en ai pour devenir un Sage et une place auprès d'eux exige de rester dans ce pays de façon définitive. Je n'ai rien contre la Norvège, c'est un endroit magnifique, mais il y fait trop froid pour quelqu'un comme moi et j'ai toujours eu la bougeotte. Bien ! Si vos questions sont terminées, nous allons pouvoir en venir à la leçon du jour. J'ai réfléchi à ce que vous pourriez présenter devant la communauté et je pense qu'une *chaîne de feu* serait notre meilleur atout.

— De quoi s'agit-il ?

— Comme je vous le disais, il existe de nombreux domaines dans la magie : magie temporelle et nécromancie en sont deux aspects. Il y a aussi la magie soignante, celle des élémentaires – eau, feu, air et terre –, celle de combat ou encore la magie tellurique. Pour ma part, je n'ai pas de domaine d'expertise, je touche à tout. Ce qui signifie que j'ai beaucoup de connaissances, mais aucun véritable savoir approfondi. Une *chaîne de feu* est un enchantement de combat très utile lors d'un duel. Il permet de matérialiser un long fouet enflammé qui viendra frapper votre adversaire. En combat, l'apparition de cette chaîne dure une seconde ou deux et le sortilège s'évapore après le contact avec votre ennemi. Mais, ici, nous voulons impressionner le conseil et il vous faudra maintenir l'enchantement pendant quelques instants supplémentaires pour le rendre beau et captivant. Ce ne sera pas facile, mais cela montrera que vous avez de la ressource et beaucoup d'énergie à revendre.

Je voyais dans ses yeux qu'Arthur essayait de visualiser un fouet de feu, mais l'idée restait trop vague pour lui paraître réelle. Le mieux était encore que je réalise le sort devant lui. Je redressai mon dos et fis craquer les jointures de mes mains. Je sentis l'énergie se préparer dans mes intestins, prête à surgir à la moindre demande de mon corps entraîné. Concentré, je frottai mes paumes l'une contre l'autre d'un mouvement vif et enchaînai avec une rapide rotation du poignet droit tout en libérant le flux magique qui traversa mon bras. À l'extrémité de mes doigts jaillit un long filet de flammes orangées qui claqua dans l'air en direction du ciel et libéra une incroyable quantité de chaleur. Un instant plus tard, il s'était volatilisé. Le jeune homme en eut le souffle coupé et me regardait avec l'avidité d'un écolier pressé d'en faire autant.

— C'était magnifique !

— Et peu coûteux en énergie. Il faut savoir que chaque enchantement puise ses forces dans les vôtres. Il n'y a pas que l'éthique qui nous empêche de réaliser des sortilèges, il y a aussi notre capacité physique. Plus vous prendrez de l'âge et plus vous vous entraînerez, plus vous serez à même de subir la perte d'énergie liée à vos sorts. Libérez-en une trop grande quantité et vous vous évanouirez. Dans une situation dangereuse, vous pourriez bien regretter ce choix !

— Mais puisque nous sommes immortels…

— Immortels face à la vieillesse, la maladie, le poison et la plupart des mises à mort communes. Vous ne pouvez pas trancher la tête d'un Magicien, elle serait capable de se rattacher à son corps avec l'aide d'un ami. En revanche, pour reprendre l'exemple d'une créature comme un dragon, si vous vous faisiez dévorer après avoir perdu connaissance, aucun Enchanteur ne pourrait venir à votre secours. Et vous seriez bel et bien mort et digéré. C'est un sort peu enviable !

— En effet.

Je m'assis et lui enjoignis d'en faire de même, face à moi. Il frissonna en regardant le sol glacé, mais ne fit aucune remarque et se posa par terre. Je croisai les jambes dans la position du tailleur et fermai les yeux pour respirer profondément. J'entendis Arthur m'imiter.

— La magie n'est pas qu'un exercice pailleté où le but est d'en mettre plein la vue à vos observateurs. Vous devez apprendre à contrôler et à maîtriser vos pouvoirs. En ce qui vous concerne, vous avez une longueur d'avance sur tous les novices qui ont pu traverser les âges : vous avez commencé à vous servir de vos pouvoirs consciemment. C'est une chose rare ! Toutefois, nous nous servirons de cette avance plus tard. Pour le moment, je vais vous demander de vous focaliser sur votre respiration.

Arthur semblait être très concentré et entrouvrit légèrement les lèvres pour laisser passer un mince filet d'air froid. Il expira longuement, puis inspira en faisant gonfler ses poumons.

— Chaque matin, en vous levant, vous vous assiérez dans l'herbe et vous prendrez quelques minutes pour respirer. Je perçois en vous un petit sourire narquois, mais sachez que c'est l'exercice le plus important que je vous demande de faire. Un boxeur qui ne respire pas ou qui respire mal deviendra inconscient après une minute sur le ring à cogner comme un dément. Pour un Magicien, il en est de même : le souffle apporte la concentration, mais aussi la capacité à maîtriser le flux magique qui sera expulsé de votre corps. Ressentez cet air qui vous traverse. Suivez le courant qui circule dans vos bronches, ce tracé vital qui fait battre votre cœur. Prenez conscience de l'énergie qu'il vous procure. Je veux que vous entendiez votre respiration, que vous imaginiez le chemin qu'elle suit lorsqu'elle entre en vous et lorsqu'elle en sort. À présent, vous devez être capable de ressentir jusqu'à la moindre fibre de votre corps. Vous sentez votre sang descendre jusque dans vos orteils, alimentant vos muscles et vos organes. Vous faites partie d'un tout, Arthur. Cet ensemble est en équilibre et une partie de celui-ci repose sur vos épaules. Laissez la force de l'Univers vous habiter et courir à l'intérieur de vos veines.

J'observai attentivement mon jeune sujet qui semblait être possédé par mes instructions. Les muscles de sa mâchoire tressaillaient sous l'effort de concentration qu'il fournissait. Son corps, tendu et droit, restait immobile, mais j'étais capable d'apercevoir ses tendons étirés sous sa peau. Visiblement, il y mettait du cœur. J'allais continuer mes explications quand j'aperçus une étincelle se former le long de ses phalanges, un crépitement blanc qui disparut presque aussi vite qu'il était apparu, mais qui provoqua un odieux frisson le long de mon échine.

— À présent, visualisez ce flux sanguin et laissez-le vous posséder. Il traverse vos tissus, il émane de votre poitrine et fait vibrer tout votre être. Vos bras se détendent pour sentir l'énergie qu'il vous procure et vous êtes capables de guider cette force jusque dans vos mains.

À peine avais-je terminé de prononcer cette phrase qu'une aura blanche se matérialisa autour des doigts du jeune homme. Il ne paraissait pas s'en rendre compte, mais la magie l'habitait et puisait déjà dans ses forces pour se faire voir. Je n'avais encore jamais assisté à une découverte de pouvoir aussi rapide et surtout, aussi puissante. Un sentiment de peur m'habita, l'espace d'une seconde, mais s'éteignit rapidement. Cet homme était doué, voilà tout !

— Et maintenant, le flux magique habite vos paumes et ne demande qu'à se libérer de sa prison. Collez vos mains l'une à l'autre, frottez-les une fois et prononcez le mot de pouvoir « *Aidu* ».

Arthur bougea lentement, craignant peut-être que la magie cesse d'opérer s'il était trop rapide. Lorsqu'il approcha ses deux mains l'une de l'autre, je sentis une vibration dans l'air, un frémissement qui faillit déclencher mes propres pouvoirs. L'espace entre ses deux paumes crépita plus fort que jamais sans qu'il n'ait aucun mal à le réduire à néant. Il attendit, une seconde, puis une autre et, finalement, libéra son pouvoir en murmurant :

— *Aidu* !

Une flamme orange aux étincelles blanches se dressa au bout de ses doigts, s'élevant doucement dans la fraîcheur du matin. Chaude et agréable à regarder, elle dansait tout en léchant les phalanges inexpérimentées de mon apprenti. Ce dernier ouvrit les yeux et fut stupéfait de constater que l'exercice avait réussi. Il m'adressa son plus grand sourire et sembla redevenir un enfant découvrant ses cadeaux à Noël. Il prit même le risque de caresser la langue de feu d'une main tremblante. Heureusement pour lui, les enchantements ne pouvaient que rarement blesser leurs expéditeurs.

— C'est magnifique ! déclara-t-il.

— Vous vous en êtes très bien tiré, en effet. Je suis fier de vous.

Ce compliment fut aussi inattendu pour lui que pour moi, mais c'était la vérité : j'étais fier de lui. Il me regarda d'un air reconnaissant et se déconcentra suffisamment pour que la flamme disparaisse. Le jeune homme regarda ses mains avec étonnement.

— Pour exister, un enchantement doit être maintenu par une grande concentration. Dans un combat, l'effet est immédiat et doit provoquer une blessure ou la mort de l'adversaire, ce qui permet de lancer des sorts relativement rapidement. Toutefois, dans le cadre d'une magie de spectacle ou d'un enchantement de soin, par exemple, le sortilège prend beaucoup de temps et doit être maintenu pour avoir un réel effet. Vous ne devez pas vous déconcentrer. C'est pourquoi nous allons passer à notre deuxième exercice.

— On ne réessaie pas ?

— Vous avez compris la théorie, n'est-ce pas ? Et comme je vous l'ai dit, je n'aime pas me répéter. Allons voir ce que vaut votre concentration.

Un air boudeur masquait le visage d'Arthur lorsque celui-ci se redressa pour me suivre dans la forêt. Il avait envie de renouveler l'expérience et je pouvais comprendre son enthousiasme : il avait réussi du premier coup à créer un flux magique. Le fait qu'il avait déjà été capable d'utiliser ses pouvoirs sur ses cobayes était un indice qui aurait pu me permettre de prévoir ce succès rapide. Cependant, je devais admettre que je ne m'attendais pas à ce qu'il réussisse immédiatement.

— Créer une flamme est un exercice basique sur lequel vous devrez travailler sans arrêt jusqu'à votre présentation au conseil des Sages. Le feu est l'élément majeur de la *chaîne* que je souhaite vous apprendre. Mais ce n'est pas le seul qui existe et vous devrez maîtriser l'alphabet runique lorsque vous deviendrez mon apprenti.

— Un alphabet ?

— Il y a vingt-six runes qui permettent de créer des débuts d'enchantements. *Aidu* est la première d'entre elles et permet d'invoquer le feu. Combinez les runes entre elles et les mouvements de vos mains et vous pourrez obtenir une combinaison infinie de sortilèges et d'enchantements. Après deux mille ans d'études, nous n'avons pas encore creusé très profondément dans les abysses de la magie.

— Mais vous ne dites rien quand vous réalisez un sortilège, remarqua Arthur tandis que nous nous arrêtions auprès d'un sapin très imposant dont l'écorce était fortement abîmée.

— Il est possible de délivrer des enchantements sans parler, mais en se concentrant sur la rune dans son esprit. C'est un exercice qui demande une certaine pratique et qui peut se révéler dangereux. Quand vous prononcez le mot, vous contrôlez le flux magique. Sans cela, vous pouvez libérer une quantité astronomique d'énergie qui vous épuiserait. Par ailleurs, cela demande une concentration à toute épreuve que peu de Magiciens possèdent en début de carrière. Pour l'instant, il faudra parler.

Arthur acquiesça et reporta son attention sur l'arbre contre lequel je m'étais accoudé. Je glissai ma main dans la besace qui m'avait accompagné et en sortis un petit bocal en verre, rond, aux parois opaques. Il faisait partie de mes ustensiles de préparation que je n'avais pas emportés en voyage et j'avais eu le loisir de constater qu'il contenait encore quelques spécimens en vie.

— Dans ce récipient se trouvent quatre scarabées du Nil. Avez-vous déjà entendu parler de ces insectes ?

— Non. Ce sont plus ou moins les mêmes que ceux qui habitent dans mon pays, je suppose ?

— Loin de là ! Ces bestioles étaient vénérées, en Égypte ancienne, pour une bonne raison : ils étaient un symbole de fertilité, d'abondance et de puissance. Quiconque vivait sur un champ dans lequel une colonie de scarabées avait trouvé refuge pouvait se targuer d'avoir une terre riche et cultivable. Toutefois, ils ont un autre intérêt que les Égyptiens d'autrefois avaient découvert : ce sont les animaux les plus rapides du monde. Lorsqu'ils déploient leurs ailes, ils sont capables de voler si vite qu'ils en deviennent invisibles jusqu'à ce qu'ils décident de se poser. Enfin, ils sont capables d'hiberner pendant plusieurs années sans ressentir la faim ou la douleur. Malheureusement, leur espèce s'est éteinte à l'état naturel à cause des activités de l'Homme. Nous avons une colonie, dans l'une des ailes du conseil, qui vit encore derrière les vitres d'un imposant terrarium. Il en reste un peu plus de deux cents. Mais je crois qu'il s'agit là des derniers spécimens.

— Et ils sont censés m'aider à me concentrer ?

— Tout à fait ! Je vais libérer un de ces insectes devant vous. Il ne doit pas s'envoler ! Pour cela, il ne doit pas avoir peur de vous. Vous resterez donc parfaitement immobile sans jamais le perdre des yeux. Si par mégarde vous bougez, il filera à toute vitesse. Heureusement, nous sommes à côté d'un arbre malade qui a besoin des soins de la Nature. Les scarabées sécrètent une sève réparatrice très puissante. Son instinct le poussera à ne pas s'éloigner pour qu'il puisse prodiguer des soins à ce végétal. Vous pourrez ainsi continuer l'exercice dès que vous aurez repris une position immobile et que vous l'aurez retrouvé du regard.

— Et c'est tout ?

— Croyez-moi, c'est suffisamment difficile comme ça !

Afin qu'il ne souffre pas trop d'une position stoïque, j'attendis qu'Arthur s'asseye dans l'herbe avant d'ouvrir le couvercle et de déposer un scarabée doré sur l'écorce du sapin mourant. C'était un mâle, comme le laissait deviner la longue corne qui lui servait de principale technique de défense. Les femelles étant beaucoup plus promptes à la fuite, j'espérai ainsi aider mon jeune élève et abaisser légèrement le niveau de difficulté. Celui-ci braqua ses yeux sur l'insecte tandis que je rejoignais mon propre poste d'observation.

Le jeune homme fut moins doué pour cet exercice que pour le précédent : bien qu'il ait réussi à garder une position stable et presque immobile, je voyais son regard fureter lorsque l'ennui commençait à l'habiter. Cependant, l'ennui était son pire ennemi puisqu'il lui faisait perdre sa concentration et un mouvement de tête trop brusque effraya le scarabée qui disparut aussitôt. Arthur n'osa pas me regarder devant ce premier échec et se contenta de bouger les yeux pour essayer de repérer à nouveau l'insecte. Celui-ci était réapparu sur une branche, en hauteur, à quelques mètres du sapin blessé, vérifiant mon explication sur son instinct de guérisseur. Arthur le retrouva et bloqua ses iris sur sa carapace miroitante dans le soleil matinal. Toutefois, cela ne dura guère longtemps puisqu'il tenta de se gratter discrètement le nez, ce qui fit fuir à nouveau l'insecte. Le soupir qu'il poussa me fit sourire. Son agacement s'annonçait coquasse.

Il resta plus d'une heure dans cette position, louchant parfois sur les ailes vigoureuses de l'animal, expirant par à-coups de longues respirations de dépit. Finalement, lorsque sa tête tomba brutalement sur son torse alors qu'il était en train de s'endormir, j'en profitai pour immobiliser le scarabée afin de le remettre dans sa boîte. Arthur se redressa rapidement et s'excusa platement d'avoir échoué à cet exercice.

— Ce n'est pas un échec, c'est un premier entraînement. Vous recommencerez ce soir jusqu'à ce que le soleil se couche.

— Vous êtes certain que cela me sera utile ?

— Absolument ! Et si vous le voulez bien, nous allons passer au troisième et dernier exercice.

Nous nous rapprochâmes de la tente près de laquelle je rallumai un feu aussi réconfortant pour le corps que l'esprit. Arthur s'avança en hésitant et me jeta un regard anxieux, redoutant sans doute ce que je lui réservai pour clore cette session d'entraînement. Je lui adressai un sourire et tendis mes mains devant moi en m'exclamant :

— Gymnastique !

Chapitre 6

Arthur me rejoignit à l'entrée de notre campement, épuisé, transpirant, le visage marqué par la faim et la fatigue. Il y avait une sorte d'abattement dans son regard qui me laissait présager une soirée de remotivation. Je m'y attendais un peu, pour dire la vérité. Le jeune homme n'avait réussi à produire que des étincelles en début d'après-midi et il avait perdu le scarabée des yeux une quinzaine de fois. La seule chose qui le détendait réellement était d'étirer ses doigts, ses poignets et ses bras qui seraient mis à rude épreuve lors du véritable commencement de son apprentissage.

Il s'assit sur une bûche et contempla le ragoût d'un air maussade avant d'apercevoir la viande qui cuisait en son centre. J'avais pris soin de vider ma proie, jeter les entrailles loin de notre lieu de vie pour ne pas attirer les charognards trop près de nous et j'avais découpé l'animal en larges morceaux, facilitant ainsi leur cuisson. Les restes inutilisés ce soir étaient conservés dans une malle ensorcelée qui réfrigérait les aliments, un accessoire qui m'avait coûté très cher, mais qui était très utile lorsque l'on était en déplacement dans la nature.

Je remuai le ragoût, vérifiant à l'aide d'un couteau dentelé si la viande était cuite, et servis une assiette à mon invité qui regardait à présent le plat avec envie. Nous mangeâmes en silence pendant un long moment, perdus dans nos pensées. Pour ma part, j'essayai de prévoir le programme du lendemain : suffisamment instructif pour permettre à Arthur de maîtriser l'enchantement de *chaîne de feu*, mais pas trop difficile pour lui redonner confiance en lui. C'était un mélange compliqué à obtenir. Toutefois, j'avais confiance en sa capacité d'assimilation. Je savais qu'il ne me décevrait pas.

Le jeune homme, lui, semblait absorbé par l'horizon céleste caché derrière la cime des arbres qui nous entouraient. Il mangeait avec appétit, mais, entre chaque bouchée, il levait la tête et rêvassait.

— Ce fut une journée intense, lui dis-je pour rompre le silence qui paraissait s'installer durablement.

— Tout à fait. Je ne suis pas certain d'avoir accompli grand-chose, si vous voulez mon avis.

— Non, je ne le veux pas, car il est erroné. Pour ma part, je pense que vous voulez aller trop vite et vous imaginez que la pratique de la magie peut s'apprendre en un claquement de doigts. C'est faux ! Vous devez comprendre que…

— Quand vous m'avez dit toutes ces choses ce matin, comment je devais respirer, me concentrer, penser même, j'ai réussi à faire jaillir une flamme de mes doigts. Cet après-midi, j'en étais incapable ! Soit je n'ai rien retenu, soit je suis un mauvais élève, je ne vois pas d'autre explication.

Je déposai mon assiette sur le sol feuillu de la forêt tout en cherchant les mots qui auraient le pouvoir de rassurer Arthur. L'apprentissage de la magie était fastidieux et très long. Il ne devait pas se décourager maintenant sous peine de ne jamais voir le bout de sa formation.

— Je me souviens de la première fois où j'ai dû pratiquer la magie. Mon Maître s'appelait Arwin, un Enchanteur âgé de plus de six cents ans. C'était un homme au regard dur et méchant qui attendait que tous les Initiés sachent pratiquer instantanément. Surtout ceux nés de parents Magiciens. Ma mère était une Mage très connue à l'époque et Arwin n'avait accepté de me prendre avec lui que parce qu'elle avait lourdement insisté en ce sens. J'avais treize ans quand il a fini par dire oui. Ma mère souhaitait me confier à cette personne uniquement parce qu'il était d'une nature ferme et inflexible. Elle ne voulait pas d'un Maître aux méthodes avant-gardistes qui prenait en compte les considérations de son élève.

Le jour où j'ai commencé, Arwin m'a demandé de m'asseoir sur un banc, il m'a tendu une plume de cygne et m'a demandé de la faire léviter. Il ne m'a donné aucun conseil, aucune méthode pour y parvenir. Ses seuls mots étaient : « Fais-la voler ! ». Je me suis concentré, j'ai essayé de me rappeler ce que je ressentais lorsque, accidentellement, j'utilisais mes pouvoirs. Toutefois, rien ne vint et je n'eus aucun éclair de génie. Alors, pour le faire rire, j'ai mis la plume sur mes lèvres et j'ai soufflé dessus aussi longtemps que je le pouvais pour la maintenir en l'air. Lorsque j'ai repris mon souffle, il a levé son index et fait un mouvement quasi insignifiant. La seconde d'après, je gisais sur le sol, la joue en feu, les larmes aux yeux. Il s'est rapproché de moi, m'a tendu à nouveau la plume et m'a dit : « Fais-la voler ! ». Et nous avons continué ainsi jusqu'au milieu de la nuit où j'ai fini par faire décoller cette satanée plume de cygne. Ma lèvre inférieure saignait, les contours de mon œil droit étaient devenus noirs et ma joue était bosselée, mais cette plume volait. J'avais fini par y arriver. Le lendemain matin, je n'y parvenais plus.

— C'est horrible ! Comment avez-vous pu supporter un tel apprentissage ? Vous êtes resté longtemps à son service ?

— Jusqu'à ce que je sois nommé Magicien, six ans plus tard. Et dites-vous que j'ai eu une des formations les plus courtes qui soient ! La violence était ma motivation… ou plutôt l'envie de ne pas me faire violenter. Et pourtant, malgré la ferveur que je nourrissais quotidiennement à ne pas subir les coups, je n'étais pas capable de retenir les leçons d'un jour à l'autre. La peur, le stress, l'angoisse de mal faire ou de vouloir trop bien faire, peut-être… Qui sait ? J'ai mis des années à correctement contrôler mon flux magique. Alors ne vous fustigez pas trop. Ne pensez pas que vous êtes mauvais. Au contraire. Vous êtes un débutant. Écoutez mes conseils et vous réussirez à maîtriser vos pouvoirs.

Aussi abasourdi qu'il fût, je savais que mes mots avaient eu un impact sur la façon de penser d'Arthur. Mes souvenirs étaient lointains, mais j'avais toujours en tête le visage de mon instructeur, cet homme aussi laid que méchant. Je revoyais sa barbe blanche qu'il enroulait autour de son cou comme une écharpe, ses deux yeux bleus qui pétillaient de jouissance dès qu'il me frappait, son nez pointu dans lequel frémissaient deux touffes massives de poils blancs quand il respirait. Ses doigts raidis par le temps n'avaient rien perdu de leur vigueur quand il était question de magie tandis que, devant tout le monde, il aimait passer pour un vieillard presque sourd. J'avais choisi de ne pas révéler le quart de ce qu'Arwin m'avait fait subir pendant mon adolescence. Arthur aurait pu prendre peur, imaginer que d'autres Enchanteurs partageaient ses idées rétrogrades.

— Qu'est-il est devenu ?

— Il est allongé sur une chaise depuis près de quarante ans…

— C'est-à-dire ?

Je pris une longue inspiration. Peut-être était-il temps de me lancer dans quelques explications nécessaires.

— Il y a quarante ans, un sortilège a privé la quasi-totalité des Enchanteurs, Mages et Magiciens de leurs pouvoirs. Depuis ce jour, il n'y a presque plus de naissance d'enfants touchés par la magie et le peu d'entre eux qui voient le jour perdent leurs pouvoirs à l'adolescence. Vous êtes le premier que je croise en quarante ans qui a des pouvoirs à l'âge adulte.

Lorsque Arwin a perdu ses pouvoirs, il a décidé d'attendre sur une chaise longue que ces derniers reviennent d'eux-mêmes. J'imagine qu'il n'a pas quitté son siège.

— Mais que s'est-il passé ? Et pourquoi êtes-vous toujours capable de pratiquer la magie ?

— Je ne suis pas certain d'avoir les réponses à ces questions. Mieux vaut pour vous que vous ignoriez les détails de cette histoire.

— Alors, dites-moi au moins pourquoi j'ai eu des pouvoirs si les autres Enchanteurs en sont dépossédés ?

— Là encore, je n'en sais rien. J'ai été chargé par le conseil des Sages de vérifier régulièrement, sur une carte du monde, s'il apparaissait de nouveaux Magiciens. Cela fait quarante ans que j'attends que quelque chose se passe. Et vous apparaissez de nulle part ! Je n'en sais pas plus que vous, mais il doit y avoir une raison à votre soudaine découverte.

— Si c'est un sortilège qui a provoqué cet arrêt de la magie et que vous n'avez pas été touché, cela signifie sans doute que c'est vous qui l'avez lancé, argua Arthur après un long moment d'hésitation.

— Ne parlez pas de ce que vous ignorez, jeune homme, vous pourriez bien le regretter !

Arthur s'immobilisa et détourna le regard. Il ne pensait pas être allé trop loin, mais il s'aventurait sur un terrain que je n'affectionnais pas particulièrement. L'image de ma fille s'imposa dans mon esprit et je sentis une violente envie de jeter mon assiette contre un arbre naître en moi. Une colère sourde bouillonna dans mes veines. J'aurais aimé pouvoir lui en parler, mais le jeune homme n'était pas prêt. Il ne comprenait même pas les enjeux de sa venue dans mon monde : être le dernier humain capable de maîtriser la magie. Moi-même je m'étais fait à cette idée après un laps de temps conséquent. S'il savait que j'étais mortel et que tout l'avenir de la magie reposerait sur ses épaules, j'imaginais qu'il refuserait de supporter ce fardeau.

Il baissa la tête et s'excusa d'avoir parlé sans savoir. J'acceptai son repenti et me levai pour aller me coucher. Il m'attrapa le poignet d'un geste vif avant de retirer sa main aussitôt.

— C'est à cause de la fille dans le cadre ?

— Quel cadre ?

— Celui que vous gardez près de votre lit ?

Il avait sans doute aperçu l'unique portrait que j'affectionnais en ce lieu. Je pensais l'avoir caché suffisamment bien pour qu'il échappe aux yeux indiscrets, mais, visiblement, je m'étais trompé.

— De qui s'agit-il ?

— Ma fille, Rose.

Et, sans un mot, je me détournai de lui et partis rejoindre mes quartiers. Je ne dormis pas, cette nuit-là. Comme chaque nuit où je pensais à elle.

La journée du lendemain ressembla de très près à celle de la veille, à la différence qu'Arthur était doté d'une nouvelle forme de motivation : il avait envie d'en découdre. Il souhaitait réellement apprendre à maîtriser l'enchantement que je tentais de lui enseigner et notre conversation lui avait fait de l'effet. Peut-être avait-il pris conscience qu'il était trop dur avec lui-même ou bien avait-il réfléchi à ma manière d'enseigner ? Quoi qu'il en soit, il ne quitta sa position du tailleur que lorsqu'il fut capable de faire naître dans sa paume une belle flamme blanche sans problème. Cela lui prit l'essentiel de la journée et il trempa son pull de la sueur de ses efforts, mais, lorsque le soleil se coucha, il pouvait créer ce brin de magie en claquant des doigts.

J'étais impressionné, mais cela n'était que le début d'un exercice très difficile. Les enchantements les plus compliqués étaient ceux qui demandaient le plus de concentration, un point qu'il n'avait pas assez travaillé aujourd'hui. C'est pourquoi je lui demandai le plus d'attention possible lors de notre dernière journée à l'air libre. Dans quelques heures, nous descendrions sous terre pour présenter Arthur au conseil et je refusai d'arriver avec un élève sous-entraîné. J'avais un blason à redorer.

Par conséquent, j'interdis au jeune homme de bouger de sa place tant qu'il ne serait pas capable de rester aussi immobile que le tronc des arbres qui l'entouraient. S'il ne réussit pas complètement à obtenir leur passivité, il parvint toutefois à tenir plus d'une heure sans bouger le moindre muscle. Il le paya de violentes crampes lorsqu'il se releva, mais j'étais certain qu'il était à présent en mesure de retenir les gestes qu'il devrait exécuter devant les Sages, ce soir. L'après-midi était déjà bien entamée lorsque nous abordâmes le dernier point de notre exercice.

— Vous vous débrouillez très bien, Arthur. J'ignore si vous vous en rendez compte, mais sachez que vous faites du très bon travail. Néanmoins, le temps presse et vous devez réaliser l'enchantement devant moi, avec une parfaite maîtrise, pour impressionner le conseil. Il vous faut donc apprendre le *rye*.

— Le quoi ?

— Le chemin de la délivrance, le *rye*. C'est le geste à dessiner pour terminer votre enchantement. Voyez-vous, il y a trois ingrédients dans un sortilège : le flux, aussi appelé *eyd*, qui puise dans votre énergie pour créer la magie, la rune qui convoque l'élément principal du sort et le chemin, le *rye*, qui délivre la puissance de l'enchantement. Si vous frottez vos mains l'une contre l'autre en prononçant la première rune, *Aidu*, vous jetterez une flamme devant vous. Si vous le faites simplement avec vos index, il n'y aura qu'un nuage d'étincelles. En revanche, si vous partez de votre coude jusqu'au bout de vos doigts, vous déclencherez un brasier. Évidemment, cela ne demande pas la même quantité d'énergie et vous devez être capable de maîtriser la puissance du feu.

Arthur hocha la tête et tenta de s'imaginer en train de retenir toute une série de mouvements compliqués. Je lui retirai cette idée immédiatement.

— Si les Enchanteurs travaillent toute leur vie sur leurs sortilèges, c'est parce que nous cherchons à les perfectionner. Chaque mouvement des doigts, des mains, du corps entier peut faire varier un enchantement. Nous tenons des journaux, des grimoires où nous détaillons nos expériences. Parfois, il faut plusieurs années de travail pour atteindre la perfection d'un sort. Pour ma part, j'essaie, depuis plus d'un an, de créer un enchantement de pluie suffisamment puissant pour faire pleuvoir dans les régions les plus arides du globe. C'est un travail épuisant qui ne porte pas encore ses fruits.

— Je suppose que cela demande une certaine imagination.

— En effet. En ce qui concerne la *Chaîne de feu*, il faut créer une flamme, l'envoyer en l'air et imiter le mouvement d'un fouet. Mais c'est le *rye* d'un enchantement de combat, destiné à disparaître après l'impact. Pour parfaire ce mouvement, je veux vous voir tournoyer sur vous-même après le claquement du fouet. Cela devrait provoquer une combinaison agréable à regarder pour les Sages.

— Puis-je essayer ?

— Je vous en prie.

Je n'avais pas pensé que le jeune homme serait aussi emballé par cette idée, mais j'avais remarqué que sa détermination avait grandi un peu plus à chaque heure pendant laquelle il s'était exercé, hier et aujourd'hui.

Il se leva et tenta une première fois d'envoyer une flamme dans les airs en frottant ses deux paumes vers le ciel. Il ne parvint pas à bouger son bras droit assez vite pour créer une *Chaîne de feu*, ce qui invoqua simplement un bouquet de feu blanchâtre qui s'éteignit avec panache à quelques centimètres des feuilles les plus proches. Il s'excusa, mais je ne relevai pas l'échec. Toute prouesse nécessitait un entraînement.

Ce ne fut qu'à sa quatrième tentative qu'il réussit à créer un véritable enchantement de combat. Je lui souris pour l'encourager, mais la vision du soleil qui déclinait dans mon dos commençait à m'effrayer.

Arthur passa la fin de l'après-midi à s'entraîner, mais ne tint jamais suffisamment longtemps le sortilège pour le rendre beau. Sa concentration s'émiettait lorsqu'il entamait le tour sur lui-même. Son *eyd* se rompait et les flammes perdaient de leur vigueur avant de s'éteindre. Si seulement nous avions eu encore plusieurs heures pour parfaire le sortilège… Toutefois, le moment était venu de nous mettre en route alors que mon apprenti commençait à ressentir une importante fatigue dans tous ses muscles. Je lui conseillai de se tremper la tête dans le baquet d'eau que j'avais ramené de la rivière et de changer de tenue pour mettre quelque chose de sobre qui ne sentait pas le bouc en rut. Il rit, mais je savais que le stress commençait à l'habiter. Moi aussi d'ailleurs.

Chapitre 7

À l'intérieur de la tente, protégés par ses murs de toile cirée, nous nous assîmes sur les deux seules chaises que je possédais. L'obscurité engourdissait nos sens et je savais que notre présence était attendue chez les Sages. Il ne valait mieux pas les faire attendre.

Arthur regardait impatiemment autour de lui, prêt à se mettre en route immédiatement. Il attendait un ordre de ma part qui ne venait pas. Personnellement, je préférais fouiller l'intérieur d'une vieille sacoche que j'avais laissé là bien des années plus tôt, persuadé que ce que je cherchais se trouvait dedans. Je finis par mettre la main sur un petit objet rond et lourd que je sortis des profondeurs du bagage : une bague en bronze sertie de deux runes celtes. Je la tendis au jeune homme qui l'observa avec attention.

— Qu'est-ce que c'est ?

— Une bague de transport. Avec elle, nous pourrons voyager instantanément vers la demeure des Sages sans dépenser la moindre énergie physique. Sur la première face, il y a la rune *Raidho* qui permet de voyager dans l'espace. Sur la seconde, c'est la rune *Gebo*, qui permet à l'objet d'être enchanté.

— À quoi ça sert d'ensorceler un objet ?

— Cela permet d'avoir un artefact qui n'obéit qu'à une seule fonction : garder en soi un sortilège prédéfini. Ainsi, on peut l'utiliser quand on le souhaite pour accomplir de grandes choses sans se fatiguer. Ma malle de réfrigération est enchantée et me permet de garder mes aliments au frais sans que je doive lancer régulièrement un sort de glace dessus. Cet anneau permet d'utiliser un sort de transfert, très coûteux en énergie.

— Pourquoi ne pas toujours faire appel à des objets enchantés alors ?

— Le processus d'enchantement est très long et doit être réalisé avec une précision et une attention toute particulière. De plus, tous les matériaux ne répondent pas bien à la magie : l'or, l'argent et le bronze sont les principaux métaux capables de supporter une charge d'énergie. L'acier résiste bien également, tout comme le bois, mais le simple fer ou le plastique ne pourraient pas contenir notre flux. Cela réduit donc drastiquement le nombre d'objets utilisables. Enfin, la taille compte beaucoup : cet anneau ne peut contenir qu'un seul sortilège. Lorsque nous l'aurons utilisé, il redeviendra une simple bague capable d'accueillir un nouvel enchantement. Par conséquent, il faut souvent transporter des choses très encombrantes ou lourdes pour avoir un panel de sorts conséquent et ce n'est pas très pratique.

— C'est dommage ! Cela me paraît très avantageux et cela aurait pu régler le problème des Enchanteurs sans pouvoir.

— Détrompez-vous ! Il faut une étincelle magique pour déclencher le sort contenu à l'intérieur. J'ai connu, il y a longtemps, un Magicien qui pensait comme vous et qui portait deux bagues à chaque doigt. Dès qu'elles étaient utilisées, il les réenchantait pour avoir toujours sur lui une vingtaine de sorts disponibles. Seulement, il ne destinait pas ses anneaux à un seul enchantement prédéfini, il les ensorcelait au gré de ses besoins. Si bien qu'il a fini par confondre une bague avec une autre et qu'il s'est lancé un sort de foudre au lieu d'un enchantement de guérison. Il a été désintégré sur place.

Arthur déglutit et sembla reconsidérer son envie de recourir inconsidérément aux objets magiques. Sa réaction me fit sourire, car il ne savait pas qu'il s'agissait d'une vieille histoire que les Mages se passaient pour éviter que leurs Initiés ne se lancent dans tout un tas d'enchantements d'objets inutiles. Cent ans plus tôt, c'était presque devenu une vraie mode d'avoir sur soi une relique ou un artefact portant un puissant sortilège. On s'en servait pour intimider les autres ou pour les impressionner. Je n'avais pas fait exception à la règle et, à l'époque, je portais sur le dos une cape de protection en soie bleu nuit. Ce n'était pas le matériel le plus adapté aux sortilèges, mais j'avais fini par trouver un enchantement capable de tenir dans les fibres du tissu. Je pouvais ainsi contrer n'importe quel sort de petite ou moyenne envergure et le retourner contre son expéditeur. C'était très pratique en période de tension et cela m'évitait d'avoir constamment à protéger mes arrières. Finalement, lorsqu'un collectif de jeunes Magiciens avait réuni suffisamment d'objets enchantés – trouvés au gré de leurs expéditions – pour monter un complot visant à destituer le conseil des Sages et prendre la tête de notre communauté, nous avions fini par considérer qu'il valait mieux réserver ces choses aux sorts banals et sans prétention et, surtout, à en limiter la création.

J'enroulai ma cape autour de mes épaules afin de lutter contre le vent glacé de ce début de soirée et enfilai la bague autour de mon index gauche. Il était temps de partir. Je saisis le bras d'Arthur qui semblait se préparer au déplacement avec une certaine angoisse et activai le sort de l'anneau. Ce dernier se mit à luire dans la pénombre avant de nous dématérialiser. Un noir d'encre opacifia ma vue pendant les quelques secondes du transfert, juste avant d'être balayé par une myriade de couleurs vives qui filaient à toute vitesse. Je sentis mes membres s'engourdir, un peu comme s'ils étaient restés trop longtemps dans une position inconfortable. Des fourmis vinrent me chatouiller le bout des doigts au moment où le coucher du soleil réapparut derrière l'horizon. Nous venions d'atterrir sur une lande déserte où des herbes sauvages ondulaient sous la caresse de la brise. Au loin, on pouvait apercevoir une vieille bâtisse en bois dont les murs paraissaient prêts à s'effondrer et qui tanguait dangereusement.

Arthur s'arrêta quelques secondes pour reprendre son souffle et se remettre du transfert. Pour un premier déplacement magique, il s'en était bien tiré : la plupart des Initiés perdaient connaissance à cause des vertiges que cela occasionnait. Il finit par se relever et regarda dans la direction que je lui indiquai.

— Je comprends pourquoi personne ne s'aventure dans les parages, marmonna-t-il. On dirait une maison hantée.

— C'est là tout l'intérêt ! Ne pas être dérangé.

Nous marchâmes d'un pas rapide vers la demeure isolée dans le silence le plus complet. Autour de nous, point d'oiseau chanteur ou de mammifères en chasse. Ce terrain était un reflet parfait de notre société magique : désert depuis des années. Il fut un temps où cette plaine s'ouvrait sur une quantité fantastique d'animaux en tous genres qui vagabondaient autour de la maison. Mais, à présent, c'était comme si notre pouvoir éteint avait fait fuir les espèces qui vivaient là.

Arrivé devant la porte, je m'arrêtai une seconde afin qu'Arthur me rejoigne. Au fur et à mesure que nous nous étions approchés, j'avais senti son pas moins assuré. La peur l'habitait vraiment à présent. Il contempla l'édifice et son regard scruta le lourd heurtoir fixé sur la porte. Il ressemblait à une tête de lion dont la gueule béante frappait sur le socle pour annoncer les visiteurs. Je l'enjoignis à le saisir et à frapper dessus. Il m'obéit, mais retira précipitamment sa main lorsque le son grave qui s'échappa du métal résonna autour de nous. Je n'avais pas entendu cette vibration depuis trop longtemps.

La porte s'ouvrit une seconde plus tard et dévoila un hall

d'entrée au carrelage noir et blanc. Un damier parfait qui s'étendait sur quelques mètres avant de laisser la place à un escalier massif qui s'enfonçait dans les ténèbres. Autour de nous, il n'y avait rien d'autre que les murs qui craquaient sous le poids du vent. La peur d'Arthur était palpable devant cette vision tirée tout droit d'un film d'horreur. Je voyais ses yeux fureter à droite et à gauche, essayant de repérer le moindre danger pouvant nous tomber dessus. J'entendais le rythme de tambour que jouait son cœur, qui s'accéléra encore lorsqu'une torche s'alluma sur notre passage quand nous eûmes refermé la porte d'entrée. Il sursauta et me pria de passer devant lui tandis que nous nous approchions des marches. En contrebas, l'éclairage ne permettait pas de voir le bout de ce profond passage et je ne pouvais m'empêcher de m'amuser de l'effroi qu'il faisait naître chez mon élève. Je descendis le premier et m'enfonçai dans l'obscurité grandissante, Arthur sur mes talons.

Bientôt, nous n'entendîmes plus que le bruit de nos pas et le son de nos respirations, tranquille pour la mienne, saccadée pour celle du jeune homme.

J'aperçus enfin une lueur qui brillait devant moi, ce qui eut pour effet de me faire accélérer. En atteignant la dernière marche, je ne pus m'empêcher de ressentir un certain soulagement : rien n'avait changé. Dans un geste théâtral, je présentai alors l'antichambre du conseil des Sages à mon disciple. Celui-ci resta bouche bée en découvrant les dix colonnes de bronze qui soutenaient un plafond peint aux couleurs d'une aurore boréale. Une onzième, en son centre, était faite d'or pur dans laquelle on avait gravé les vingt-six runes magiques qui scintillaient d'un éclat blanc, chacune à tour de rôle. Au sol, on pouvait apercevoir le tracé d'un large pinceau noir qui avait dessiné autour de nous un magnifique chemin jusqu'à la porte suivante, fermée pour l'instant. Enfin, incrustés dans les murs, se trouvaient des centaines de grimoires de cuir sur des étagères en bois brut, rangés dans un ordre bien précis. Leurs couvertures tapissaient presque entièrement la pièce et donnaient une allure riche et tamisée à ce lieu si éclatant. J'étais fier de présenter cet univers à Arthur qui ne savait plus où donner de la tête tant il y avait de choses à voir. Il aurait voulu se jeter sur chacun des livres pour commencer à les dévorer, ou bien, peut-être aurait-il apprécié contempler les runes qui brillaient devant lui. Néanmoins, il fut tiré de sa contemplation par le bruit de la porte en face de nous qui s'ouvrit délicatement sur la silhouette d'un homme gras au sourire jovial. Antonius, un Mage grec qui ne se séparait jamais de son regard rieur venait de faire son entrée et se dirigeait vers nous avec une grâce féline que peu de gens de sa corpulence possédaient.

— Merlin ! Mon jeune ami ! Toujours ponctuel, à ce que je vois !

— Antonius ! C'est un plaisir de te revoir !

Il me prit dans ses bras et m'adressa une accolade qui faillit me rompre les os. Sa barbe drue, peu fournie, mais piquante, m'irrita la joue. Cela ne m'empêcha pas de garder un sourire sincère sur les lèvres.

— Tes visites se font trop rares ! Nous avons besoin de t'avoir à nos côtés.

— La plupart des Enchanteurs ne sont pas de cet avis.

— N'écoute pas ces rabat-joie ! Oh ! s'exclama-t-il en apercevant enfin Arthur dans mon dos, voici donc ton nouveau protégé !

— Je te présente Arthur. Il vient tout juste de découvrir ses pouvoirs et je compte le prendre comme Initié. Arthur, voici Antonius, Mage de soins et créateur de l'enchantement *Repousse-membres*. C'est un vieil ami et aussi le responsable de l'accueil au conseil des Sages.

— Enchanté, lui dit le jeune homme en lui serrant la main.

— Moi de même ! Cela fait plaisir de voir enfin une nouvelle tête ici ! On finit vite par ne plus pouvoir supporter les mêmes visages moroses à force… Bref ! Nous avons reçu ton message et le conseil au complet est là pour attendre ta venue et tes demandes. Ils sont déjà installés.

— Tous ? Tu veux dire que même les Observateurs sont présents ?

— Eh bien… oui. Je crois que tu n'as pas idée de ce que tu as provoqué avec ton message. Il est tombé au plus mauvais moment.

— C'est-à-dire ?

— Ils t'expliqueront cela tout à l'heure, je te le promets. Ne les faisons pas attendre !

Antonius indiqua la porte ouverte à Arthur qui s'avança de quelques pas tandis qu'il me retint par le bras et me chuchota à l'oreille :

— Il est prêt pour une démonstration ?

— Pas autant que je l'aurais voulu, mais j'espère que cela fera l'affaire. Pourquoi ?

— Les Sages ne sont pas de très bonne humeur. Ils attendent beaucoup de ta venue.

Je pris la suite du jeune homme sur ces paroles mystérieuses et débouchai sur la salle du conseil où deux cents personnes patientaient en regardant dans notre direction. Arthur s'était arrêté au beau milieu du couloir, impressionné de voir tant de monde et tournait fréquemment la tête vers moi pour que je le rejoigne. Je le poussai discrètement à se placer au centre de la pièce, au milieu d'un cercle de onze fauteuils de cuir rouge. L'endroit était un peu sombre et humide, mais on respirait une atmosphère de grandeur passée grâce à la splendeur des peintures qui habillaient les murs. Un ton bleu et or se détachait du reste des éléments du décor, mettant en scène des Enchanteurs lançant divers sortilèges sur chaque paroi.

Au fond, loin derrière le public qui attendait, se trouvait une porte en bronze surmonté d'un disque percé en or. Arthur observa les lieux puis s'inclina devant les personnes assises autour de lui. Je dénombrai dix Enchanteurs, laissant un siège vacant à ma droite. Cela me surprit, sachant que je n'avais pas été informé d'un potentiel poste libre au conseil.

Placée sur le fauteuil en face de nous, se trouvait une femme aux cheveux d'argent, son regard gris braqué sur Arthur qu'elle détaillait avec insistance. Elle avait l'allure d'une dame ayant vécu à la Cour de Versailles, mais son visage ne montrait qu'une demoiselle d'à peine plus de vingt-cinq ans. Ses traits, durcis par le temps, ne paraissaient pas savoir sourire. Elle s'appelait Eleanor et c'était la présidente du conseil des Sages depuis près de soixante ans. Elle se leva et tendit les mains dans notre direction. Sa voix forte se répercuta sur les murs pour que tout le monde l'entende.

— Bienvenue, Merlin ! Vous nous avez beaucoup manqué ! Votre dernière visite me semble avoir eu lieu une éternité plus tôt.

— Merci, Madame ! Il me tardait de revenir, mais je ne pouvais décemment le faire sans avoir déniché un talent magique, comme le conseil me l'avait demandé il y a dix ans. J'ai mis beaucoup de temps à trouver quelqu'un à la hauteur de mes attentes et c'est l'une des raisons pour laquelle je voulais réunir le conseil. Je voudrais vous présenter Arthur Curve. Il a vingt-neuf ans et vient de découvrir ses pouvoirs. Il semble avoir de belles dispositions à la magie.

Eleanor fixa mon élève un peu plus intensément et se rapprocha de nous pour tourner autour de lui comme un vautour l'aurait fait avec une proie particulièrement appétissante. Elle regagna ensuite sa place sans dire un mot. J'apercevais du coin de l'œil les neuf autres Enchanteurs qui nous détaillaient : Herbert, Enchanteur élémentaire, me jetait un regard assassin sans que je sache d'où venait son hostilité à mon égard ; Priscia, Enchanteresse tellurique, regardait avec envie ce nouveau jeune homme qu'elle n'avait pas encore eu l'occasion de corrompre ; Viktor, Enchanteur de combat, se limait les ongles en montrant peu d'intérêt à notre encontre et Gabriel, le seul Mage du conseil, paraissait aussi excité qu'une puce en nous observant. Les cinq autres ne m'étaient guère familiers et je n'aurais su dire s'ils étaient ennuyés ou en colère de nous voir. Leurs émotions m'apparaissaient confuses. Eleanor reprit la parole quelques secondes plus tard :

— Je suppose que vous venez nous demander l'autorisation de le prendre comme Initié ou bien souhaitez-vous confier cette tâche à quelqu'un d'autre ?

— Non, en effet, je voudrais m'occuper de son apprentissage personnellement.

— Vous savez donc ce qu'il vous reste à faire.

J'acquiesçai et me rapprochai du jeune homme tétanisé sur lequel tous les regards venaient à nouveau de se tourner. Un filet de sueur traçait une ligne parfaite entre ses cheveux et son menton. Il me regarda, terrifié.

— Détendez-vous, lui conseillai-je à voix basse. Faites de votre mieux ! Ils paraissent impressionnants, mais ils ne peuvent plus faire de la magie depuis quarante ans. Vous avez un pouvoir qu'ils désirent. Soyez vous-mêmes et ne cherchez pas à les impressionner. J'ai confiance en vous.

Arthur me remercia du regard et attendit que je recule en dehors du cercle formé par les Enchanteurs pour commencer sa mise en scène. Il ferma les yeux et je l'entendis essayer de respirer plus calmement. Il forçait sa poitrine à rester souple et concentrait son esprit sur son souffle. Pendant quelques instants, il resta parfaitement immobile. Je le crus même paralysé par la peur. Toutefois, lorsqu'il ouvrit les yeux, je me rendis compte que je ne l'avais jamais vu aussi déterminé. Il joignit ses deux mains, les tourna vers le plafond et prononça :

— *Aidu* !

Aussitôt, un long faisceau enflammé jaillit de ses paumes étirées et s'éleva au-dessus du public qui le regardait avec attention. Arthur déploya son bras droit et le fit claquer comme un fouet, ce qui eut pour effet de transformer les flammes en une *chaîne de feu* parfaite qu'il maintenait avec aisance. Immédiatement après l'apparition de l'enchantement, le jeune homme se mit à tournoyer sur lui-même, le bras tendu dans son dos, aspirant l'air tout en bougeant avec facilité. Un tourbillon de feu apparut dans le sillon de la chaîne et se colora petit à petit de blanc, à mesure que le sortilège prenait de l'ampleur et englobait bientôt tout le corps de mon élève. La c*haîne* s'était changée en tornade et l'éclat puissant du brasier m'empêcha d'apercevoir Arthur qui avait disparu au milieu de sa tempête. Il tourna ainsi pendant près de dix secondes, déclenchant quelques exclamations d'admiration dans l'assistance, avant de relâcher le sort et de tomber à genoux devant Eleanor tandis que les flammes s'éteignaient doucement.

Un tonnerre d'applaudissements rugit derrière les sièges du conseil et Arthur fut sifflé et acclamé pour sa parfaite maîtrise du sortilège que je lui avais enseigné. Moi-même, je me joignis aux autres spectateurs pour le féliciter d'avoir réussi si brillamment. Il me lança un regard soulagé et me remercia d'un signe de tête qui m'alla droit au cœur.

— Arthur ! scanda Eleanor par-dessus le bruit de la foule.

Les applaudissements cessèrent immédiatement et le public redevint silencieux. L'Enchanteresse s'était levée et dirigée vers mon élève dont les épaules se voûtèrent sous la puissance de ses iris.

— Vous m'avez tout l'air d'être une recrue prometteuse. Cette *Chaîne de feu* était très belle, très poétique, et vous avez su lui donner une élégance inattendue. Je suis certaine que vous serez un excellent Initié auprès de Merlin.

C'était la décision que j'attendais avec impatience et je fus heureux de l'entendre prononcée aussi vite. Mon soulagement devait se voir, car Antonius me tapota l'épaule avec gentillesse pour accompagner les nouveaux applaudissements des Observateurs. Arthur aussi semblait plus heureux que lorsqu'il était arrivé dans cette salle.

Je m'avançai vers lui pour le rejoindre sous la lumière projetée par les torches qui éclairaient la pièce. Je lui fis une rapide accolade avant de me tourner vers Eleanor.

— Je vous remercie pour votre confiance et je vous assure que vous ne serez pas déçue par son entraînement. Il en va de mon honneur !

— J'espère sincèrement que vous saurez mettre à profit son talent inné pour la magie. Il serait dommage qu'il veuille arrêter sa formation en cours de route…

Je ne répondis rien à cette attaque ouvertement hostile et me concentrai sur la suite de mes demandes. Eleanor venait de me montrer qu'elle n'était toujours pas de mon côté sur bien des points.

— Madame, j'avais également une requête à vous soumettre avant que le conseil ne se disperse. Voyez-vous…

— Non, Merlin. C'est à nous de parler à présent, me coupa la présidente. Croyez-vous réellement que le conseil se serait réuni au complet pour une simple demande d'Initié ?

— Je ne sais pas. Je pensais que…

— Vous pensiez mal ! Il se trouve que nous sommes en train de vivre une véritable crise sans précédent et que nous avons besoin de vous et de votre protégé.

— Pourriez-vous être plus claire ?

Viktor, à ma droite, se leva et prit la parole à son tour. Il venait de trouver un intérêt à notre entrevue.

— Vous arrivez à un moment terrible pour notre

communauté, commença-t-il avec un fort accent d'Europe de l'Est. Lorsque nous avons reçu votre message, il y a trois jours, nous avons pensé qu'il ne pouvait pas s'agir d'une simple coïncidence. Le dernier Enchanteur capable de faire de la magie qui nous écrit alors que nous sommes en train… de mourir. Étrange, non ?

— De mourir ? Qu'est-ce que vous voulez dire ? rétorquai-je en sentant un poids tomber au fond de mon estomac.

— Ce que vous avez entendu, continua Priscia en souriant plus gentiment. Plusieurs Enchanteurs sont morts, il y a quelques jours. Murrad, des contrées d'Orient, a été retrouvé mort dans son temple d'Arabie, la semaine dernière. Il ne semblait pas avoir la moindre blessure apparente. Il a simplement cessé de respirer et il s'est éteint. Hector, dans les montagnes Crétoises, a également subi ce même fléau. Constance, qui était assise à nos côtés, s'est effondrée lors d'un repas quand son cœur a cessé de battre. Enfin, Arwin, que vous connaissiez bien, a été découvert hier, sur sa chaise de méditation, mort également.

Ces mots me firent l'effet d'un électro-choc. Arwin ne pouvait pas être mort, c'était impossible. J'avais juré de le tuer de mes mains devant ma propre mère. Il n'avait pas le droit au repos éternel et à sa quiétude alors que j'avais encore tant de choses à lui faire payer.

— Comprenez, dit Priscia sans se soucier de l'effondrement émotionnel dans lequel elle venait de me plonger, que votre venue nous a tous interloqués. Nous pensions qu'elle avait un rapport avec ce phénomène. Peut-être une autre erreur de sortilège de votre part ou de la part d'un de vos proches. Nous ne pensions pas que vous ne veniez que pour un Initié, sans vouloir vexer votre délicieux élève.

— Je n'étais pas au courant de ces phénomènes, répliquai-je en essayant de donner à ma voix un aplomb perdu. J'ai observé chez moi un changement, il y a quelques jours, c'est vrai. Mais je ne pensais pas que celui-ci était universel.

— Quel changement ? lança abruptement Viktor.

— Je suis devenu mortel.

Chapitre 8

Le public retint son souffle à l'entente de ces mots fatidiques. Je refusai de regarder en direction d'Arthur que j'avais sermonné, quelques jours plus tôt sur la question de la mortalité alors que je lui avais caché ce détail important. Eleanor ramena le silence autour de nous en levant la main et m'encouragea à continuer mes explications.

— J'ai acheté du raisin sur le marché, près de mon campement habituel. Je me suis coupé avec une branche de vigne et j'ai saigné. Je n'avais jamais vu la couleur de mon sang jusqu'à présent. Cette nouvelle m'a perturbé un moment, je l'admets. Et, le soir même, j'ai appris qu'un individu que je n'avais pas encore repéré avait découvert ses pouvoirs magiques. J'ai voulu relier les événements entre eux, mais n'y suis pas parvenu. Arthur n'a aucun rapport avec ma soudaine condition de mortel. En revanche, c'était l'objet principal de ma venue en ce lieu.

— C'est-à-dire ? demanda la présidente.

— Je souhaiterais réaliser l'Enchantement de *Voyance finale*. Pour cela, j'ai besoin d'avoir accès à la bibliothèque du conseil et de votre approbation.

— Pouvez-vous nous expliquer vos motivations ?

— Comme vous me l'avez rappelé si subtilement au début de cette conversation, je suis le dernier Enchanteur capable d'utiliser la magie. Du moins, je l'étais jusqu'à ce que je découvre Arthur qui pourra prendre ma suite lorsque je ne serai plus là. Cependant, je dois savoir s'il me reste un an ou cent ans à vivre pour lui enseigner tout ce que je sais. De ma durée de vie dépendra le programme d'apprentissage qu'il suivra. Il doit être préparé à pouvoir servir le conseil et la communauté magique.

— C'est un enchantement très risqué, annonça Zian, une femme asiatique à qui je n'avais encore jamais parlé auparavant. Je suis moi-même Enchanteresse divinatrice et je n'ai pratiqué ce sort qu'une dizaine de fois. Elles se sont toutes terminées avec des conséquences tragiques. Chaque sujet pense qu'il veut savoir la date précise à laquelle se terminera son existence, mais, une fois soumis au verdict, il ne peut plus échapper au temps qui le consume de l'intérieur. Personnellement, je refuse de vous autoriser l'accès à la bibliothèque.

— Êtes-vous consciente des conséquences que cela pourrait avoir sur toute notre population ? m'énervai-je. Si je disparais demain, personne ne pourra reprendre le flambeau de mes recherches. Vous serez tous coincés dans vos fauteuils de cuir sans marge de manœuvre, car vous aurez sous la main un cadavre et un Initié seulement capable de créer une *chaîne de feu*. C'est ce que vous voulez ?

— Et vous ? rétorqua Eleanor. Pensez-vous être capable de supporter l'annonce de votre mort prochaine ? Si ce que vous nous avez dit est vrai, nous sommes tous condamnés à mourir et à ne jamais revoir nos pouvoirs. Il serait peut-être préférable de ne pas connaître de date précise et d'enseigner à ce jeune homme sans se soucier de la fin. Pour ma part, c'est un refus également.

Les autres membres du conseil ne prirent même pas la peine de discuter leur choix avec moi et levèrent la main à l'unanimité pour me refuser l'accès à leur bibliothèque. Je sentis leur refus se poser sur mes épaules et renforcer le terrible fardeau que je portais déjà depuis si longtemps. Comment pouvaient-ils me refuser ce droit ? Étaient-ils inconscients à ce point ?

Arthur posa sa main sur mon épaule et m'offrit un soutien inattendu, mais appréciable. Son sourire délicat ne parvint pas à effacer toute l'amertume que je ressentais, mais il apaisa un peu ma colère. Je repris une certaine consistance et fis face à Eleanor avec dignité.

— Très bien. Je me plie aux décisions de ce conseil.

— C'est plus sage, en effet. De plus, il va falloir que chacun d'entre nous atteste vos dires, Merlin : si vous êtes devenu mortel, nous le sommes probablement aussi. Dès ce soir, je veux que tout le monde vérifie par soi-même si il ou elle est capable de saigner. Cela constituera notre premier indicateur. En attendant, je déclare cette séance extraordinaire du conseil des Sages terminée.

Un bourdonnement se fit entendre dans la pièce tandis que tout le public sortait de la salle par la porte du fond. Les Magiciens n'y croyaient pas, pas plus que leurs congénères expérimentés. Ils me prenaient pour un fou ou pour un menteur, pas pour quelqu'un de confiance.

Antonius me rejoignit et attendit que la plupart des membres du conseil soient partis pour reprendre notre conversation là où elle s'était arrêtée.

— C'était de cela que tu me parlais tout à l'heure ? lui demandai-je avec colère. N'aurais-tu pas pu me mettre au courant plus tôt ?

— On m'avait interdit de t'en parler, excuse-moi. Ils pensaient tous que tu venais pour cette raison, que tu avais quelque chose à voir là-dedans. Je n'ai pas voulu faire de vagues qui auraient pu te desservir.

— Que va-t-il se passer maintenant ?

— Je n'en ai aucune idée. Il va falloir trouver la cause de

cette soudaine mortalité chez les Enchanteurs et rapidement avant que nous ne subissions une véritable hécatombe.

Arthur me précéda tandis que nous pénétrions à notre tour dans la grande salle à manger du conseil. C'était une pièce aux murs couverts de tapisseries médiévales préservées de l'assaut du temps grâce à de puissants enchantements. On pouvait y voir de belles scènes de batailles qui s'étaient déroulées dans un lointain passé où les Magiciens avaient un peu plus de panache qu'aujourd'hui. Le sol de pierre était masqué en son centre par un épais tapis de velours rouge qui traversait l'endroit dans toute sa longueur jusqu'à une table ronde où mangeaient les Sages. Le reste de la salle était composé d'une cinquantaine de tables où dix personnes pouvaient facilement s'asseoir pour dîner sans se gêner. Nombre d'entre elles restèrent vides ce soir, car nous n'étions plus assez nombreux pour toutes les remplir.

Je m'assis loin de la table ronde où Eleanor prenait place tout en discutant avec Viktor. Celui-ci semblait particulièrement énervé et agitait les bras, mais je ne parvenais pas à entendre sa conversation à cause du bruit assourdissant que provoquait cette foule inintéressante. Antonius s'assit à ma droite et Arthur en face de moi. Un jeune Magicien nous apporta une desserte recouverte d'entrées et de plats variés aux couleurs et aux senteurs exquises. Toutefois, je n'avais pas faim. Je fis signe à mon élève de se servir tandis que mon ami me tendit une coupe d'hydromel.

— Nous pouvons au moins trinquer à la nomination d'Arthur en tant qu'Initié ! me pria Antonius avec ferveur.

— C'est vrai, reconnus-je malgré moi.

Nous fîmes tinter nos verres tout en essayant de rester discrets. Il n'aurait pas fallu qu'on nous prenne pour des conspirateurs fêtant la mort prochaine de tous les Sages du conseil. Arthur sourit et but sa première gorgée du liquide ambré. Il se dessina une moustache de mousse sur sa lèvre supérieure qu'il lécha avec avidité. L'hydromel avait la fâcheuse tendance d'être délicieux et particulièrement désinhibant. C'était une boisson à déguster avec beaucoup de modération.

— À partir de maintenant, il faudra que tu m'appelles « Maître Merlin », annonçai-je au jeune homme qui terminait déjà sa coupe.

— Vous me tutoyez ?

— Je suis officiellement ton instructeur, je me permets donc cette familiarité, en effet.

Antonius rit à gorge déployée en voyant le regard d'Arthur qui comprenait à l'instant que notre relation venait de changer de niveau et qu'il allait devoir observer une certaine déférence à mon égard. Puis, il se servit un morceau de tourte à la caille et déposa quelques pommes dauphines dans son assiette en porcelaine. Pour ma part, je ne pris qu'un peu de légumes et une tranche de pain que je trempai dans un récipient en fonte où reposait une sublime sauce madère qui accompagnait les pommes de terre. Arthur remplit son assiette avec de la viande, des féculents et des légumes, trop heureux de pouvoir manger à sa faim après trois jours de disette. Il se resservit une coupe d'hydromel avant d'attaquer son repas.

— N'empêche, me fit remarquer mon ami alors qu'il attaquait sa troisième part de tourte, c'est étrange que tu deviennes mortel alors que d'autres Enchanteurs décèdent un peu partout dans le monde.

— Tu l'es probablement aussi, lui rappelai-je.

— Oh, tu fais bien de me le rappeler !

Il saisit son couteau et le planta dans son index d'un geste vif. Aussitôt, il laissa échapper un cri de douleur qui fit se retourner nos voisins les plus proches. Une traînée de sang perla sur le bois de la table et Antonius la regarda d'un air mélangeant la surprise et la joie. Je comprenais bien ce qu'il ressentait : il était étrange pour nous qui avions toujours pensé que nous ne pourrions jamais saigner, de voir apparaître notre fluide vital.

— Fascinant ! murmura-t-il. Il semblerait que je sois, moi aussi, contraint de faire attention à ma santé.

— Dans ce cas, il va falloir ralentir sur les tourtes et autres délicieuses gâteries, très cher. Tu pourrais bien mourir d'une crise cardiaque comme un vulgaire mortel avec tout le gras que tu ingurgites.

— La nourriture ne me tuera pas ! déclara-t-il en éclatant de rire. Tout, mais pas ça ! J'en suis intimement convaincu. Et toi, Arthur ? Es-tu mortel aussi ?

— À vrai dire, j'ai appris avant-hier que j'étais devenu immortel alors vous savez, ça ne changerait pas grand-chose de savoir que ma vie va avoir une fin, répondit-il avec sagesse.

— Tu ne veux pas vérifier ? lui demandai-je.

Arthur hocha la tête et répéta le même mouvement qu'Antonius sur son propre index. Il ferma les yeux et attendit que la douleur vienne, mais le couteau glissa sur sa peau sans lui entailler le moindre centimètre. Son doigt était intact. Je déglutis tandis que le jeune homme rit de sa propre chance. Voilà qui n'était pas normal et loin d'être commun. J'allais sans doute devoir en parler avec Eleanor.

J'allais me lever de table pour lui demander une nouvelle audience quand un garçon d'une quinzaine d'années vint s'asseoir à côté d'Arthur en déplaçant bruyamment la chaise inoccupée. Il nous serra tous la main sans se départir d'un sourire gigantesque. Il me détailla longuement avant de prendre enfin la parole.

— Vous êtes Merlin, n'est-ce pas ?

— En effet.

— Je m'appelle Percy. Enfin, je m'appelle Perceval, mais tout le monde m'appelle Percy ! Je voulais vous dire que je suis très heureux de faire votre connaissance ! J'ai lu tous vos grimoires, toutes vos expériences, tous vos récits. C'est hyper impressionnant !

— Merci, balbutiai-je sans vraiment savoir quoi ajouter.

— Le temps est un peu long ici alors je préfère avoir le nez dans les bouquins plutôt que de ruminer avec les autres. Dites, c'est vrai que vous avez combattu un centaure sans magie ?

— Tout ce que je raconte dans mes grimoires est vrai, jeune homme ! Et oui, ce combat avec Diocarpèse fut une véritable corvée.

— Un centaure ? s'étonna Arthur. Ça existe réellement ?

— Bien sûr que ça existe ! s'esclaffa Antonius. Et ça ne ressemble pas du tout à ce que les poètes de l'Antiquité vous ont vendu, si tu veux tout savoir. Un centaure, c'est une créature qui mesure trois à quatre fois la taille d'un étalon américain. Sa moitié animale est indomptable et dangereuse tandis que sa moitié humaine peut être raisonnée. Il existe quelques exemples de centaures assez sages pour vivre parmi les humains, mais, la plupart du temps, ce sont des brutes sanguinaires qui ne pensent qu'à violer des femmes ou des juments et à massacrer les peuples qu'ils considèrent comme plus faibles.

— Et vous avez affronté l'un d'entre eux ? s'extasia mon élève en me faisant rougir légèrement.

— Oh oui ! fit Percy sans me laisser le temps de parler. Diocarpèse était le chef d'une troupe de centaures qui sévissaient dans le sud de la France au début du vingtième siècle. Il était aussi massif qu'un char d'assaut et aussi bête que l'un de ses sabots – je cite vos écrits, Maître Merlin – et il fallait l'arrêter à tout prix. Les centaures ont une règle : toujours suivre le chef ! Alors, si quelqu'un arrêtait Diocarpèse, les autres iraient se cacher sans faire d'histoire. Sauf que ce centaure possédait un arc enchanté empêchant quiconque touché par l'une de ses flèches d'invoquer un sortilège. Maître Merlin a été touché au bras et a donc dû se débrouiller sans avoir recours à la magie.

— Comment avez-vous fait ?

— Diocarpèse était aussi puissant qu'il était bête, racontai-je, gêné. J'ai esquivé ses assauts et l'ai emmené se battre au bord d'une falaise de laquelle il est tombé après s'être précipité sur moi. Quelques minutes après, l'enchantement de sa flèche s'est arrêté et j'ai pu soigner ma blessure.

— Mais je croyais que vous n'aviez jamais vu la couleur de votre sang ? s'étonna Arthur. C'est ce que vous avez dit tout à l'heure.

— Seule une arme magique peut faire des dégâts à un Enchanteur et la plaie ne saigne pas. Elle nous transperce simplement ou nous étouffe ou nous brûle, choisis le verbe que tu préfères. En revanche, cela ne nous empêche pas de ressentir la douleur. Quoi qu'il en soit, j'ai réussi à convaincre sa troupe de laisser les humains tranquilles et ils sont repartis dans leur forêt bien sagement.

— C'est très impressionnant ! m'avoua Arthur. C'était ça votre quête pour devenir Enchanteur ?

— Et attends, t'as encore rien entendu ! s'extasia Percy. Il a aussi affronté une nuée de golems de pierre, il a fait taire un dragon hurleur et…

— Allez, ça suffit pour ce soir, Percy ! le coupai-je en me raclant la gorge. Ce n'est pas la peine de vanter mes mérites. Tous ces faits d'armes sont bien moins impressionnants qu'ils n'en ont l'air, je peux te l'assurer.

Percy semblait déçu par mon manque d'enthousiasme, mais il était nécessaire de le ramener à la réalité. Mes écrits étaient enjolivés par les tournures de phrases et les effets de style. Dans la réalité, il ne restait que la peur d'être piétiné par un centaure fou ou dévoré vivant par un dragon gigantesque.

La fin du repas se passa bien plus silencieusement qu'il

n'avait commencé. Les échos qui surchargeaient la pièce diminuèrent jusqu'à sombrer dans le néant quand la plupart des Observateurs partirent se coucher. Antonius m'apprit qu'une chambre nous était réservée, à Arthur et moi, pour éviter que nous repartions dans la foulée. Visiblement, Eleanor n'en avait pas fini avec moi.

Percy fut chargé de nous conduire à l'intérieur de nos quartiers où je pris congé d'Antonius. Ce dernier me promit de venir demain afin d'aborder le problème de la soudaine mortalité de notre communauté sous un nouvel angle. La nuit porterait peut-être conseil.

Je me retournai dans mon lit sans réussir à trouver le sommeil. La chambre était confortable et spacieuse, équipée de deux lits simples aux matelas moelleux. Tout était prévu pour que nous y passions un bon séjour. Malheureusement, je ne parvenais pas à me sortir de la tête que j'avais échoué à convaincre le conseil. Le Recueil était primordial pour moi et ne pas savoir combien de temps il me restait à parcourir cette Terre me rendait perplexe. Et si j'étais incapable d'accomplir ma mission ? J'avais fait de nombreuses erreurs par le passé. J'essayais aujourd'hui de les corriger, mais que faire si le temps qui m'était imparti se révélait être insuffisant ? Arthur était un jeune homme vif qui apprendrait vite, j'en étais persuadé. Cependant, il n'aurait peut-être pas le temps de devenir un Magicien suffisamment expérimenté pour suivre mes traces.

Toutes ces réflexions trottaient dans mon crâne comme une horde de centaures furieux qui m'empêchaient de dormir.

Mon Initié se retourna sous ses couvertures et je ne pus m'empêcher de lui jeter un coup d'œil à la lumière de la lune qui s'infiltrait jusqu'à nous par une fenêtre sans rideaux fixée au-dessus de nos têtes. Les quartiers résidentiels des Enchanteurs se trouvaient sous terre, mais de nombreuses cavités avaient été creusées pour permettre au jour d'éclairer les chambres privées. C'était un moyen comme un autre de garder une idée du temps qui passait à la surface et de ne pas perdre tous les repères du monde extérieur. Par ailleurs, aucun humain ne risquait de tomber dessus puisque nous étions dans l'une des régions les plus isolées du monde.

La lune brillait sur la couche d'Arthur dont la tête reposait mollement sur son oreiller rebondi. La bouche légèrement entrouverte, il semblait particulièrement inoffensif. Le sommeil avait ce pouvoir étrange de défaire les personnes de leurs émotions, les rendre vulnérables et effacer de leurs traits toute trace de joie ou de haine. C'était aussi un puissant moyen de réparer les blessures physiques ou psychiques. Peu d'entre nous avaient étudié cette forme de magie, mais je notai dans un coin de ma tête que cela pourrait être un objet d'étude, dans quelques mois, si j'étais toujours en vie.

Le cours de mes pensées fut interrompu par la lumière d'une torche qui se glissa sous la porte de ma chambre. Des pas accompagnèrent cette vision inattendue et ceux-ci s'arrêtèrent de l'autre côté du mur. Quelqu'un semblait attendre quelque chose. Puisqu'il m'était impossible de dormir, autant aller voir de quoi il s'agissait.

J'enfilai une vieille paire de chaussures et sortis de la pièce sans faire de bruit. Arthur ne se rendit compte de rien. En fermant la porte, je tombai nez à nez avec la silhouette de Gabriel, le Mage du conseil qui était resté étonnamment silencieux. Il soupira de gratitude en me voyant apparaître et me fit signe de me taire et de le suivre.

Il disparut au détour d'un long couloir incurvé et descendit un escalier de pierres qui s'enfonçait vers les cuisines du conseil. Les lumières des flambeaux étaient presque éteintes à cette heure tardive et j'avais hâte de savoir pourquoi cette jeune recrue souhaitait me parler en tête à tête, loin des oreilles indiscrètes.

Il m'arrêta d'un geste de la main lorsque nous atteignîmes une vieille porte en bois derrière laquelle se trouvait une salle d'exercice désaffectée depuis bien longtemps. Il essaya de ne pas faire grincer les joints, mais le bruit qui s'échappa malgré lui sembla résonner sur des centaines de mètres avant de se perdre dans les tréfonds du bâtiment. Je rentrai à sa suite et m'installai sur l'une des chaises moisies de la pièce. Gabriel me fit face et déposa la torche sur un mur proche.

— Elle a mis ta chambre sur écoute, murmura le Mage en me serrant dans ses bras. Elle ne croit pas à ta version des faits et si jamais elle savait que je suis venu te voir…

— Respire, Gabriel. Prends ton temps et dis-moi ce qui ne va pas.

— Eleanor ! s'exclama-t-il bruyamment en perdant le contrôle de ses nerfs. Elle pense que tu es mêlé à tout ça, la mortalité, les décès… Elle a peur, car elle est devenue mortelle et elle n'ose pas demander l'enchantement de *Voyance finale*. Ils y ont tous pensé avant toi. C'était du flan tout à l'heure ! Ils savaient d'ores et déjà tous qu'ils étaient devenus mortels. Zian a été très sollicitée afin que tu sois convoqué et que tu jettes cet enchantement sous son instruction, mais elle l'a refusé à tous ceux qui le lui ont demandé.

— Je me souviens très bien avoir entendu Eleanor dire qu'elle cherchait un moyen de gagner sa propre mortalité, il y a quelques années. Pourquoi en aurait-elle peur à présent ?

— C'était du pipeau ! Certains, comme toi, sont ennuyés par le fait d'être immortel. D'autres le disent, mais ne le pensent pas. C'est son cas ! Elle n'a jamais souhaité mourir un jour, et le fait que cela devienne bien réel la terrifie. Elle veut trouver un coupable et ramener la situation à la normale.

— Et je serais ce coupable ?

— Parfaitement ! Qui d'autre que toi peut faire de la magie, aujourd'hui ?

— Mais toi tu n'y crois pas.

Ce n'était pas une question que je lui adressai, c'était une affirmation. Gabriel était un Mage d'une soixantaine d'années qui n'avait pas eu beaucoup de temps pour profiter de ses pouvoirs. J'avais eu la chance d'assister à son élévation parmi notre communauté et nous avions toujours entretenu de bons rapports. Nous étions même partis en mission deux ou trois fois par le passé. Fougueux et impatient, il avait tendance à confondre vitesse et précipitation. Cependant, c'était un homme d'une gentillesse sans égale et qui avait le cœur sur la main. Il avait été nommé au conseil des Sages la veille de la disparition totale des pouvoirs des Enchanteurs, malgré son jeune âge et son statut de Mage. J'avais toujours pensé qu'il s'agissait d'une manœuvre d'Eleanor pour avoir auprès d'elle un ami à moi qu'elle pourrait essayer de manipuler. Heureusement, cette conversation me prouvait que Gabriel m'était resté loyal.

— Bien sûr que non ! Pourquoi et comment aurais-tu fait cela ? Tu n'avais aucune raison de le faire !

Le teint du Mage était grisâtre à la lumière de la torche qui vacillait derrière nous. Je voyais ses yeux scruter les coins de la pièce de façon apeurée. Il guettait le moindre bruit de pas derrière la porte de la salle.

— Je suppose que tu ne m'as pas fait venir ici pour me prévenir de ce que je sais déjà : je suis au courant qu'Eleanor ne me fait pas confiance. Je ne me doutais pas de la mise sur écoute, mais cela ne me surprend guère.

— Non, tu as raison. Il y a autre chose. Demain, elle va te convoquer pour te confier une mission. Dis-lui que tu refuses ! Je t'en conjure, mon ami, refuse cette quête !

— De quoi s'agit-il ?

Gabriel ouvrit la bouche, mais aucun son n'en sortit. Il porta immédiatement ses mains à sa gorge et ses doigts commencèrent à resserrer leurs prises sur sa trachée. Je compris aussitôt ce qui se passait : tout ce qui était dit dans la salle du conseil, à huis clos, était soumis à un antique enchantement de *Secret éternel*. Quiconque tentait de révéler ce secret était passible d'une mort lente et douloureuse. Le visage du Mage commençait déjà à bleuir tandis que l'air lui manquait cruellement. Je posai mes mains sur les siennes, calmement, et traça de ses phalanges à ses coudes, une ligne droite en murmurant :

— *Thauris* !

Immédiatement, les membres du Mage se décontractèrent et ses doigts relâchèrent la tension exercée sur son cou. Il s'effondra à genoux et toussa en respirant à nouveau. Je lui tapotai le dos avec compassion et attendis qu'il se relève pour lui demander s'il allait bien.

— J'ai connu mieux, répondit-il dans un râle. Tu comprends que je ne peux rien te dire au sujet de la mission. Je te supplie simplement de refuser.

— Ne peux-tu pas me donner un indice qui me permettrait de savoir pourquoi tu veux que…

— Torhold.

Ce nom, lâché comme une bombe dans un murmure angoissant, parut rebondir sur les murs de la pièce dans un vacarme explosif. Gabriel s'était sans doute trompé, il ne pouvait pas parler du même homme que celui que j'avais en tête. Il n'était même pas né au moment où cette histoire avait eu lieu.

— C'est tout ce que je peux te dire. Et, je t'en prie, refuse ! Eleanor fera d'une pierre deux coups si tu acceptes : soit elle se débarrassera de toi, soit tu lui régleras un sérieux problème.

— Tu ne peux vraiment rien me dire de plus ?

— Tu en sauras plus demain. Promets-moi simplement que tu diras non !

— Je te le promets, affirmai-je en le serrant contre moi. Merci de m'avoir prévenu.

Gabriel me raccompagna jusqu'à la porte de ma chambre et

fila sans dire un mot de plus. Je voyais à sa démarche et son dos voûté que ce secret lui tordait les entrailles et que s'il avait pu trouver un moyen de combattre le *Secret éternel*, il l'aurait fait.

Je me recouchai auprès d'Arthur dont la position n'avait pas changé. Il était toujours confortablement installé dans son lit, repu après le copieux repas qu'il avait avalé. Ce n'était pas la peine que je le mette au courant maintenant de mon entrevue avec le Mage. Cette dernière soulèverait trop de questions et il avait besoin de se reposer. J'avais le pressentiment que ce serait la dernière bonne nuit qu'il passerait avant un certain temps.

Le petit-déjeuner ne fut qu'un court passage par la salle à manger où nous attendaient Antonius et Percy, assis côte à côte. À mon grand désespoir, mon vieil ami avait passé une partie de la nuit à raconter des détails croustillants concernant nos aventures d'autrefois au jeune homme excité qui l'avait écouté avec passion. Le genre de détails que l'on ne raconte pas dans un grimoire ou un compte-rendu d'opération. Percy me cita la fois où, après avoir effacé les souvenirs de tout un village, Antonius et moi nous étions retrouvés au milieu d'une forêt inconnue, terrassés par une indigestion provoquée par la consommation de champignons étranges et peu recommandés pour la santé. Le jeune homme avait ri de nos déboires jusqu'à ce qu'il voie mon visage fermé et peu enclin à la plaisanterie. Antonius avait oublié de préciser que c'était lui qui avait cueilli les champignons sans faire attention à leur couleur et leur forme et que, quelques heures plus tard, nous nous étions retrouvés assaillis par une troupe de korrigans armés jusqu'aux dents qu'il nous avait fallu combattre malgré nos soucis intestinaux. Le résultat de cette bataille restait anthologique.

Arthur s'amusa beaucoup à en apprendre un peu plus à mon sujet, notamment parce que j'étais encore assez secret envers lui. J'aimais apprendre des détails sur sa vie et sa façon d'être, mais je ne trouvais pas le temps ou l'envie de me confier à lui. Peut-être voulais-je instaurer une relation de maître à élève et que ce genre de confidences n'aurait que parasité celle-ci ? Néanmoins, il oublia quelques instants qu'il était mon Initié et profita des histoires d'Antonius qui semblait ne jamais être à court d'anecdotes.

Arthur fila se baigner dans les bains chauds derrière notre quartier résidentiel pendant que je profitai d'un peu de temps libre pour m'adonner à la lecture. Cela faisait déjà plusieurs jours que je n'avais pas pu me plonger dans les récits de Barbaras Le Touffu, un Enchanteur ayant vécu près de mille ans plus tôt, qui disparut dans les montagnes de l'Himalaya quelques années avant ma naissance. Il était surnommé ainsi car la légende racontait qu'il avait une masse capillaire si impressionnante qu'il était impossible de voir la couleur de ses yeux ou celle de sa peau. Beaucoup de Magiciens s'étaient souvent demandé comment il arrivait à se déplacer malgré ses cheveux qui lui tombaient sur le regard. Son grand projet de vie avait été le même tout au long de son existence : capturer un yéti et le domestiquer. Les yétis étaient des créatures relativement pacifiques qui vivaient dans les zones montagneuses du Tibet et du Népal. Ils étaient réputés pour guider les voyageurs égarés ou les protéger des avalanches. Toutefois, il était impossible de séparer un yéti de ses congénères sans quoi il se laissait mourir de faim et de tristesse. Barbaras avait cherché pendant mille ans à contrer ce phénomène, passionné par leur altruisme et leur dévotion sans jamais y parvenir. Ses grimoires étaient remplis de ses pensées, philosophiquement intéressantes pour la plupart et très en avance sur leur temps. J'aimais beaucoup ses écrits.

J'étais en train de lire un passage très prenant où Le Touffu avait croisé la route d'une demi-douzaine de yétis qui l'avaient confondu avec l'un des leurs quand je sentis un regard posé sur mes épaules. Un coup d'œil derrière moi m'apprit qu'Eleanor attendait patiemment que je la remarque.

— Vous attendez depuis longtemps ?

— Depuis que Barbaras a essayé de montrer ses dents aux yétis pour qu'ils comprennent qu'il était humain, il y a dix pages, il me semble.

— Vous auriez dû vous annoncer ! Je suis navré. Que puis-je faire pour vous ?

Eleanor vint s'asseoir sur une chaise, non loin de moi et verrouilla toutes les portes de la salle à manger d'un geste machinal. Je fis semblant de ne rien remarquer d'anormal et patientai simplement jusqu'à ce que la présidente veuille bien entamer la discussion. Elle paraissait mal à l'aise.

— Votre histoire m'a surprise, hier, je dois l'admettre. Vous trouvez un apprenti le jour où vous découvrez votre mortalité. C'était… inattendu.

— Je vous l'ai raconté comme je l'ai vécu, Madame. Je reconnais que j'étais moi-même surpris.

— Le problème c'est que la plupart des membres du conseil n'ont guère été convaincus par votre version des événements. Nos plus estimés Enchanteurs se mettent à mourir d'un coup, sans crier gare, et vous réapparaissez après dix ans de silence. Avouez que la coïncidence est troublante !

— Faites-vous partie des sceptiques ?

— Mon avis ne compte plus à ce stade, rétorqua Eleanor en se levant, incapable de rester assise plus longtemps. Si vous nous dites la vérité concernant votre mortalité, que vous n'y êtes pour rien et que toute cette histoire n'est qu'un simple concours de circonstances, vous ne devriez pas avoir de problèmes pour nous aider à démasquer le coupable.

— Le coupable ? Je ne vous suis pas.

— Seul un sortilège très puissant aurait pu nous priver de notre immortalité, tous autant que nous sommes. La Nature n'aurait pas décidé, du jour au lendemain, de nous évincer de ses plans, c'est impensable. Par conséquent, si ce n'est pas vous le responsable, l'unique Enchanteur encore en exercice, alors il y a quelqu'un d'autre derrière ce méfait. Vous devez nous aider à trouver de qui il s'agit et à l'arrêter coûte que coûte.

Je me levai à mon tour. Les pièces du puzzle commençaient à s'emboîter dans ma tête. Eleanor avait une idée de l'identité du coupable bien qu'elle aurait aimé me voir derrière ce complot farfelu. Si elle pensait au même homme que celui dont Gabriel avait parlé cette nuit, j'avais intérêt à refuser la mission qu'elle était en train de me confier. Cependant, si je refusai de but en blanc, cela reviendrait à prouver mon hypothétique culpabilité devant les Sages.

— Vous pensez déjà à quelqu'un ? lui demandai-je en me rapprochant un peu.

Nos corps étaient proches et la présidente ne recula pas. J'étais presque entré dans son espace personnel. La dépassant de près de trente centimètres, je cherchai à avoir un certain rapport de domination sur cette femme au tempérament sournois. J'apercevais ses cheveux argentés qui ondulaient dans le bas de son dos et son regard sombre qui me détaillait rapidement malgré notre proximité. Elle n'avait pas peur de moi, mais elle se méfiait du moindre geste suspect que j'aurais pu faire contre elle.

— Pas particulièrement. Toutefois, nous avons appris, le jour où nous avons reçu votre message, qu'une zone entièrement dénuée de magie était apparue sur Terre.

— Qui vous a dit cela ?

— La Magicienne Cassandre, vivant en Allemagne, au milieu de la Bavière. J'imagine que vous vous souvenez d'elle : une jeune femme rousse au tempérament aussi brûlant que ses cheveux. Elle était présente lorsque…

— Oui, je me souviens parfaitement d'elle. Et vous dites

qu'elle vit en Bavière, à présent ? Comment a-t-elle remarqué qu'il n'y avait plus de magie à cet endroit ?

— La terre était morte, craquelée, et tous les êtres vivants qui la peuplaient gisaient sur le sol. Elle a tenté de nous contacter par message, mais aucun n'a pu partir. Elle a été obligée d'utiliser un téléphone humain. Je crois d'ailleurs qu'elle devrait arriver dans la journée.

— Vous savez ce que ça signifie ? Il n'est pas recommandé que nous soyons dans la même pièce, elle et moi. Il va donc falloir que je m'en aille rapidement avec mon Initié.

— Seulement lorsque vous aurez accepté de me rendre ce petit service : allez en Allemagne, au cœur de la forêt noire, et trouvez l'explication à ce phénomène, qu'elle soit naturelle ou criminelle. Je peux compter sur vous ?

— Vous pensez que ce carré de terre sans magie et notre mortalité sont liés ? C'est absurde ! Qu'est-ce qui vous laisse penser une chose pareille ?

— Le hasard n'existe pas, Merlin. Si vous ou votre protégé n'y êtes pour rien, alors ce troisième événement doit y être lié.

— Vous n'ignorez pas qui habite près de la forêt noire, n'est-ce pas ? Et vous savez aussi à quoi a été dévolue Cassandre après la disparition de la magie ?

— Je n'ai jamais dit qu'*il* avait quoi que ce soit à voir avec cette affaire !

— Il n'y a pas de hasard, comme vous venez de me le rappeler. Alors je vous demande une chose : est-ce une mission suicide que vous me confiez ou bien avez-vous de réels doutes sur l'identité de celui qui nous veut du mal ?

Eleanor se tut et plongea ses iris dans les miens. Je ne détournai pas le regard et la défiai aussi longtemps que possible. Elle était prête à me sacrifier, je le lus dans ses yeux. Mon sort importait peu tant qu'elle s'en sortait avec la vie sauve. J'allais refuser, quelles qu'en soient les conséquences, lorsqu'un coup fut frappé à la porte de la salle à manger.

— Madame la Présidente, fit une voix derrière le panneau de bronze, la Magicienne Cassandre est à l'entrée de la Skrekkhus. Elle demande à vous voir.

— Pile à l'heure, marmonna Eleanor en souriant. Faites-la entrer et installez-la dans le premier salon ! Dites-lui que j'arrive tout de suite. Et peut-être accompagnée, précisa-t-elle à mon adresse dans un souffle.

— Je ne veux pas la voir ! m'écriai-je avec véhémence. Ne m'y forcez pas !

— Alors, acceptez cette mission !

— Laissez-moi au moins consulter le Recueil pour jeter l'enchantement de *Voyance finale*. C'est ma seule condition !

— Cela vous a été refusé par le conseil des Sages à l'unanimité.

— C'est faux ! Il manquait un membre et vous le savez. Les décisions du conseil ne peuvent être prises que par un nombre impair d'Enchanteurs. Vous deviez nommer un onzième membre et cela n'a pas été le cas. Votre refus est irrecevable et j'ai le droit de consulter ce Recueil.

Eleanor me jeta un regard furieux et déverrouilla les portes de la salle. Elle se dirigea vers la sortie et se retourna lorsqu'elle atteignit l'encadrement brillant. Sa longue robe jaune soleil contrastait avec cette aura sombre qui émanait de sa personne en colère.

— Prenez ce livre avec vous, jetez cet enchantement et tirez-en les conséquences que vous voudrez ! Pour ma part, ce qui compte, c'est que vous rétablissiez la situation. Si vous échouez ou si vous refusez de vous plier à cette mission, vous serez considéré officiellement comme responsable de notre déchéance à tous. Souvenez-vous bien de mes mots !

Et elle s'en alla en claquant la porte derrière elle. J'éprouvai une certaine satisfaction à avoir poussé Eleanor au-delà de ses retranchements. D'ordinaire, elle était toujours sur la réserve et réussissait sans peine à rester impassible. Cette histoire de mortalité l'avait donc réellement chamboulée, apparemment.

Sans plus attendre, je me rendis dans ma chambre où Arthur finissait de se coiffer. Il me vit entrer en trombe et plier aussitôt quelques vêtements que je fourrai dans ma besace. Rapidement, il ne resta plus aucune trace de mon passage dans cette pièce et le jeune homme osa enfin me demander pourquoi je me précipitai ainsi. Je lui résumai la situation en quelques mots et il déclara finalement :

— Ah… c'est moche !

— Oui, tu l'as dit, c'est moche ! Elle se fiche complètement de savoir s'il s'agit d'une mission dangereuse ou non, elle veut simplement retrouver son immortalité.

— Et vous pensez savoir qui est derrière tout ça ?

— Celui qui m'a prévenu m'a donné un nom et j'espère sincèrement qu'il se trompe, mais les indices convergent dans cette direction.

— Mais vous avez dit oui ?

— Pour avoir accès au Recueil ! Je n'ai pas eu d'autre choix ! Et puis, en cas de refus, je risquai l'exil définitif et c'est une conséquence que je n'ai pas envie de connaître.

Arthur s'assit sur sa couverture et attendit quelques instants avant de poser la question que je devinai derrière ses lèvres closes.

— Je viens avec vous ?

— Bien sûr que tu viens ! Je ne t'ai pas choisi comme Initié pour te laisser aux mains de ces bras cassés ! Je vais avoir besoin de toi pour repérer ce qui ne va pas là-bas. Et puis, ta formation commence dès aujourd'hui, souviens-t'en. Nous devrons lever les voiles dès que j'aurai mis la main sur le livre dont j'ai besoin.

J'allais sortir de la chambre pour me diriger vers la bibliothèque du conseil lorsque le jeune homme me retint en attrapant un morceau de ma cape. Il semblait contrarié et regarda autour de lui pour vérifier que personne ne pouvait nous entendre.

— La fille qui vient d'arriver, que vous a-t-elle fait ?

— C'est un peu long à expliquer et on doit partir rapidement, Arthur.

— Vous m'expliquerez en route ?

— Peut-être, finis-je par lâcher.

Et je tournai les talons pour aller chercher le livre qui me manquait cruellement. Sur mon passage, je croisai Antonius qui revenait de ses ablutions. Je lui appris que Cassandre venait d'arriver et qu'elle ne devait surtout pas croiser mon chemin. Mon ami me certifia qu'il ne la laisserait pas entrer en contact avec moi et m'escorta jusqu'à la salle du conseil que nous avions quitté hier soir. Antonius resta à l'extérieur pour être certain que personne ne viendrait me déranger tandis que je me dirigeai au centre du cercle formé par les onze fauteuils des Sages. Sur le sol, tracée à l'encre pourpre, était dessinée une étoile à onze branches, une pour chaque membre du conseil. Sur chacune d'entre elles était gravé le nom du Sage assis au bout de la pointe, décoré par le symbole de sa magie de prédilection. Et, au cœur de l'étoile, se trouvait un large bouton doré orné d'un triskèle noir. Accroupi, je posai ma main sur ce dernier.

— Le conseil des Sages m'autorise à consulter le recueil de *Voyance finale*, prononçai-je avec foi.

J'eus une seconde de crainte lorsque rien ne se produisit, tremblant à l'idée que l'autorisation de la présidente ne fut pas suffisante pour me permettre d'accéder à ce sésame. Toutefois, je fus rassuré lorsque l'étoile peinte au sol commença à s'élever devant moi dans un bruit sourd, transformant les pierres sous mes pieds en une lourde colonne de marbre percée par une unique cavité rectangulaire. À l'intérieur reposait le grimoire dont j'avais tant besoin, aussi épais qu'un dictionnaire et à l'allure presque aussi rébarbative. La couverture de cuir était cornée et, sur celle-ci, était inscrit en runes celtes le nom de l'enchantement enseigné.

Je récupérai mon nouveau trésor et n'attendis pas que la colonne ait disparu pour sortir de la pièce. J'ouvris la porte et découvris Antonius qui essayait de barrer le passage à une jeune demoiselle, physiquement âgée de vingt-cinq ans, à la chevelure aussi rouge qu'un brasier ardent. Je déglutis quand elle m'aperçut et elle arrêta net ses vitupérations en lorgnant sur le grimoire que j'avais contre moi.

— Merlin, me salua-t-elle froidement.

— Cassandre. Si tu n'y vois pas d'inconvénient, nous sommes pressés. Nous devons partir.

J'avais déjà fait quelques pas en attrapant Antonius par le bras quand elle me retint en posant sa main sur mon épaule. Son contact m'électrisa et m'obligea à me retourner.

— Je ne suis pas venue en ennemie. Il faut que je te parle.

— De ce bout de terre calciné ? On m'a déjà mis au courant. Je dois m'y rendre pour inspecter les environs.

— Non. Je veux te parler de Torhold.

Antonius resta bouche bée et sembla incapable de dire le moindre mot. Personne ne prononçait ce nom, pas en ces lieux ! C'était aussi blasphématoire que de jeter une malédiction à un autre Enchanteur. Heureusement, il fut le seul à nous entendre.

— Pas ici ! m'enflammai-je. Suis-moi !

J'eus un peu de mal à me guider dans ce dédale de couloirs que je ne pratiquai plus aussi souvent qu'auparavant, mais je parvins à retrouver le chemin de la salle abandonnée que j'avais visitée cette nuit avec Gabriel. J'entendais la respiration de Cassandre dans mon dos et j'essayai de ne pas penser à la dernière fois où nous nous étions rencontrés. Il était nécessaire de ne pas se laisser trahir par mes émotions cette fois-ci.

Lorsque je fus certain que personne ne nous avait suivis et que nous pouvions parler sereinement, je fermai la porte et enjoignis la demoiselle à me dire ce qu'elle avait en tête.

— C'est lui qui a tué tous les animaux, toutes les plantes de ce bout de terre, pour reprendre tes mots. J'étais chargée de la surveillance de son manoir, comme tu le sais. J'ai cru que ce serait un travail facile vu les sortilèges qui entouraient sa prison. Malheureusement, il y a une semaine, il a réussi à retrouver la liberté de ses mouvements et à s'enfuir, sous mes yeux. Il a tué cinq Magiciens avant de partir. J'ignore pourquoi il m'a laissé la vie sauve, mais je devais avertir le reste de la communauté.

— Donc Eleanor m'a menti ! Ce n'est pas parce qu'un carré de forêt a été détruit qu'elle m'envoie là-bas. Elle sait déjà que c'est lui le responsable de notre mortalité.

— Pas complètement ! Elle sait que Torhold s'est enfui et qu'il prépare sans doute quelque chose. Toutefois, elle ignore si c'est lui qui a provoqué notre mortalité et s'il a réussi à trouver un moyen d'annihiler la magie de la surface de la Terre.

— Pourquoi ne pas me l'avoir dit directement ?

— Parce qu'elle savait que tu aurais refusé une mission impliquant peut-être de se retrouver nez à nez avec ce malade !

— Mais que j'accepterais si cela pouvait me permettre d'avoir accès à ce que je désirai, compris-je avec un temps de retard.

Le vote de la veille n'avait été qu'une vulgaire pantalonnade destinée à me manipuler. Eleanor savait comment me faire plier. En ne m'autorisant pas à consulter le Recueil, elle me laissait croire que je pouvais poser mes propres conditions, me poussant à accepter la dangereuse mission à laquelle elle comptait m'exposer.

Incapable de croire que je m'étais fait berner aussi facilement, je jetai le grimoire par terre et le piétinai avec rage. Eleanor avait un intérêt certain à ce que je ne croise pas Cassandre avant mon départ pour l'Allemagne. Elle ne s'était simplement pas doutée que la jeune femme était si têtue.

Antonius ramassa le livre et l'épousseta avant de me le tendre, mais je le refusai.

— Il n'est plus question que je parte et encore moins que je lise ce qui se trouve entre ces pages. Je vais aller voir Eleanor immédiatement.

— Ne fais pas ça ! m'avertit Cassandre en me bloquant la route. Nous avons tous besoin de toi, Merlin. Je t'en prie, il faut que tu ailles là-bas. Tu ne te rends pas compte de ce que je viens de subir. Il a tué mes collègues, mes amis, ceux avec qui j'avais passé plusieurs années à rire, à m'amuser, à vivre… Il a démembré Jules sous mes yeux. Il a vidé Ophélia de son sang… J'ai pris la fuite comme une lâche parce que je n'avais aucun pouvoir pour le combattre. J'étais démunie ! Tout cela aurait sans doute pu être évité si je n'avais pas été privée de mes forces.

— Tu aurais perdu en duel contre Torhold, affirmai-je doucement. Personne ne peut le vaincre seul. Il est devenu trop puissant.

— Peut-être, mais j'aurais pu essayer de l'arrêter. Au lieu de cela, je me suis enfuie. Tu dois aller là-bas ! Ne serait-ce que pour comprendre ce qu'il prépare et ce que nous pouvons faire pour l'arrêter. Je doute qu'il soit derrière notre soudaine mortalité. En revanche, je suis certaine qu'il va nous jouer un mauvais tour. Toi seul peux t'y rendre et avoir une chance d'en revenir.

— Tu penses que je vais risquer la vie de mon Initié pour une communauté magique qui veut ma peau ? Qui n'attend que le jour propice pour me faire payer mes fautes ?

— Pour eux, non. Pour moi, oui.

Effondrée, Cassandre tomba dans mes bras et laissa couler un torrent de larmes que je n'avais pas envisagé. Antonius me fit signe qu'il allait attendre dehors pendant que je consolai la seule femme qui, selon moi, n'aurait jamais pu être de mon côté.

Chapitre 9

— J'ai accepté la mission, avouai-je d'un ton malheureux à un Gabriel atterré. J'ai compris un peu tard la manœuvre d'Eleanor… Je suppose que c'était ce dont tu voulais me parler cette nuit ?

— En effet, marmonna le Mage déçu. Tu m'avais promis de refuser.

— Je n'ai pensé qu'à ce stupide enchantement… À présent, je me fiche bien de savoir combien de temps il me reste à vivre puisque mes jours sont réellement comptés.

— Ne dis pas cela ! Tu ne croiseras sans doute pas la route de ce fou. À l'heure qu'il est, il a sans doute atteint un coin reculé du monde pour préparer sa vengeance et tout ce que tu trouveras, ce seront des cadavres froids et un peu de terre brûlée.

Debout dans l'antichambre du conseil, Gabriel essayait de me rassurer tandis que je rajustai la lanière de ma besace. Arthur, lui, paraissait serein, même si je savais parfaitement bien qu'il ne s'agissait que d'une façade. Il avait conscience que je ne lui avais rien révélé de l'histoire tragique de Torhold et qu'il était sans doute en train de mettre les pieds dans son futur tombeau. Néanmoins, il n'avait pas refusé de m'accompagner. C'était même le contraire, il semblait se lancer dans cette aventure avec une certaine ferveur. Parfois, j'en venais presque à me demander comment il avait pris la décision de venir me retrouver à l'aéroport. Un pile ou face aurait été une explication plausible.

— Tiens, dit Gabriel en me tendant une pochette en cuir noir, c'est tout ce que j'ai pu récupérer pour vous venir en aide.

Je soulevai le rabat principal et découvris une bague en or sertie d'un petit saphir bleu, trois fioles remplies d'un liquide violet et un minuscule pot en verre fermé par un couvercle hermétique. Sur le côté de l'anneau, j'aperçus la rune de voyage que j'avais montré à Arthur un peu plus tôt dans la semaine. Il s'agissait d'une bague de transfert.

— Cela pourra vous être utile en cas de danger, si vous êtes blessés ou que vous devez fuir rapidement. Pour les fioles, ce sont des potions de *force astrale* pour vous permettre d'accroître votre puissance de feu. Enfin, dans le pot, j'ai réussi à vous dégoter un fond de *poudre d'Itiliel.* Je ne suis pas certain qu'il y en ait assez pour deux, mais c'est tout ce que j'ai pu trouver.

— Elle sert à quoi ? demanda mon Initié avec intérêt.

— C'est un subterfuge à n'utiliser qu'en dernier recours, répondis-je avant que l'enthousiasme de Gabriel ne vienne perturber les pensées d'Arthur. Cette poudre se respire et permet à celui qui l'absorbe de ne plus ressentir la douleur pendant une courte durée. C'est extrêmement puissant, mais aussi très dangereux puisque tu pourrais te faire arracher les deux bras que cela ne t'arrêterait en rien dans ton combat. Tu n'as plus aucune perception de la douleur et cela peut devenir un handicap.

Arthur hocha la tête et observa le pot en verre avec circonspection avant de reporter son attention sur Gabriel. Ce dernier semblait très inquiet et regardait régulièrement dans son dos, comme s'il avait peur de voir Eleanor sortir de la salle du conseil pour le réprimander.

— J'ai un peu raclé les fonds de tiroir, je te l'avoue. J'espère que cela vous sera utile.

— Comment se fait-il que tu n'aies rien trouvé d'autre ? Je me souvenais d'un stock d'objets magiques assez conséquent la dernière fois que je suis venu en visite.

— Nous avons subi… hum… des changements assez radicaux l'an dernier. L'impatience et la colère de quelques-uns pensant que nous ne retrouverons sans doute jamais nos pouvoirs ont poussé les Enchanteurs à se débarrasser du superflu. De tout ce qui ne resservirait jamais, en somme. Ces objets font partie de mon stock personnel.

— Je te remercie, Gabriel. Tu es un véritable ami.

— C'est bien normal. Par où comptez-vous passer pour vous rendre en Bavière ?

— Maintenant que je sais que Torhold est en liberté, il est hors de question que nous prenions la voie des airs, expliquai-je à mes deux auditeurs. Il pourrait nous espionner, faire exploser notre avion en vol et nous serions réduits en charpie. Aller à pied nous ferait perdre plusieurs semaines, temps que nous n'avons pas. Nous allons donc prendre le train à la gare de Vadso jusqu'à Stockholm où nous embarquerons sur un bateau pour aller en Allemagne, dans la ville de Rostock. Là-bas, nous prendrons un nouveau train jusqu'à Stuttgart puis nous rallierons la forêt noire à pied.

— Quel programme ! s'extasia le Mage en souriant. Et vous pensez que vous serez suffisamment nombreux une fois sur place ? Loin de moi l'idée de penser que tes pouvoirs pourraient être contrecarrés par ce lieu maléfique, mais un peu d'aide supplémentaire ne pourrait pas te faire de mal…

L'espace d'un battement de cœur, je sentis dans les formes très guindées de sa proposition qu'il voulait que nous partions avec une personne qui ne pourrait que rendre ce voyage plus compliqué encore. S'il s'imaginait que j'accepterais de traverser tout ce chemin avec Cassandre, il se faisait de lourdes illusions que je devais tuer dans l'œuf immédiatement. Toutefois, ce n'est pas la jeune femme que je redoutais qui sortit de la salle du conseil, ce n'était pas une femme du tout, à vrai dire : il s'agissait de Percy, une besace sur le dos et un lourd grimoire sous le bras. Je ne pus m'empêcher de sourire.

— Je ne veux pas remettre en cause tes motivations ou tes compétences, Perceval, mais je me demande si cela sera vraiment utile pour moi d'avoir un novice et une personne dénuée de pouvoirs magiques à mes côtés.

— Je peux être votre scribe, Maître Merlin ! déclara précipitamment le jeune homme excité. Je sais très bien écrire le runique et j'ai un style presque aussi littéraire que le vôtre. De plus, je mets à votre service mon *sac à compression*, un objet enchanté qui m'a coûté une fortune et qui permet de transporter le contenu d'une maison dans un bagage léger. Enfin, je sais me battre s'il faut en venir aux mains. J'ai eu le temps d'apprendre à me défendre, ici.

Je soupirai. L'amusement faisait place à l'exaspération à présent. Ce garçon était volontaire et dynamique, mais il risquait de m'encombrer. Qui sait ce qu'il irait raconter à Arthur pendant les nuits où nous serons seuls tous les trois ? Je préférais enseigner la magie et son histoire à mon Initié par mes seules versions, pas par l'intermédiaire d'un gamin à la langue trop bien pendue.

Gabriel sembla comprendre mes réticences et se rapprocha de moi pour me souffler à l'oreille :

— J'ai entendu dire que Cassandre ne comptait pas rester longtemps au conseil. Elle veut enquêter sur la fuite de Torhold. Si tu ne veux pas de Percy, il est possible qu'elle veuille prendre sa place.

— Mettons-nous en route, finis-je par lâcher.

— Moi aussi ? s'inquiéta le Magicien.

Je lui fis signe de venir et il ne put s'empêcher de lancer

un petit cri de joie. J'ignorai quel âge il avait en réalité, son physique montrait seulement quelqu'un d'à peine quinze ans et il semblait avoir gardé une âme d'enfant. C'était un avantage pour tous ceux qui portaient la joie de vivre en étendard, comme Gabriel. Pour ma part, c'était un fardeau de plus.

Nous remontâmes tous les quatre les escaliers grinçants de la bâtisse abandonnée et nous débouchâmes dans la pièce au carrelage noir et blanc. Le Mage me serra dans ses bras et me pria de faire attention.

— Trouver celui qui nous en veut, l'arrêter et contrer son plan. Ce sera un jeu d'enfant, non ?

Il fit la moue avant de me laisser m'éloigner. Arthur et Percy lui dirent au revoir et me rejoignirent près de la porte d'entrée. Je me tournai face au panneau et posai la main dessus, délicatement.

— Vadso, prononçai-je en relâchant l'énergie magique dans ma paume.

Derrière les fenêtres, le décor se mouva très rapidement, formant bientôt des vaguelettes difformes de toutes les couleurs. Ce tourbillon s'accéléra quelques secondes avant que le paysage arrête de tourner et dévoile devant nos yeux les premières habitations de la ville où nous devions commencer notre périple.

Je tournai la poignée et sortis en premier de la maison. Les deux garçons me suivirent aussitôt. Je me retournai pour adresser un dernier signe de la main à Gabriel dont on pouvait apercevoir la silhouette dans l'encadrement de la porte. Cette dernière semblait sortir de nulle part, perçant la terre comme un monument invisible. Le Mage nous salua une dernière fois avant de la fermer sans le moindre bruit. Dès cet instant, le panneau se volatilisa en laissant derrière lui une vague trace noire dans le sol marécageux.

— Pourquoi ne nous sommes-nous pas matérialisés

directement à Stuttgart ? me demanda Arthur en apercevant la gare à l'horizon.

— L'enchantement qui entoure la porte ne permet de se rendre qu'à Vadso où il y a une gare, un port et un aéroport, répondit Percy sans me laisser le temps de prendre la parole. Peu d'Enchanteurs utilisaient les sortilèges de transfert, très coûteux en énergie, et les objets magiques étaient trop précieux pour de petits déplacements. Il fallait simplement enchanter la porte pour qu'elle donne sur le point le plus proche où le voyage était facilité. Je me trompe, Maître ?

— Absolument pas ! commentai-je sans me retourner.

Malgré toute la bonne volonté du monde, je ne pouvais m'empêcher de trouver Perceval agaçant. Il voulait avoir réponse à tout et me montrer qu'il avait continué à travailler malgré l'arrêt de ses pouvoirs. Cela partait d'une bonne intention, mais le travail acharné ne m'avait jamais impressionné.

Nous atteignîmes rapidement la gare de la ville où deux trains à grande vitesse patientaient au milieu d'un nuage de brouillard ambiant. Quelques voyageurs se pressaient sur les quais, montant dans une rame ou accrochant une étiquette à leur bagage. Une femme accompagnait son fils de cinq ou six ans jusqu'à sa place où une hôtesse se chargea de lui tandis qu'une autre était en train de pleurer sous les yeux de son compagnon aussi triste qu'elle. Un jeune couple déposait un énorme sac dans le compartiment à bagages entre les voitures, forçant autant que possible pour qu'aucun centimètre ne dépasse de la structure bien que ce soit peine perdue. Une femme en tailleur abandonna celui qui se tenait à son bras sans un regard en arrière et monta dans la première rame. Les gares m'avaient toujours fasciné, à mon sens elles recelaient toute la beauté, la tristesse et l'émotion des humains. Il était possible de ressentir une myriade de sensations différentes rien qu'en posant son regard sur les gens aux alentours. La peur du voyage, le sentiment d'abandon, l'envie d'aventure, toutes ces choses se mélangeaient lorsqu'on prenait un peu le temps d'observer les mortels qui slalomaient entre les trains. Mortels dont je faisais dorénavant partie.

J'achetais pour nous trois des billets dans le train-couchette qui partait un peu plus tard ce soir, pour la ville de Stockholm, avec l'argent qu'Eleanor m'avait donné pour accomplir cette mission. Nous arriverions au petit matin dans la Venise de Suède.

Quand le train s'ébranla, il était déjà près de vingt heures et nous avions mangé un plat chaud dans une petite brasserie à quelques pas de la gare. L'estomac plein et l'esprit relativement apaisé par la nourriture, nous avions choisi nos places dans un compartiment pour quatre personnes où, par chance, aucun voyageur ne vint s'incruster. J'avais un penchant pour le lit du bas, proche de la fenêtre où je pourrais regarder le paysage défiler si le sommeil me fuyait encore. Arthur et Percy se partagèrent les deux lits superposés sur l'autre façade de notre cellule.

— Comment se fait-il que Torhold ait toujours ses pouvoirs ? s'inquiéta Arthur lorsque nous fûmes tous allongés dans le silence le plus total. Je croyais que tous les Magiciens avaient perdu l'usage de la magie.

Percy me jeta un regard en coin que je sentis peser sur mes épaules. Je ne le soutins pas et cherchai une explication à donner sans rentrer trop dans les détails.

— Pour perdre ses pouvoirs, il faut avoir des pouvoirs. Torhold en a été privé par l'enchantement qui le maintenait prisonnier. Je suppose que c'est la raison pour laquelle il n'a pas été touché comme les autres Enchanteurs.

— Est-ce que vous allez finir par me dire ce qui s'est passé, il y a quarante ans ?

— Quand tu seras prêt, oui. Pour l'instant, tu dois te

concentrer sur ta formation. Nous ne pouvons pas nous entraîner dans un train, malheureusement, mais dès que nous serons sur le bateau pour l'Allemagne, tu pourras commencer à apprendre les premiers gestes et exercices de base.

— Je suppose que tu es au courant, Percy ? s'énerva Arthur.

— Heu…, fit ce dernier sans trop savoir quoi dire.

— Je te mettrai au courant quand je jugerai le moment opportun ! m'écriai-je. Et maintenant, nous devrions tous dormir. Si vous souhaitez jouer aux cartes, vous êtes priés de le faire en silence !

Je tirai le long rideau de velours qui me cachait à la vue des autres voyageurs et tournai le dos à mes deux accompagnateurs qui restèrent muets quelques secondes. Je savais que Percy avait emporté un jeu de cartes dans son sac puisqu'il nous avait proposé d'en faire une partie à la table du restaurant. J'avais refusé poliment pour la simple et bonne raison que j'avais promis à ma fille qu'elle serait mon unique partenaire de jeu. Je n'avais pas touché une carte depuis plusieurs décennies, un plateau de jeu encore moins.

Je comprenais parfaitement l'amertume d'Arthur qui sentait qu'un secret ne lui était pas révélé. En vérité, il y avait de lourds passifs qu'il ignorait encore : des histoires communes à tous les Enchanteurs que beaucoup d'entre nous refusaient d'évoquer. Des passés personnels trop douloureux pour en entendre parler, et surtout, des frayeurs oubliées que nous préférions laisser dans l'ombre. Une question en amenant une autre, il m'aurait fallu plusieurs jours pour raconter tout ce que je savais de l'Histoire de la magie et sur son fil dévasté. Je ne voulais pas qu'il entame sa vie d'Initié en se faisant une mauvaise idée des Enchanteurs, ou du moins de certains d'entre eux.

Les garçons ne jouèrent pas très longtemps et n'ouvrirent quasiment pas la bouche pendant l'heure qui suivit mon sermon. Ils allèrent se coucher rapidement et éteignirent les lumières sans se douter que je ne dormais toujours pas. Mes yeux vagabondaient sur les champs vallonnés du pays que nous traversions, perdant parfois le nord en jouant à chercher des étoiles dans la voûte céleste. J'aperçus la mer Baltique à plusieurs reprises, écoutant les vagues s'écraser sur les falaises environnantes et essayant de me laisser bercer par ce chant mélodieux et envoûtant. Cependant, j'avais en tête notre objectif et le but ultime vers lequel je nous conduisais trop rapidement. Contrairement à ce que pensait Gabriel, selon moi, Torhold n'avait pas pris la fuite. Il devait être dans les parages de son manoir à planifier sa vengeance. Il avait passé un peu plus de deux cents ans prisonnier de sa propre tête et avait probablement mûri un retour en force aussi brutal que cruel. Si nous croisions sa route, c'en était fait de nous ! Je n'avais jamais affronté cet homme en duel, mais j'avais entendu parler de sa réputation : il ne laissait aucune chance à ses adversaires. Rien ne l'effrayait et aucun Enchanteur n'avait jamais pu l'égaler. Arthur et Perceval ne se rendaient pas compte du danger auxquels ils allaient s'exposer, surtout Percy qui était parfaitement démuni face à un Magicien. Comment pourrait-il se battre si Torhold l'immobilisait d'un claquement de doigts ?

Une peur nauséabonde m'habitait trop profondément pour que je puisse m'endormir. Il fallait réévaluer les termes de notre mission sans en informer les Sages : trouver celui qui nous avait rendus mortels et essayer de l'empêcher de nuire sans mourir. Eleanor pouvait bien dire ce qu'elle voulait, mais si ce morceau de terre calciné apparaissait si proche du manoir de l'évadé, il était certain qu'il avait un lien avec lui.

Je me tournai une fois de plus pour observer le plafond de ma couchette. Que n'aurais-je pas donné pour être auprès de ma fille, en pleine forêt, à travailler sur un nouveau sortilège innovant. J'espérais que rien ne soit venu entraver la douceur de son sommeil quand j'entendis un léger claquement contre la porte de notre compartiment. On aurait dit le tapotement régulier des ongles d'une personne impatiente sur une table maltraitée. Je crus avoir rêvé et fermai les yeux pour essayer de vider mon esprit et trouver une paix intérieure capable de faire venir le sommeil jusqu'à moi quand un deuxième claquement, légèrement plus prononcé, se fit entendre.

Je me levai discrètement et ouvris la porte sans un bruit. Je passai la tête par l'entrebâillement sans rien voir tout de suite. Dans le compartiment d'en face, un homme ronflait sans ménagement et le couloir paraissait désert. Un deuxième regard m'apprit qu'il n'en était rien et que la traîne d'une robe de chambre venait de disparaître dans la sixième cellule à gauche de celle que j'habitais. Je fronçai les sourcils, cherchant à évaluer si le fait d'aller voir la personne qui s'était réfugiée là-bas était une bonne idée. À l'évidence, non. Un malade mental voulait s'en prendre à toute la communauté magique et un mystérieux individu venait de frapper à la porte du seul compartiment où se réfugiaient des Magiciens en voyage. Toutefois, je ne pus empêcher ma curiosité de prendre le pas sur ma raison et refermai la porte de mon espace de vie avant de me diriger vers l'endroit que j'avais aperçu.

Ne sachant pas si je devais frapper ou non, je pris le risque de rentrer sans m'annoncer, mes réflexes en alerte et mon *eyd* au summum de sa puissance. À peine la porte fut-elle ouverte qu'une main attrapa le col de ma chemise et m'attira dans la pièce. Une seconde après, je sentis des lèvres se poser sur les miennes, chaudes, douces et sensuelles. Mes yeux stupéfaits ne réalisèrent qu'à cet instant que la personne qui venait de se jeter dans mes bras n'était autre que Cassandre. Sans le vouloir, la tension dans mes épaules se relâcha et je ne pus m'empêcher de profiter de cette caresse. C'était fort et délicat en même temps, j'étais enivré par le parfum que dégageait sa chevelure rousse, déconnecté de tous mes problèmes en même temps. J'eus un mal fou à retrouver mes esprits pour me défaire de son étreinte.

— Qu'est-ce que tu fais là ? m'insurgeai-je à voix basse au lieu de la remercier pour ce moment de félicité.

— Je rentre chez moi ! Il faut bien que quelqu'un retrouve Torhold !

— Que crois-tu que nous allons faire en Allemagne ? Visiter les musées ?

— Tu n'as aucune chance contre lui !

Cassandre me poussa contre les deux couchettes superposées qui vinrent me frapper dans le dos. Je la saisis et l'amenai vers moi avec force.

— Tu crois que tu es mieux lotie ? Tu ne peux même pas te servir de tes pouvoirs !

— À qui la faute ? m'expédia-t-elle en me mordant dans le cou.

Je serrai les dents et encaissai la douleur avant de lui rendre la pareille en me jetant sur ses lèvres et en chatouillant celle du bas avec mes dents. Je vis dans le regard de Cassandre s'allumer une étincelle de désir prête à nourrir un brasier sans limite. Cela ne fit que renforcer mon ardeur à la tenir contre moi.

— Tu vas me gêner dans mes recherches ! Tu vas détruire l'ambiance ! m'énervai-je en ouvrant son chemisier noir sans me préoccuper de défaire les quelques boutons cousus dessus.

— Quelle ambiance ? Celle que tu imposes à ton élève où il n'a pas le droit de dire un mot ? rétorqua-t-elle en écartant les pans de ma chemise.

La jeune femme déposa ses mains sur mon torse et me poussa sur le lit le plus proche avant de venir au-dessus de moi. Ses ongles griffèrent mes épaules alors que ses lèvres repartaient à l'assaut des miennes. Le plaisir mélangé à la douleur accroissait son excitation, puis elle se débarrassa de son haut, dévoilant sa poitrine à mon regard affamé. Je saisis ses hanches et la retournai d'un coup sec afin d'être en position dominante, mais Cassandre ne se laissa pas faire et bloqua mon bassin contre le sien, lâchant au passage un petit gémissement.

— Dix ans, c'est trop long, murmura-t-elle alors qu'elle faisait glisser mon pantalon sur le sol.

— On aurait dû se retrouver plus tôt, avouai-je avec plaisir.

À ce moment-là, mon amante prit totalement le contrôle de la situation, me guidant pour que je puisse m'introduire au plus profond de son être, encouragé par la pression de ses doigts sur mon torse et ses soupirs de plaisir. Crispée dans cette petite couchette où nous n'avions qu'une faible liberté de mouvement, je m'employai à donner quelques coups de reins puissants qui firent vibrer la demoiselle. Cette dernière essaya tant bien que mal de rester silencieuse, mais j'entendais par moments de petits mots s'échapper de sa bouche. Moi-même, je sentais naître en moi un feu difficilement contrôlable qui m'envahissait.

Cassandre me chevaucha encore quelques secondes tandis qu'elle fermait les yeux pour mieux profiter des sensations que lui procurait l'union de nos deux corps, et elle s'écroula sur moi dans un râle délicieux où je la rejoignis.

Bloquée, la tête dans mon cou, la jeune femme se blottit dans mes bras et soupira d'aise. Je l'embrassai sur le front et profitai de ces quelques secondes de calme pour m'endormir.

L'aube était proche à présent et j'avais fini par me réveiller à cause d'un bringuebalement un peu plus fort qu'à l'accoutumée. Cassandre avait déjà les yeux ouverts et me regardait sortir du sommeil. Un sourire était accroché sur ses fines lèvres et une fossette se dessinait sur sa joue droite.

— Bien dormi ? me demanda-t-elle gentiment.

— Je n'ai rien connu de mieux en dix ans !

— Tu m'as manqué, Merlin.

— Toi aussi, lorsqu'on n'essaie pas de s'entretuer…

— Il faudra que tu m'expliques pourquoi on n'arrive pas à rester dans la même pièce cinq minutes sans se prendre la tête !

Je faillis rétorquer que c'était sans doute à cause de son exécrable caractère entêté, mais cela aurait brisé la douceur de ce moment. Je préférai donc me taire et caresser les courbes de son dos.

— Tu crois vraiment que Torhold est responsable de toute cette pagaille ? me demanda brusquement Cassandre sans autre préambule.

— Qui d'autre le pourrait ? Il s'enfuit et nous redevenons mortels ? Eleanor m'a fait comprendre que le hasard n'existait pas…

— Tu sais qu'elle est au courant ? Pour nous deux ?

— Tu plaisantes ?

— Je te rassure, c'est la seule qui ait deviné la véritable nature de nos liens, mais je ne suis pas certaine qu'elle voit cela d'un bon œil.

— Cela ne la regarde pas. Et puis, une retrouvaille tous les dix ans, ce n'est pas cher payé pour une relation intime.

Cassandre se mit à rire, éclairant la pièce d'un bruit mélodieux que je fus heureux de retrouver. Qui sait quand nous aurions la possibilité de rire à nouveau ensemble ? Je profitai de cet instant pour graver dans ma mémoire son visage radieux. La jeune femme descendit du lit et enfila une robe suffisamment chaude pour résister aux basses températures de ce début de printemps. J'effleurai ses cheveux une dernière fois avant de me rhabiller et d'aller réveiller les garçons pour le petit-déjeuner, servi dans le wagon-bar un peu plus loin. Arthur était déjà habillé de pied en cap tandis que Percy émergeait doucement.

— Je suis allé faire un tour pour voir si le repas était prêt et je suis tombé sur Cassandre, expliquai-je à mes deux protégés. Elle rentre en Allemagne elle aussi, et fera le trajet de retour avec nous.

Je ne crus pas avoir déjà vu la demoiselle aussi surprise qu'à cet instant, ce qui provoqua chez moi un large sourire impossible à cacher. Un regard vers les deux autres m'apprit qu'ils ne comprenaient pas plus la situation puisqu'ils étaient au courant de mon refus de passer du temps avec cette jeune femme. Quoi qu'il en soit, je ne leur laissai pas le temps de réfléchir et exigeai qu'ils nous retrouvent à table dans moins de dix minutes. Nous nous éloignâmes, Cassandre et moi, en direction du wagon où nous attendait la nourriture.

— Tu vois quand je te parlais d'ambiance minable ? se moqua-t-elle hors de portée des oreilles indiscrètes.

Le train s'arrêta dans la gare centrale de Stockholm, bien plus peuplée que celle de Vadso. Ici, pas le temps de flâner et d'observer les gens et leur entourage. Nous n'avions qu'un peu plus de deux heures pour rallier le port et trouver le navire qui nous emmènerait vers notre destination finale. Pour ma part, je ne connaissais pas du tout cette capitale dans laquelle je n'avais jamais mis les pieds. Arthur, en revanche, semblait se repérer parfaitement. Il avait donné un concert à l'opéra royal de la ville et avait passé trois jours à découvrir ses environs et ses délices. Grâce à lui, nous eûmes le plaisir de passer en plein cœur de la vieille ville, profitant des joies de cet antique paysage urbain pour nous régaler les yeux. Des rues pavées à perte de vue, un peuple au sourire facile et au salut enjoué, des bâtiments chargés d'histoire et un temps sublime nous accompagnèrent pendant les quelques minutes trop rapides où nous passâmes dans Stockholm.

Bien sûr, il était difficile de garder l'esprit concentré quand on avait en tête bien d'autres idées, comme celles que j'avais laissées sous une couverture dans une couchette mal éclairée. Par moments, Cassandre jetait des regards en arrière, comme si elle voulait vérifier si je suivais toujours la marche effrénée que nous faisait subir le jeune homme en tête de groupe. Je la soupçonnai d'avoir les mêmes images que moi gravées derrière ses paupières. Peut-être repassait-elle le film de cette nuit lorsqu'elle fermait les yeux en prétendant que l'éclat du soleil la gênait ? Moi, en tout cas, c'était ce que je faisais. Je savais pertinemment qu'il était idiot de s'accrocher désespérément à ces instants de bonheur, d'autant plus que d'ici quelques heures, nous aurions repris nos habituelles chamailleries. Cassandre était une femme au tempérament parfaitement opposé au mien. Il était impossible de construire quelque chose ensemble, nous serions forcément en désaccord. Alors nous nous contentions de ces moments volés, à la dérobée, quand personne ne nous voyait. Le fait de se détester publiquement était une couverture relativement fiable. En effet, il était vu d'un mauvais œil que deux Magiciens aient une relation intime, car, étant immortels tous les deux, en cas de conflit ou de séparation définitive, cela pouvait durer une éternité et la communauté magique n'avait pas à supporter les disputes de deux anciens amants. D'ailleurs, s'il était de notoriété publique que Cassandre et moi nous détestions, cela ne nous empêchait pas de reconnaître en l'autre une personne de grand talent. Du moins, moi, je ne l'avais jamais caché.

Le port de Stockholm n'était pas très large puisque la ville était entourée d'eau et de diverses petites îles qui pullulaient tout autour de la capitale. On apercevait, bien avant la ligne d'horizon, la première d'entre elles qui se démarquait par son refuge de yachts étincelants.

Arthur aperçut l'écran qui résumait les départs à venir et trouva le bateau qui nous emmènerait jusqu'à Rostock. Il partait dans une heure. Ce n'était pas un paquebot, loin de là, juste un petit navire de croisière qui pouvait accueillir une bonne centaine d'individus confortablement installés pour une traversée de dix heures. Il était découpé en cabines réservées pour quatre personnes, chacune disposant de quatre lits et d'une salle de bains privative. Bien que nous n'allions pas dormir dessus, il était plaisant de savoir qu'on avait accès à un confort sommaire. Et cela me permettait de garder un œil sur Cassandre avant de la voir s'éloigner de moi pour un nombre d'années indéterminé…

À l'intérieur de la cabine, Percy s'allongea directement sur l'un des lits et entreprit de se déchausser et de se mettre à l'aise. Quitte à voyager quelques heures, autant en profiter pour le faire confortablement, nous expliqua-t-il avec un grand sourire. Sa bonne humeur me contamina et j'acquiesçai sans m'en rendre compte. Il était temps de profiter un peu de la traversée avant que les choses sérieuses ne commencent réellement.

Arthur allait prendre un peu de repos également quand je lui fis signe de s'asseoir à l'unique table présente dans la chambre, au moment où le bateau se mettait en route vers le large. Il s'installa et découvrit la feuille de papier que je lui tendis.

— Tu y trouveras inscrites les vingt-six runes celtes qu'il te faudra retenir pour le restant de tes jours, lui appris-je en désignant les symboles dessinés. Ce que tu vois devant toi est composé de trois éléments : la rune, son nom latin et son *tye*, c'est-à-dire son pouvoir. Ton premier exercice sera le suivant : relie les formes à leur nom et leur effet. Je veux que tu sois en mesure de me donner la signification de chaque rune en moins de temps qu'il n'en faut pour le dire. Si je te dis *Uruz*, tu me réponds…

— Heu… l'eau ? hésita le jeune homme après avoir cherché la réponse sur le papier.

— Et ?

— Deux traits verticaux parallèles, un plus petit que l'autre et un trait horizontal qui les relie.

— Parfait ! Je veux que tu fasses cela avec les vingt-six runes. C'est un travail colossal qui demande beaucoup de temps, j'en suis conscient.

— Quand tu seras capable de visualiser dans ton esprit la forme de la rune ainsi que ce à quoi elle est associée, continua Cassandre, tu n'auras même plus besoin de dire son nom à haute voix, ni même d'y penser. La rune suffira. Mais pour cela, tu dois la voir clairement lorsque tu fermes les yeux. Cela te demandera du temps.

— Personnellement, renchérit Percy, je continue à penser au nom de la rune, voire à le prononcer, du moins quand je pratiquais encore la magie. Je n'ai jamais réussi à me souvenir de toutes ces formes…

Il semblait avoir honte en disant ses mots et j'aurais voulu lui dire quelque chose d'encourageant. Cependant, Cassandre intervint avant moi et le consola, une main sur son épaule et un sourire bienveillant sur ses lèvres.

— Il n'existe pas de mauvaise méthode pour pratiquer la magie, Percy. Il faut simplement trouver celle qui te convient le mieux. Celle de Merlin donne de meilleurs résultats en duel ou dans des situations dangereuses, car il suffit d'invoquer une forme dans son esprit. C'est une question de rapidité. Toutefois, par moments, il est préférable d'être un peu plus lent et de laisser son corps travailler un peu. L'effet n'en sera que décuplé !

Très doucement, la jeune femme se tourna vers moi et m'adressa un sourire en coin auquel je répondis sans le vouloir, encore une fois.

Chapitre 10

Nous laissâmes Arthur réviser en silence en nous allongeant chacun sur notre lit, plongé dans des occupations diverses et variées : Percy dormait à poings fermés, Cassandre dessinait sur une feuille des symboles runiques entrelacés et je lisais la fin des aventures de Barbaras Le Touffu. Mon Initié était très investi dans sa mission et prit soin de noter plusieurs fois les significations de chaque lettre antique en se répétant ses effets dans sa tête. Je l'entendais murmurer parfois et son investissement me fit plaisir. L'heure du déjeuner approchait lorsque je lui demandai d'arrêter son travail de mémorisation. Arthur m'en remercia silencieusement. Il avait les yeux rouges d'avoir fixé une feuille de papier pendant un si long laps de temps et il commençait à avoir mal à la tête.

Nous montâmes sur le pont principal où un courant d'air frais nous réveilla brusquement. Quelques personnes étaient déjà installées autour de petites tables rondes et un buffet avait été garni sur deux immenses dessertes en bois drapées de nappes blanches en dentelle. Percy emmena Arthur se servir à manger pendant que je restai seul avec Cassandre. Elle goûta le parfum du vent avec délices et ferma les yeux sous le soleil aveuglant. Elle était belle, belle à se damner.

— Quelle est la suite de son programme d'entraînement ? me demanda-t-elle en désignant Arthur du menton.

— Il ne peut pas travailler sa mémoire indéfiniment. Il

faut qu'il reprenne l'exercice de son *eyd*, qu'il crée une flamme dans sa main sans avoir à y penser. Et je pense lui réserver un peu de méditation en fin de journée.

— Il en aura besoin si tu lui fais trop de remontrances, me taquina la demoiselle en se servant une assiette de cœurs de palmier et de carottes râpées.

— Je compte simplement lui donner la bonne méthode. Celle qui nous sauvera peut-être face au démon que nous risquons de rencontrer.

L'attitude de Cassandre changea brutalement et elle se renferma sur elle-même à l'évocation du monstre qu'elle avait vu renaître quelques jours plus tôt. Je vis ses doigts trembler sur la porcelaine qu'elle soutenait avec difficulté et ses yeux s'embuèrent. Sans y penser, je la pris dans mes bras et passai la main dans ses cheveux. Une larme tomba sur ma poitrine, suivie d'une seconde. Peu m'importait qu'Arthur et Percy soient témoins de cette soudaine affection, Cassandre avait besoin de soutien et j'étais là pour elle. Son souffle saccadé réchauffa mon torse et j'attendis quelques instants avant de lui soulever le menton pour qu'elle hausse le regard vers moi.

— Je les vengerai, lui promis-je. Je te jure qu'il paiera pour le mal qu'il a fait à tes proches.

— Tu l'as dit toi-même, personne ne peut vaincre Torhold !

— Il y a un début à tout.

— Je ne t'ai pas tout dit à propos de cette nuit-là, murmura Cassandre en me tournant le dos.

Un affreux doute m'envahit insidieusement. Que me cachait la jeune femme qu'elle n'avait pas osé me dire chez les Sages ? Elle regarda la mer sans vraiment la voir et ses pleurs s'arrêtèrent. Quand elle me parla à nouveau, sa voix avait un ton bien plus grave qu'auparavant.

— Je t'ai dit qu'il avait tué un Magicien du nom de Jules

sous mes yeux. En réalité, cet homme n'était pas seulement un collègue… c'était aussi mon mari.

— Ton mari ?

Le choc me frappa avec une soudaineté sidérante. J'avais pensé naïvement qu'elle avait quelque chose à voir avec la fuite de Torhold ou qu'elle m'avait caché un élément crucial à connaître dans la résolution de l'énigme concernant notre mortalité. Au final, il s'agissait d'un détail bien plus péremptoire que je n'avais pas anticipé du tout. Cassandre s'était mariée durant la période où nous ne nous étions pas vus.

— Je croyais que tu étais contre l'union sacrée ! Que c'était un rite stupide qui n'impliquait que la crédulité des gens en une institution qui ne rendait pas les couples plus solides ! Tu t'es bien moquée de moi !

— Non, jamais ! J'ai… changé d'avis, c'est tout.

— Changé d'avis ? Je t'ai proposé trois fois de devenir ma femme. J'aurais pu être avec toi le jour où ce dément s'est enfui. J'aurais pu vous protéger et passer du temps avec toi. On aurait cherché ensemble à résoudre les problèmes de Rose. Tu aurais…

— Stop ! hurla Cassandre, faisant sursauter la moitié des passagers du bateau qui ne mangeaient plus et nous observaient, à présent. Je n'ai pas voulu te faire de peine. Jules était affecté à la surveillance du manoir et nous nous sommes rapprochés. Tu étais loin de moi, je pensais qu'on ne se reverrait peut-être pas après notre dernière entrevue très… chaotique. J'ai cru que nos chemins ne se croiseraient plus. Je suis tellement désolée de te l'avoir caché.

— Pas autant que moi !

Je reposai mon assiette et fis signe aux deux garçons de se lever. Ils jetèrent un œil inquiet à Cassandre qui nous observa partir sans dire un mot, sans essayer de nous retenir. Quelques minutes plus tard, nous étions de retour dans notre cabine que je verrouillai à l'aide d'une rune. Percy fila s'asseoir sur son lit, en tailleur, et attendit sagement sans poser de questions. Arthur, lui, me demanda aussitôt ce qui se passait.

— On vous voit vous enlacer et une minute après, tout part en vrille. Vous ne croyez pas que vous nous devez quelques explications ?

— Il s'agit de ma vie privée, rétorquai-je les dents serrées.

— Moi aussi j'aimerais bien avoir une vie privée ! J'ai tout plaqué pour vous suivre, Merlin !

— Maître Merlin, lui rappelai-je.

— Maître, si vous voulez ! Mais je vous rappelle que je suis devenu votre Initié à votre demande et j'ai besoin de savoir que vous me faites un peu confiance. Vous ne pouvez pas indéfiniment garder des secrets.

— Dis-moi, est-ce que je connais tous les détails de ta vie ?

— Non, sans doute pas, mais…

— Alors dis-toi que tu n'as pas besoin de savoir les détails de la mienne ! À présent, exercice de méditation pour tout le monde. Exécution !

De mauvaise grâce, Arthur alla s'installer sur son propre lit au moment où la poignée de la porte s'abaissa. Le panneau ne bougea pas et j'entendis un bruit de pas qui s'éloignait dans le couloir de notre étage. Je m'efforçai de respirer calmement afin d'expliquer correctement les consignes de ce nouvel exercice.

— Mettez-vous en tailleur, posez vos mains sur vos genoux et insufflez de l'air dans vos poumons. Vous allez vous concentrer sur votre respiration comme vous le feriez pour invoquer votre flux magique, le *eyd*. Vous devez prendre conscience de chaque atome qui vous compose. Laissez-vous transporter à l'intérieur de votre conscience et n'ayez pas peur de vous endormir. Au contraire même, cela signifie que vous avez réussi à atteindre un point d'équilibre. Je ne veux plus entendre un bruit.

Percy acquiesça et ferma les yeux sans discuter mes ordres tandis qu'Arthur eut plus de mal à ne rien dire. Je sentais poindre sa colère et son envie de continuer son argumentaire contre moi, mais finalement, il se tut et inspira profondément. J'attendis quelques secondes afin de vérifier que mes élèves fassent bien leur travail correctement avant de m'enfoncer dans les limbes de mon esprit. La méditation avait toujours représenté un exercice salutaire pour moi : je pouvais me recueillir, réfléchir et surtout, je pouvais m'y laisser aller. Si, à la surface, je devais me montrer fort et inflexible, cette couverture avait bien du mal à tenir depuis la nuit dernière et les récentes révélations de Cassandre. Je crois que j'avais ordonné ces travaux pratiques dans le simple but de m'évader moi-même dans mon refuge personnel afin de laisser libre cours à mon chagrin. Cassandre mariée, Cassandre reliée à quelqu'un par quelque chose d'aussi symbolique que le mariage… C'en était trop en si peu de temps. Je devais me recentrer sur la formation d'Arthur, sur celle de Percy qui ne demandait qu'à continuer son apprentissage vers le statut de Mage.

Je finis par m'endormir lorsque j'eus atteint un degré de relaxation suffisant et ne pensais plus à rien pendant un moment assez long jusqu'à ce que j'entende mon nom dans une conversation qui avait lieu non loin de moi. Sans ouvrir les yeux, mon attention se focalisa sur ce qui était en train de se raconter à voix basse :

— … Merlin ne voulait pas que ça se sache et pendant très longtemps ils ont réussi à garder le secret, disait Percy dans un murmure à peine audible.

— Pourquoi ? Les Enchanteurs n'ont pas le droit d'aimer ?

— Si, bien sûr, mais mieux vaut des mortels que des êtres magiques. Notre histoire est trouée de conflits sanglants entre anciens amants qui se sont déchirés. La communauté a trop souffert de ces séparations pour ne pas instaurer une sorte de règle tacite incitant à ne pas se mélanger entre nous.

— Et qu'est-ce qu'il s'est passé entre eux ?

— Ils se sont rencontrés quand Cassandre est devenue l'Initiée d'Eleanor, il y a environ cent-cinquante ans. Merlin n'était qu'un Mage, à cette époque. Cassandre est née de deux parents mortels, et pourtant, elle avait un énorme potentiel. Elle est rapidement devenue une adversaire redoutable, aussi redoutable que notre Maître, et évidemment tout le monde s'est mis à les comparer. Elle a eu une formation accélérée tout comme lui, car elle était indéniablement douée avec la magie et elle est devenue une Magicienne. La comparaison les a éloignés, sentant que beaucoup de regards se posaient sur eux quand ils étaient dans la même pièce. Alors, évidemment, ils se sont beaucoup provoqués, ils se sont battus plusieurs fois, et souvent Cassandre finissait par avoir le dessus… dans l'intimité.

— C'est à dire ?

— Ils avaient conclu une sorte de pacte après une mission particulièrement dangereuse sur laquelle ils avaient été envoyés ensemble. Les deux meilleurs éléments de l'époque réunis, cela ne pouvait pas échouer. Ils devaient seulement rassembler un troupeau de mégacéros dans une vallée d'Irlande et les empêcher de foncer sur les villages humains en contrebas.

— Des mégas-quoi ?

— Mégacéros. Des cerfs géants, si tu préfères. Ce sont des herbivores au tempérament assez brutal qui sont en voie d'extinction. Les humains pensent même qu'ils ont définitivement disparu. Pour nous, il en reste encore quelques troupeaux sauvages. Le bois de mégacéros entre dans la composition de quelques potions très puissantes. Bref, ils partent en Irlande, repèrent le troupeau et là, les bestiaux chargent sans raison. Tu n'as encore jamais vu ces animaux-là, mais imagine un cerf de plus de cinq cents kilos, deux mètres de haut et trois mètres d'envergure au niveau des bois, qui te fonce dessus. Maintenant, trente qui galopent dans ta direction. Leur puissance était si phénoménale qu'ils n'ont pas réussi à stopper leur cavalcade et ils ont failli être piétinés. Maître Merlin a sauvé la vie de Cassandre grâce à un glyphe de protection un peu trop vite exécuté qui lui a coûté beaucoup trop d'énergie. Il a passé une semaine dans le coma pour s'en remettre. Finalement, Cassandre a mis au point un plan pour pousser les mégacéros à se diriger vers la forêt et elle a scellé les bois pour qu'ils ne puissent plus en sortir. Quand le Maître est revenu à lui, ils ont décidé que malgré leurs caractères opposés, ils n'avaient pas de vraie raison de se battre hormis l'approbation de leurs pairs. Ils ont donc truqué les duels réguliers auxquels ils se soumettaient chaque année, lors des fêtes hivernales. Notre Maître avait bien plus de pression sur les épaules du fait de son grade plus élevé et Cassandre a accepté de perdre la majeure partie du temps. Je pense d'ailleurs que c'est cette abnégation qui a fait qu'il est tombé amoureux d'elle.

— C'est impossible, ils se détestent !

— Ils se détestent cordialement. En public, ils laissent aller leurs pires côtés et se chamaillent, car ils ne veulent pas laisser croire qu'ils s'apprécient. En réalité, ils s'entendent mieux qu'ils ne le pensent eux-mêmes. Et finalement, ils ont entretenu une sorte de relation pendant quelques années. Et puis, Maître Merlin s'est éloigné, il a vécu une histoire avec une mortelle qui s'est mal terminée. La dame a été tuée dans un accident magique alors qu'elle ignorait la vraie nature de son amant. Je crois qu'il ne s'en est jamais remis.

— C'est avec cette mortelle qu'il a eu une fille ?

— Oui. Rose, c'est son prénom. Elle a montré des signes de magie dès sa naissance, mais uniquement à son père, comme si elle savait que sa mère devait rester dans l'ignorance, malgré son très jeune âge. Elle avait deux ans quand sa mère est décédée. Rose est rapidement devenue l'Initiée de notre Maître et il s'est consacré à son éducation, laissant Cassandre complètement de côté. Ils se voyaient tous les ans, quelques jours et quelques nuits en souvenir des bons moments passés ensemble. Et puis, il y a eu… un événement horrible qui a privé tout le monde de magie hormis Merlin et il a emprisonné sa fille dans un sommeil artificiel qui dure depuis quarante ans. Depuis ce jour, Cassandre ne lui a pas pardonné cet accident et ils ont espacé leurs retrouvailles. Je ne pense pas qu'il ait vraiment voulu la revoir hier, mais le destin en a décidé autrement.

— Comment est-ce que tu sais toutes ces choses ?

— Cela fait quarante ans que je suis enfermé chez les Sages. Sans pouvoirs, je suis un Magicien parfaitement inutile. La seule chose que je sais faire correctement, c'est écrire les paroles des autres et les calligraphier joliment. Alors, il faut tuer le temps et Maître Merlin est un très bon écrivain. Il a inscrit dans ses mémoires tous les détails de ses aventures et de sa vie personnelle. J'ai tout lu à son propos.

— C'est obligatoire d'écrire tout ce que l'on fait ?

— Bien sûr que non ! En général, en revenant de mission, les Sages demandent un simple compte-rendu. Mais, il y a mille ans, les Enchanteurs tenaient des journaux intimes dans lesquels ils inscrivaient toutes leurs pensées et tout ce qui se passait dans leur vie. Maître Merlin s'est inspiré de leurs pratiques pour faire perdurer les légendes écrites plutôt que les récits oraux qui se transforment facilement d'une bouche à l'autre. Ils ne sont pas nombreux à agir ainsi et la plupart ne pensent pas qu'on mettra le nez dedans un jour. Il n'y a que moi, à ma connaissance, qui ait lu l'intégralité des mémoires de Maître Merlin.

— Tu le trouves génial j'ai l'impression, exprima Arthur

avec une certaine amertume.

— Je comprends ce que tu ressens. Tu penses qu'il te laisse de côté et qu'il refuse de tout te dire, mais cela fait sans doute partie de ton apprentissage. Il y a des pans de la magie qu'il ne faut pas aborder tout de suite pour ne pas brûler les étapes. Si mon propre maître m'avait enseigné cela, je serais peut-être déjà Mage à l'heure qu'il est. À la place, je me suis éparpillé et j'ai perdu beaucoup de temps.

— Ton maître, c'était qui ?

— Viktor, Enchanteur de combat. Quelqu'un de très dur et très cassant. Je ne le recommande pas à ceux qui auraient un manque de confiance personnelle. Mais pour en revenir à ton Maître, si tu avais lu toutes ses pensées, tu saurais comment il réfléchit, de quoi il s'inspire pour faire de son mieux. Ce sont de vieilles pratiques, mais elles ont fait leurs preuves et je suis certain que tu finiras par voir qu'il t'entraîne dans la bonne direction.

Je ne pus m'empêcher d'éprouver pour Perceval un élan de gratitude face à cette soudaine loyauté envers moi. J'avais failli le couper plus d'une fois en l'entendant étaler les détails de ma vie devant Arthur. Toutefois, je m'étais rendu compte qu'il était plus simple pour ce dernier d'entendre parler de mon histoire par une autre bouche que la mienne. De plus, j'étais très impressionné par le fait que Percy ait lu tous les grimoires que j'avais déposés dans la bibliothèque du conseil. Certains étaient parfaitement inintéressants et ne valaient même pas la peine qu'on les ouvre. Je supposai que c'était la recherche d'anecdotes d'aventures qui avait poussé le jeune homme à tout lire. Cela lui avait sans doute pris un temps considérable.

Lentement, je bougeai mes doigts de façon suffisamment visible pour que les deux garçons reprennent une posture de médiation crédible. J'étirai mon corps endolori par le maintien prolongé d'une position assise et me mis sur mes deux pieds.

L'après-midi touchait à sa fin.

— Messieurs, l'exercice est à présent terminé. Vous devriez prendre un peu de temps pour vous. On ne va pas tarder à accoster.

Percy papillonna pour faire semblant de s'éveiller quand Arthur ne prit même pas la peine de jouer cette comédie. Il éprouvait encore trop de rancune à mon égard pour ne pas me le montrer. Cependant, je sentis, lorsqu'il me regarda, une pointe de fierté involontaire. Peut-être était-il temps de lui faire un peu plus confiance ?

J'allais ouvrir la porte de la chambre quand une secousse bouscula le navire et me projeta par terre. Arthur fut propulsé contre la fenêtre, non loin de son camarade étourdi par sa rencontre avec le mur de la pièce.

— Que se passe-t-il ? s'exclama-t-il en se relevant.

Je ramassai ma besace, déverrouillai la porte et courus en direction du pont supérieur pour avoir la plus grande vue d'ensemble. Sur mes talons, mes deux élèves ne ralentirent pas l'allure et grimpèrent les escaliers quatre à quatre pour me rejoindre. À la proue, quelques personnes s'étaient attroupées pour observer les environs. Parmi elles se trouvait Cassandre, un bloc de feuilles à la main, les yeux fixant un point sur l'horizon. Elle me vit arriver et se dirigea vers moi sans attendre.

— Tu as vu quelque chose ? lui demandai-je sans préambule.

— Non. Je pense que le bateau a été frappé par-dessous. Il n'y a rien autour de nous qui aurait pu causer une collision.

— C'était magique ?

— Oui, sans aucun doute.

— Donc c'est dirigé contre nous.

Pendant un instant, je me laissai porter par mes réflexions avant de me rendre compte que Cassandre me dominait par sa taille de quelques centimètres, alors qu'elle était plus petite que moi en temps normal. Un bref coup d'œil m'apprit que le bateau était en train de s'enfoncer dans l'eau salée par la poupe et que nous étions en train de couler à grande vitesse. Un kilomètre plus loin, environ, se trouvait le port de Rostock et il aurait été très difficile d'atteindre ce refuge à la nage dans une eau à la température très froide malgré le soleil qui avait régné en maître toute la journée. Déjà les responsables du navire appelaient les passagers à se mettre en rang pour monter dans les canaux de sauvetage et enfiler un gilet gonflable orange.

— On ne monte pas là-dedans ! décrétai-je aussitôt. C'est exactement ce qu'on veut nous obliger à faire : grimper dans une structure facilement pulvérisable.

— Qu'est-ce qu'on fait alors ? s'inquiéta Percy.

— Arthur, petit exercice pratique ! dis-je en me tournant vers le concerné.

— Non, mais ça va pas ! s'exclama Cassandre. Tu sais ce qui se passe quand un bateau coule ? Les gens présents dessus sont aspirés vers le fond par le tourbillon que crée l'engin en s'enfonçant. Il est impossible de remonter à la surface. On va finir noyé et toi tu veux entraîner ton protégé !

— Je serai là pour prendre sa relève en cas de besoin, assurai-je. Arthur, tu m'as demandé de te faire confiance alors voilà le moment de me prouver que ta requête était justifiée.

— Je parlais en termes plus humains, se précipita l'Initié en prenant compte des événements qui ne jouaient pas en sa faveur, pas en termes de techniques magiques.

— On va lier les deux, si tu le veux bien. Si je te dis *Haglaz*, tu me réponds…

— Protection, un H de travers, répondit-il après un court moment d'hésitation.

— Parfait ! Tu vas donc nous invoquer un enchantement de *Bulle protectrice*. C'est très simple à mettre en œuvre : les personnes que tu veux protéger se mettent dans ton dos, tu tends ton bras et ta jambe devant toi et tu vas tracer un arc de cercle autour d'eux. Tout cela sans jamais relâcher ton *eyd*.

— Mais je ne me suis pas entraîné depuis deux jours !

— Raison de plus pour profiter de ce contretemps !

Ma voix n'appelait aucune protestation et il était temps de se mettre au travail le plus vite possible. Le bateau commençait déjà à atteindre un angle dangereux pour l'équilibre et la plupart des canaux étaient en train d'être mis à l'eau, remplis au maximum. Nous nous écartâmes des autres passagers pour prendre place autour d'un Arthur aussi terrifié qu'il l'avait été devant le conseil des Sages.

— Respire profondément et concentre-toi sur ton flux sanguin. Rappelle-toi la sensation de cette course folle dans tous tes membres. Prends conscience de ton corps et invoque la rune dans ton esprit, ainsi que son nom. Elle doit briller derrière tes paupières, illuminer le noir dans lequel tu te plonges. Ressens la magie t'envahir et s'insuffler dans tes membres. Tends ton bras, tends ta jambe et relâche ton flux.

— *Haglaz* ! murmura-t-il immédiatement en traçant dans l'air un geste parfaitement circulaire.

Le sol brilla tout autour de nous et l'atmosphère vibra doucement alors qu'une sphère blanche se dessinait délicatement. Elle nous engloba petit à petit, protégeant nos corps de toutes les forces physiques capables de nous faire des dégâts. L'enchantement était presque complet lorsque le bateau se dressa dans un angle critique qui nous déstabilisa tous en nous faisant tomber à la renverse. Arthur perdit le fil de sa concentration et le sortilège fut brisé. À cet instant, nous tombâmes lourdement sur le parquet du navire qui se craquelait et nous commençâmes une dangereuse glissade qui nous rapprochait de l'eau bouillonnante en train d'aspirer le bâtiment dans ses profondeurs obscures.

Sans plus attendre, j'attrapai la main de Cassandre, qui agrippa celle d'Arthur. Percy, lui, continua sa dégringolade en hurlant de terreur à la vue du tourbillon qui s'apprêtait à l'engloutir. Je pointai le jeune homme du doigt, le reliai au sol d'un mouvement du bras et criai :

— *Berkano* !

Notre groupe arrêta de glisser instantanément alors que les objets présents sur le pont continuaient leur chute libre. Il n'y avait pas de temps à perdre. Je répétai l'enchantement raté d'Arthur et entourai mes compagnons d'une bulle de protection à toute épreuve. Heureusement, car un lourd tuyau de métal s'écrasa sur sa surface à peine quelques secondes après que j'eus invoqué le sort. Il se brisa dessus et dévala la pente pour finir dans l'écume grondante sous nos pieds.

— *Tiwaz* ! enchaînai-je en plaquant mes mains contre la paroi verticale.

Il y eut une détonation et notre bulle fut projetée en avant à une vitesse parfaitement incontrôlable, chutant vers la mer déchaînée, bien au-delà des canaux qui essayaient de s'éloigner du lieu de ce désastre. Grâce à la pénombre de ce début de soirée, j'étais presque certain qu'aucun humain ne nous verrait voler en direction de l'eau. Toutefois, cette préoccupation me parut bien dérisoire quand je vis que je n'arrivai plus à ralentir notre descente vertigineuse et que nous allions nous fracasser contre la surface houleuse qui s'étendait devant nous. Cassandre hurla la première et nous la rejoignîmes avec entrain. Je m'efforçai de libérer le plus de puissance magique possible afin de minimiser l'impact, mais la secousse fut très rude et j'encaissai une grande partie de la douleur dans mon dos et mes omoplates.

Cassandre, qui était tombée sur le plancher de la bulle lors du contact avec la mer, se releva et s'enquit de ma santé, mais je n'avais pas envie de lui répondre. J'étais trop concentré sur le fait d'atteindre le port avant que quelqu'un ne tente de nous exterminer. Fatigué comme je l'étais à présent, il était hors de question d'essuyer une attaque magique. Je ne tiendrais pas longtemps.

Je déclenchai une nouvelle propulsion en avant qui nous éloigna des autres survivants et nous rapprocha des premiers bateaux amarrés. Quand nous atteignîmes une rive hors de vue des témoins potentiels, je libérai mes compagnons de cet enchantement très gourmand en énergie et m'effondrai sur le sable de cette contrée.

— Je suis désolé, Maître, s'excusa Arthur. J'ai perdu l'équilibre et…

— C'était très bien, lui répondis-je essoufflé. Il faut travailler ta concentration, mais le lancer était excellent. Je suis fier de toi.

J'aurais voulu lui dire des paroles plus enrichissantes avec un peu plus de valeur que ces mots qui sonnaient un peu creux, mais j'étais épuisé et j'avais très mal entre les épaules. Une sensation de brûlure qui engourdissait ma nuque ne semblait pas vouloir me quitter et j'eus beaucoup de peine à me remettre sur mes jambes. Cassandre me tendit une main amicale que je repoussai avant de me tenir droit. Mon refus la blessa, ce qui ne m'empêcha pas de lui tourner le dos et d'observer les environs. Il n'y avait pas l'ombre d'une silhouette menaçante à l'horizon et pourtant, un être magique avait fait couler ce bateau. Le seul responsable ne pouvait qu'être Torhold.

— Comment savez-vous que c'était une attaque magique ? me demanda Arthur alors que nous prenions le chemin sortant du port de Rostock en évitant habilement les premiers secours qui allaient sauver les rescapés du naufrage.

— Un Enchanteur peut ressentir la magie qui l'entoure et repérer son utilisation en se concentrant sur les vibrations de l'air. Pour créer une brèche aussi massive dans un navire, il a fallu une puissance considérable aisément détectable pour quelqu'un qui se trouvait à l'extérieur.

Il m'était plus facile de ne pas désigner Cassandre par son nom, et cette dernière ne pipa mot quand elle m'entendit parler ainsi. Une chance pour elle, car je n'étais pas du tout d'humeur à ce qu'on vienne me contredire.

La ville que nous traversâmes était en pleine effervescence à cause du bateau qui venait de couler à quelques centaines de mètres des côtes et de nombreux curieux se précipitaient déjà dans cette direction, dégainant leurs téléphones portables pour devenir les témoins des derniers instants du navire. Quelques-uns nous regardaient de façon étrange en voyant que nous étions en train de nous éloigner d'une chose aussi intéressante qu'un naufrage. Je fis signe aux autres de ne pas ralentir l'allure jusqu'à l'hôtel, en plein centre-ville, où nous allions poser nos maigres possessions rescapées du bateau.

— Je n'ai plus que deux chambres libres, m'annonça la tenancière en s'excusant dans un allemand particulièrement tonique. Cela ne vous dérange pas ?

— Eh bien…, commençai-je.

— On fera avec ! me coupa Cassandre.

Elle attrapa les deux clés pendant que je payai la note. Apparemment, un match de football très important pour la ville avait lieu ce soir et beaucoup de supporters étaient venus de tout le pays pour profiter du spectacle. La plupart des hôtels affichaient complet et refusaient du monde. Nous étions chanceux de tomber sur un établissement encore libre.

À l'étage qu'on nous avait indiqué, nous nous séparâmes en deux groupes : Arthur me fit tout de suite comprendre qu'il voulait partager sa chambre avec Percy, ce qui ne parut pas déstabiliser Cassandre, bien au contraire. Voyant qu'on ne me laissait pas le choix, je bougonnai en déposant mes affaires sur le premier lit qui croisa ma route. Je remarquai alors qu'il s'agissait d'un lit double.

— Tu me touches cette nuit, je mets le feu à ton oreiller ! la prévins-je aussitôt.

— Merlin, arrête de faire l'enfant. Tu savais très bien que je voyais un autre homme en Allemagne. Je sais qu'Antonius t'en avait parlé.

— Oui ! Exactement ! Il m'a dit que tu voyais quelqu'un ! Ça ne m'a pas fait plaisir, mais j'ai su accepter la nouvelle et les conséquences que cela impliquait. Il n'a jamais mentionné que tu t'étais mariée, comme je te l'avais demandé plusieurs fois.

— Que crois-tu que j'ai ressenti quand j'ai appris pour Rose ? À sa naissance, j'ai cru que j'allais mourir de douleur ! C'est avec moi que tu aurais dû faire cet enfant !

— Tu n'as jamais voulu d'enfant, du moins pas avec moi ! Et tu n'as jamais voulu m'épouser ! Il est un peu tard pour manifester des regrets.

— Tu es libre de penser ce qui t'arrange, mais regarde la vérité en face : j'ai souffert tout autant que toi et la vie a été tout aussi cruelle de mon côté. Nous pourrions peut-être envisager de mettre nos égos de côté pour…

— Ce n'est pas qu'une question d'égo ! Je t'ai réellement aimé, Cassandre. Je te voulais pour moi, uniquement pour moi. Tu as fait ton choix. Aujourd'hui tu es seule et je t'aiderai à retrouver celui qui a tué ton mari puisque je te l'ai promis. Dès que cette histoire sera terminée, je disparaîtrai définitivement de ta vie.

La jeune femme ouvrit la bouche pour dire quelque chose, mais la referma et se tut. Elle se déshabilla dans la salle de bains et vint se coucher contre le mur sans rien dire. Puis elle éteignit la lumière.

— Je prends le premier tour de garde, l'informai-je avant qu'elle s'endorme. Je te réveillerai dans trois heures.

— Tu crois que quelqu'un va venir nous assassiner dans notre sommeil ?

— Tu crois que quelqu'un de bien intentionné a fait couler notre bateau ?

Cassandre ne répondit pas et se tourna brusquement. Je ne l'aurai jamais reconnu devant elle, mais je savais que la probabilité que quelqu'un nous trouve dans cette grande ville était plutôt mince. Il aurait fallu un certain acharnement et un enchantement de *traçage humain* très performant, particulièrement pénible à réaliser.

Je pris une chaise et m'assis pour essayer de reposer un peu mes jambes et diminuer la douleur grandissante dans mon dos. Depuis quelques minutes déjà, j'avais la sensation qu'une fourmilière avait envahi ma colonne vertébrale et j'avais du mal à penser à autre chose que la souffrance qui en résultait. J'aurais pu tenter un enchantement de guérison, mais je n'étais pas certain du résultat à cause de ma fatigue actuelle. J'allais patienter jusqu'au lendemain matin avant d'invoquer quoi que ce soit. J'irai peut-être mieux d'ici là.

Je regardai par la fenêtre les quelques rues éclairées grâce à des lampadaires aux lumières jaunes et puissantes. Quelques badauds se promenaient encore, mais semblaient en train de se diriger vers leurs habitations pour rendre à la nuit son ambiance silencieuse. Un hibou passa devant moi dans un battement d'ailes énergique et se posa sur la branche d'un bouleau effeuillé. Il me scruta de ses grands yeux écarquillés et hulula dans ma direction. D'après lui, les alentours étaient déserts et je le remerciai d'un signe de tête alors qu'il s'envolait dans la direction opposée. Je n'avais plus eu l'occasion de parler à mes amis forestiers depuis quelques jours déjà et cette brève entrevue me donna un peu de baume au cœur.

Bien sûr, je refusai de me tourner vers le lit où Cassandre dormait et préférai me concentrer sur les environs, détaillant plutôt une maison à colombages ou bien un pont visible derrière une longue allée piétonne. Je n'avais pas envie de voir son corps, ses courbes trop parfaites qui m'avaient si longtemps attiré, sa poitrine qui se soulevait au rythme de sa respiration endormie. Je voulais simplement sortir cette femme de mon esprit. Sa trahison me faisait trop mal pour que je la raye d'un simple trait.

Chapitre 11

Dans le train pour Stuttgart, l'ambiance était des plus silencieuses. Enfermé dans un compartiment vide, Arthur s'entraînait à invoquer une flamme dans le creux de sa main et tentait de la garder intacte pendant le plus de temps possible. Perceval, lui, notait dans un grimoire vierge le récit des événements de la veille. Il m'avait proposé de lire la partie qu'il avait déjà rédigée hier, mais j'avais préféré lui laisser le temps de peaufiner son ouvrage. En réalité, je n'avais guère envie de revivre cette journée éprouvante et la blessure dans mon dos entretenait ma mauvaise humeur. J'avais regardé, aux premières lueurs, s'il y avait une cicatrice due au choc entre la bulle de protection et la surface de l'eau entre mes épaules, et j'y avais découvert un large bleu violacé qui s'étendait sur une bonne partie de ma nuque. Cela ne nécessitait guère de dépenser le peu d'énergie magique que j'avais retrouvé pendant la nuit dans un enchantement de guérison. Le mal passerait tout seul bien que ce soit très désagréable.

Cassandre, quant à elle, dessinait à nouveau des runes dans un petit carnet qu'elle prenait soin de ranger dans le sac à dos qu'elle quittait rarement lorsqu'elle ne l'utilisait pas. J'essayai de ne pas lui prêter trop attention et marchai machinalement dans le couloir désert du train qui traversait le pays. Les seuls voyageurs présents pour m'observer, deux jeunes adultes probablement en couple, étaient assis quelques compartiments plus loin et regardaient un film sur un ordinateur portable, ne se préoccupant guère de cet homme bizarre qui déambulait non loin d'eux.

En début d'après-midi, nous atteignîmes la ville tant convoitée dans laquelle nous descendîmes sans dire un mot. J'avais félicité Arthur pour son travail remarquable, il était capable de maintenir la flamme dans sa main pendant plusieurs dizaines de minutes sans qu'elle ne disparaisse une seule seconde. Ceci indiquait qu'il renforçait parfaitement sa concentration et qu'il serait moins susceptible de flancher dans des situations dangereuses.

— Où allons-nous à présent ? demanda Percy avec enthousiasme.

— Tu vois ces collines, là-bas ? lui répondit Cassandre. À quelques dizaines de kilomètres derrière elles se trouve l'entrée de la forêt noire. C'est une chaîne de montagnes qui regorge d'animaux en tous genres et qui abrite l'une des forêts les plus denses du monde. Parfois, quand on s'enfonce suffisamment profondément, il n'est même plus possible de distinguer la lumière du jour. C'est de là qu'elle tient son nom.

— Et c'est dans cette forêt qu'il y a un endroit dénué de magie ? résuma Arthur.

— En effet, conclus-je. On nous envoie observer ce lieu, chercher la cause de cette absence de magie et savoir si elle a un lien avec la fuite de Torhold. Cassandre nous guidera jusque là-bas. Ensuite, nous pourrons nous séparer si le cœur nous en dit.

Personne ne fit la moindre remarque. J'ouvris la marche et nous sortîmes de la ville sans prendre le temps de visiter alors que nous venions d'arriver dans la ville « la moins stressante du monde », d'après de nombreux guides touristiques.

Percy s'inquiéta de savoir où nous allions dormir tandis

que nous entamions le début de l'escalade de la première colline. Le jour déclinait déjà derrière nous et il allait falloir trouver un endroit où camper rapidement. Le mieux était de se reposer dans un endroit loin de la civilisation humaine afin de pouvoir pratiquer la magie sans avoir à se cacher, et surtout, dans un lieu assez abrité si la pluie venait à tomber. Les nuages, relativement cléments pour l'instant, se chargeaient tranquillement d'une teinte grisâtre qui commençait à foncer. Un orage grondait au loin et il était fort probable que notre première nuit à la belle étoile se termine sous des trombes d'eau.

Nous découvrîmes l'endroit parfait en atteignant le sommet de la colline au moment où la lumière disparaissait derrière la ligne d'horizon. Il s'agissait d'un sous-bois peu épais qui suivait le tracé de la route bétonnée créée par les hommes. Peu d'animaux vivaient ici, mais cet endroit offrait un abri rudimentaire en cas de pluie torrentielle.

J'allumai un feu au-dessus duquel je fis cuire les saucisses que Percy avait chipé des cuisines du conseil et nous les dégustâmes pendant que les éclairs qui faisaient trembler le ciel s'éloignaient vers l'est. Arthur s'essaya à augmenter et diminuer la taille des flammes sous le regard amusé de son compagnon. Cassandre se désintéressa bien vite de l'animation qu'il essayait d'instaurer. Elle avait le nez dans son carnet et laissait ses doigts armés d'un crayon courir sur le papier.

Perceval prit le premier tour de garde tandis que nous nous couchions dans des sacs de couchage qu'il avait transportés dans son *sac à compression*. Apparemment, ce jeune homme avait pensé à tout et nous pouvions lui en être reconnaissants.

Au petit matin, la pluie s'abattit sur notre groupe fatigué et courbaturé, et le reste du voyage se déroula dans une ambiance maussade. Cette eau froide et piquante nous frigorifia jusqu'aux os et nous ralentit beaucoup dans notre progression.

Si bien qu'au lieu d'atteindre la forêt, comme prévu initialement à la fin de cette deuxième journée de marche, nous avions dû camper à nouveau à l'intérieur d'un abri de pierre, servant autrefois d'arrêt de bus sur une route déserte et fermée au public.

Le lendemain, nous étions tous terrassés par le manque de confort et la douleur dans les muscles, mais nous arrivâmes en vue des premiers pans de la forêt qui s'étendait devant nous. Les montagnes, blanches et majestueuses, se dressaient avec ardeur pour rendre notre ascension plus compliquée encore. Toutefois, Cassandre connaissait très bien ce terrain et nous entraîna par de petits sentiers cachés vers les hauteurs convoitées. Lorsqu'il fut l'heure de déjeuner, nous pouvions affirmer avoir atteint notre but sans trop de difficultés.

Percy partagea une miche de pain conservée dans un torchon sec en quatre morceaux égaux auxquels il rajouta une tranche de bacon et de salami qu'il avait acheté la veille dans une épicerie, quand nous avions fait un léger détour dans une bourgade pour se mettre au chaud quelques minutes. Pendant que nous dégustions ce maigre repas, je ne pus m'empêcher d'essayer de regarder au-dessus de ma tête, mais déjà, la cime des arbres était si dense qu'elle ne laissait passer que quelques rais de lumière éparpillés.

— J'ai du mal à croire que des humains puissent se promener ici, fit remarquer Arthur en me voyant observer les alentours.

— Ici, non, le corrigea Cassandre. Je vous ai emmenés par mes propres chemins, ceux que j'ai pratiqués pendant de longues années en découvrant cette région. Vous êtes chez moi, après tout. En revanche, un peu plus bas dans la vallée, il y a des allées qui ont été aménagées pour les randonneurs les plus hardis. Certains sont capables de faire les deux cents kilomètres à pied rien que pour se vanter de les avoir parcourus.

— Et le manoir ? s'inquiéta Percy. Il est loin d'ici ?

— Non. À une journée de marche, tout au plus. Mais il a été construit dans l'endroit le plus sombre de la forêt. Pour ainsi dire, aucune lumière naturelle n'est capable de traverser ces bois soumis à l'ombre de la montagne. Parfois, j'ai cru que j'allais devenir folle à force de ne pas voir le jour alors que je partais en excursion dans les environs pour me ressourcer. J'ai aussi appris à grimper au sommet des arbres les plus résistants pour profiter des bienfaits du soleil. On se relayait, mes amis et moi, pour ne pas se laisser noircir par cet endroit. Et puis, à un kilomètre du manoir, peut-être moins, on a découvert une zone dévastée, défrichée, ou plus rien ne pousse et rien ne vit. Des animaux étaient morts et les derniers objets enchantés que nous possédions se sont éteints lorsque nous avons pénétré dessus. On a cru que…

— Silence ! ordonnai-je.

Cassandre me jeta un regard noir, mais observa au bout de mon doigt tendu. Au fond de la clairière avoisinante, on pouvait apercevoir une ramure qui s'engageait dans ce faible espace de lumière. Pensant tout d'abord qu'il s'agissait d'un cerf, j'enjoignis les autres à rester le plus silencieux possible. Toutefois, quand je compris que ces bois atteignaient une taille démesurée, je sentis une mince frayeur se glisser jusqu'à moi. Un mégacéros venait d'entrer dans la clairière et braquait son immense museau dans notre direction. Il avait repéré l'odeur de notre pique-nique et entendu les paroles de la jeune femme qui avait soudain blêmi.

Seul, cet animal n'était pas très dangereux. Il était facile, surtout en forêt, d'atteindre un endroit où les arbres étaient trop rapprochés pour qu'il puisse s'en prendre à nous. En revanche, en troupeau, ils pouvaient faire beaucoup de dégâts, d'autant plus qu'ils étaient très intelligents. Les mâles d'un groupe suivaient le plus fort d'entre eux. En général, il n'y avait pas plus de quatre ou cinq individus masculins au sein de la même horde, car cela engendrait un nombre proportionnel de conflits. Les mâles se partageaient les femelles dont les ramures étaient plus petites, mais aussi plus pointues.

Ce mégacéros semblait avancer seul dans notre direction et s'arrêta à quelques mètres de nous sans montrer d'intentions hostiles. Je me redressai et vins à sa rencontre en prenant soin de montrer que je n'étais pas armé. L'animal consentit à baisser son museau à ma hauteur et se laissa caresser docilement avant de me désigner sa patte arrière. Il était blessé et saignait abondamment. La chose ou l'être qui l'avait attaqué ne devait pas être bien loin et il souffrait beaucoup de sa blessure.

J'appliquai ma main sur la plaie et la refermai en quelques secondes. À peine eût-il cessé de ressentir la douleur, le mégacéros se retourna et commença à partir vers une zone un peu plus éclairée. Il me regarda une dernière fois et brama bruyamment. Un frisson d'effroi parcourut mon dos. Il venait de nous mettre en garde : un danger approchait.

Chapitre 12

J'avertis les autres de la menace qui approchait et regardai tout autour de moi. Une secousse me noua l'estomac : nous étions pris au piège. Cette forêt était trop dense pour que nous prenions la fuite rapidement et trop large pour retrouver un chemin abrité en peu de temps. J'ignorai ce que nous allions affronter, mais il fallait se rendre à l'évidence : le combat sera inévitable. Et un tel affrontement risquait fort de tourner à notre désavantage. Percy et Cassandre étaient dépourvus de pouvoirs magiques et Arthur était incapable de garder sa concentration en cas de situation périlleuse. J'étais seul face au danger avec, devant moi des ennemis inconnus, et derrière moi une bande à protéger. Il fallait trouver une solution rapidement.

— Arthur, j'ai besoin que tu te focalises sur la mission que je vais te confier, lui expliquai-je calmement malgré quelques tremblements dans ma voix. Tu vas invoquer la rune de protection et recréer l'enchantement de *bulle protectrice* pour Cassandre et toi. Quoi qu'il arrive, quoi que tu voies ou entendes, je veux que tu ne relâches jamais ta concentration et que cette bulle reste intacte. Tu as vos vies entre les mains.

— Vous ne me mettez pas du tout la pression ! ironisa l'Initié en déglutissant.

— J'ai confiance en toi. Je sais que tu en es capable. Maintenant, prouve-le-moi !

Mes yeux se braquèrent sur Cassandre qui me scrutait avec

un air désespéré sur le visage. Elle ne s'attendait pas à ce qu'on soit si tôt pris au piège et ce brusque retour à la réalité lui avait fait l'effet d'un paralysant. Je fouillai dans ma besace avant de la lancer derrière un arbre au tronc épais et en sortis la pochette en cuir donnée par Gabriel. J'en extrayais l'anneau avec le saphir et touchai la pierre précieuse du bout de mon index. Celle-ci se mit à luire et éclaira brièvement les environs comme un petit soleil bleu. Une seconde plus tard, la lumière s'atténua et se contenta de danser dans les reflets du bijou.

— Tu restes derrière Arthur, tu ne bouges pas, tu ne sors pas de la bulle ! ordonnai-je. Si je tombe, tu actives le transfert. Je l'ai programmé pour qu'il vous ramène à Vadso. De là, vous pourrez organiser un plan grâce à Arthur.

— Merlin, je…

— Tu fais ce que je te dis pour une fois ! grondai-je. On n'a pas beaucoup de temps !

Cassandre finit par acquiescer et se réfugia dans le dos de mon protégé. Percy, à mes côtés, attendait que mes instructions passent à lui. Je ramassai une lourde branche par terre et apposai mes deux paumes sur ses extrémités. L'intensité magique qui me traversa alla s'infiltrer jusqu'aux plus profonds atomes du bois quand je murmurai :

— *Isa* !

Le bâton rayonna d'un éclat bleu si puissant qu'il nous aveugla tous pendant quelques instants. Quand la luminosité redevint normale, je tendis cette arme de fortune au jeune homme qui la reçut comme s'il s'agissait du présent le plus précieux qu'on lui ait jamais offert. J'allais lui indiquer comment s'en servir, mais je sentis une soudaine fatigue me transpercer les épaules. Un vertige me fit tourner la tête et j'eus besoin de quelques secondes pour retrouver ma respiration et une posture bien droite. J'avais peut-être libéré un peu trop d'énergie dans cette branche qui rougeoyait, à présent. Je ne voulais pas que Percy se retrouve dans une situation trop dangereuse, j'avais déjà honte de me servir de lui au combat alors qu'il était tout aussi désarmé que Cassandre.

— Tu m'as dit que tu savais te servir d'une arme, lui rappelai-je. Voici un bâton de foudre chargé au maximum. Tu devrais pouvoir pulvériser tout ce qui s'approchera d'Arthur et Cassandre en le pointant dans la direction souhaitée. Attention tout de même à ne pas trop t'en servir : le bois risque d'exploser à force de chauffer.

— Bien, Maître, acquiesça-t-il en prenant position devant la bulle invoquée par mon élève.

Pour ma part, j'avançai de quelques pas dans la clairière où avait disparu le mégacéros et fermai les yeux pour retrouver un semblant de concentration. J'invoquai mon *eyd* dans le creux de mes mains, faisant vibrer l'air autour d'elles d'une aura magique palpable.

Au loin, caché par les arbres de la forêt noire, on pouvait entendre un grondement sonore qui se rapprochait beaucoup trop vite à mon goût. Quoi que ça puisse être, j'étais au moins certain d'une chose, ce n'était pas Torhold qui venait à notre rencontre. Notre insignifiante bande ne lui paraissait probablement pas encore assez menaçante pour qu'il prenne la peine de venir en personne. Toutefois, j'avais le sentiment qu'il s'agissait d'une force très puissante qui fonçait à toute allure pour nous pulvériser.

J'ouvris les yeux et distinguai, dans la pénombre, une sorte de rocher en mouvement dévalant les chemins cahoteux qui serpentaient entre les arbres. C'était impossible, me figurai-je. Et pourtant, ce que je voyais était parfaitement réel : une horde de Cailleux roulait à toute vitesse, détruisant sur leur passage racines, buissons et petits mammifères. Il y en avait une trentaine, peut-être plus.

— Des Cailleux, avertis-je mes compagnons.

— Impossible ! murmura Cassandre.

— Et pourtant ils arrivent.

Ces démons de pierre avaient été exterminés jusqu'au dernier individu, une centaine d'années plus tôt lors d'une bataille mémorable sur le Mont-Blanc. Le dernier nid avait été détruit par une équipe de cinq Enchanteurs dont j'avais fait partie et nous avions vérifié à plusieurs reprises que cette espèce avait définitivement disparu de la surface du globe. Toutefois, il n'y avait aucun doute possible : nous avions affaire à une grande bande de Cailleux. De leurs corps sphériques très irréguliers pendaient deux longs bras recouverts d'écailles tranchantes. Quiconque posait sa main sur le membre d'un de ces êtres repartait avec les doigts tailladés profondément. Mais ce n'était pas leur seule arme, bien au contraire : ces créatures aveugles se dirigeaient grâce à une bouche béante dans laquelle s'agitait une langue rugueuse équipée de papilles très sensibles. Il leur suffisait de lécher un objet appartenant à une personne pour la retrouver, même au bout du monde. En cela, ils faisaient de très bons pisteurs maléfiques. Enfin, dans cette bouche, se dessinaient de fines dents pointues, aussi résistantes que le roc, qu'ils étaient capables de s'arracher et de lancer sur leurs victimes. Les dents repoussaient aussitôt et les projectiles étaient suffisamment acérés pour être mortels. Cassandre n'en avait jamais affronté auparavant, mais elle avait lu beaucoup de choses à leur sujet. Percy avait sans doute eu le récit de mon dernier affrontement avec eux entre les mains et devait se rappeler que je n'en gardai pas un très bon souvenir. Seul Arthur nageait en plein inconnu. Cependant, il gardait les yeux fermés pour rester concentré sur son enchantement, ce qui me rassura légèrement.

Les premières créatures qui pénétrèrent dans la clairière s'arrêtèrent en bordure des arbres, sentant que leur ennemi était proche et prêt à en découdre. Je savais que ces êtres avaient une réelle aversion pour la magie et c'est la raison pour laquelle je tenais à les accueillir avec la plus forte vibration magique créée autour de moi afin qu'ils me repèrent plutôt qu'ils partent en direction d'Arthur et Cassandre. Percy, dans mon dos, faisait tournoyer son bâton habilement.

Quand tous les Cailleux se furent arrêtés à la lisière des arbres, je me rendis compte que je m'étais lourdement trompé : ils n'étaient pas trente, mais plutôt soixante ou soixante-dix à me faire face et ce calcul m'obligea à revoir mes options. Je n'aurais pas la puissance nécessaire pour tous les affronter seul. La fatigue magique engendrée par le manque de sommeil et mes maigres réserves épuisées me força à constater que le jeu de Torhold était très malin : en envoyant autant de troupes contre nous, il n'aurait même pas besoin de se déplacer.

Un cri barbare s'éleva de toutes ces gueules tournées vers moi et trois individus se roulèrent en boule pour foncer dans ma direction. L'un d'eux s'arrêta à dix mètres, prit appui sur ses bras et se propulsa avant d'extraire de sa bouche deux dents qu'il me lança avec une puissance démesurée. J'évitai l'impact en me jetant de côté et projetai vers lui un *éclair de foudre* qui le transperça. Son corps retomba et matérialisa un large impact sur le sol boisé. Les deux autres Cailleux l'imitèrent tandis que j'esquivai habilement les tirs qui allèrent se planter dans les troncs autour de moi, traversant les écorces comme s'il s'agissait de guimauve. Les éclairs firent mouche une fois de plus, et mes ennemis s'effondrèrent aussitôt.

S'agissait-il des éclaireurs ou simplement des plus impatients ? Je n'aurais su le dire. Toutefois, le reste de la bande comprit que leurs camarades venaient de tomber au combat et la totalité des individus se mit en boule pour rouler vers moi. Pris de court, j'essayai de réfléchir à la solution la plus facile à mettre en œuvre. Je ne pouvais pas me réfugier dans les arbres sinon leur attention se tournerait vers Arthur. Impossible de les arrêter tous en même temps. Il me fallait créer une brèche dans cette armée de rochers.

J'allais invoquer un sortilège de *Tremblement de terre* très coûteux en énergie quand un trait de lumière blanche traversa mon sillage et propulsa en arrière cinq Cailleux qui ne s'étaient pas attendus à cet impact. Percy, fier d'avoir pu se rendre utile, tendait devant lui sa branche fumante et visait déjà un autre groupe. Malheureusement, il venait de rendre les démons plus attentifs à sa présence et une partie d'entre eux bifurqua pour aller s'occuper de lui.

Aussitôt, j'appliquai mes mains sur le sol pour créer le sortilège nécessaire à notre survie, mais un Cailleux me percuta et me fit tomber à la renverse quelques mètres plus loin. Un autre se propulsa dans ma direction et seule une roulade me permit d'éviter un choc létal. Une vive douleur voulut se profiler dans mon bras droit, sans doute causée par ma rencontre houleuse avec l'un de ses êtres, mais je n'y fis pas attention et lançai deux autres *éclairs de foudre*, dispersant ainsi les rangs de nos ennemis. Ceux-ci continuaient sans relâche à envoyer des projectiles dans ma direction et dans celle de Perceval. Ce dernier se défendait bien et paraît facilement les rocs qui tentaient de le tuer. Sans le vouloir, il déviait parfois ceux-ci sur la bulle protectrice d'Arthur qui les bloquait sans problème. En représailles aux tirs ennemis, Percy faisait vibrer son bâton et déployait des trésors d'habileté pour que chacun de ses jets soit mortel. Peu à peu, les corps des Cailleux commençaient à joncher le sol de la clairière.

Une pluie de roc s'abattit sur ma tête, m'obligeant à rester attentif aux démons qui roulaient sans arrêt dans ma direction, changeant de sens lorsqu'ils atteignaient la limite des arbres et revenant à l'assaut sans se fatiguer. Mes éclairs se faisaient plus faibles, moins précis à mesure que l'affrontement se prolongeait, et j'avais du mal à respirer à force de me jeter par terre pour éviter les Cailleux et leurs projectiles.

Alors qu'il ne restait plus qu'une dizaine d'individus, j'envoyai un tir vers l'un d'entre eux qui encaissa le choc sans ralentir. J'étais certain que sa constitution n'était pas différente des autres. J'étais simplement épuisé et mes sortilèges n'avaient plus d'effet. Percy s'en rendit compte et tenta de me rejoindre quand un Cailleux lui barra la route. Il brandit son bâton qu'il activa pour foudroyer son ennemi, mais le tir fit surchauffer la branche qui se décomposa dans ses mains en une braise rougeâtre. Il était aussi démuni que moi.

Le démon qui roulait dans ma direction se propulsa contre moi et m'envoya contre un arbre où mon dos s'écrasa avec fracas. J'entendis un cri se mêler à ma douleur. Celui d'une femme peut-être, mais ma tête était tellement sonnée que je ne parvenais plus à réfléchir. Le Cailleux dérapa sur la terre retournée par leurs nombreux passages et revint à la charge pour m'achever. Blessé et sans défense, je ne voyais pas comment éviter ce dernier affrontement. Percy esquivait simplement les assauts sans trop savoir quoi faire également. Nous devions nous rendre à l'évidence : cette bataille était perdue pour nous.

Je vis la bulle protectrice disparaître au moment où le démon n'était plus qu'à quelques mètres de moi. Au moins, Arthur et Cassandre étaient en sécurité à présent.

Un cri de rage se répercuta en écho contre les troncs malmenés et un puissant grondement retentit sous mes pieds, dans le cœur même de la forêt. Le Cailleux qui me fonçait dessus s'arrêta net et roula en arrière lorsque le sol se creusa profondément et se troua au centre de la clairière en un abîme aux profondeurs vertigineuses. La totalité des démons encore en vie fut attirée par la loi de la gravité qui jouait contre eux et tous se retrouvèrent pris au piège de cette cavité inconnue qu'ils n'avaient pas su éviter. Je souris en écoutant le silence qui refaisait surface à l'intérieur de la forêt, puis perdis connaissance.

Chapitre 13

— Il est très faible, murmurait une voix près de mon oreille. Je lui ai fait boire une potion de *force astrale*, mais je ne sais pas si cela sera suffisant pour le ramener parmi nous.

— Et Arthur ?

— Il en a bu une entière également. Toutefois, son cœur est toujours très faible.

— La puissance de ce sort aurait pu le tuer s'il avait eu la même composition que Maître Merlin.

— Qu'est-ce que tu veux dire ?

— Il n'est pas mortel. Il n'a pas réussi à s'ouvrir la main dans la salle à manger du conseil des Sages. Je l'ai vu. C'est pour cette raison qu'il vit toujours.

— Pourquoi Merlin ne me l'a pas dit ?

— Je suppose qu'il attendait d'avoir une explication à ce phénomène.

— Quoi qu'il en soit, nous devons organiser un tour de garde pour cette nuit et être aussi vigilants que possible, au cas où nous subirions une nouvelle attaque.

— Pas si nous nous transférons jusqu'à Vadso. La bague qu'il vous a donnée brille toujours.

— Je refuse d'utiliser cet anneau. Nous devons atteindre le manoir de Torhold coûte que coûte.

— Je me permets de vous informer que, décédés, nous

n'atteindrons que les catacombes du manoir, Madame. Il faut garder Arthur et Maître Merlin en vie.

Il y eut un lourd silence pendant lequel une respiration altéra mon ouïe. Puis, des lèvres se posèrent sur mon front et ce baiser me procura une intense chaleur, brûlante dans mes reins et puissante dans ma poitrine. Je sentis une certaine quantité d'énergie s'insuffler en moi. Je faillis ouvrir les yeux, mais je gardai une douleur cuisante dans le haut de mon dos. Mieux valait me ménager.

— Vous avez vu la marque sur leurs dents ?

— Oui, je l'ai aperçue.

— On ne risque plus de douter du commanditaire de cette attaque.

— Parce que tu en doutais ?

— J'osai espérer que Maître Merlin et vous aviez quelques ennemis moins coriaces qui vous en auraient voulu dans cette partie du monde. Force est de constater que j'ai eu tort.

— Nous en avons, ne crains rien ! Pas de ce côté-ci du globe, mais je suppose qu'il reste quelques personnes dont la rancune ne s'est pas éteinte à notre égard.

— Vous êtes souvent partie avec Maître Merlin, autrefois ?

— Non, en réalité, nous n'avons eu que quelques missions côte à côte. Merlin est un solitaire. Il n'aimait déjà pas les Initiés quand on a voulu lui en assigner un. Alors travailler avec quelqu'un qui lui serait égal était une espèce d'abomination pour lui.

— J'ai lu que l'enseignement qu'il avait transmis à son premier Initié ne s'était pas bien déroulé, avoua Percy à voix basse. Cependant, il n'a pas retranscrit les détails de cet échec. J'imagine qu'il ne voudra pas en parler à son réveil. Pourtant, j'ai tellement de questions à lui poser.

— De quel genre ?

— Comment un homme de son envergure a-t-il pu échouer à transmettre son savoir ? Je le vois avec Arthur : il est patient et pédagogue, il est bon avec lui.

— Tu ne vois que l'image que tu t'es forgée de lui, Percy. Merlin est un homme qui aime le travail bien fait et surtout, il aime que tout réussisse du premier coup. Il a appris la patience depuis son premier Initié, c'est vrai, mais à l'époque il ne voyait que les résultats et l'image que cela rendait de lui devant les Sages. Cette assemblée a toujours beaucoup trop compté pour lui… Il espérait sans doute y siéger un jour.

— Il pourrait ?

— Pas tant qu'Eleanor en tiendra la présidence. Ils ne s'aiment pas beaucoup et après le coup en traître qu'elle lui a infligé, Merlin ne voudra jamais avoir une place auprès d'elle dans le conseil. Et puis je crois qu'il ne s'en estime pas encore digne.

— C'est faux ! Je suis persuadé que…

— Tu crois que Merlin a écrit toute sa vie dans ces grimoires, n'est-ce pas ? As-tu lu plus de quelques lignes sur l'entraînement de sa fille ? Est-ce qu'il a mentionné tous ses sentiments à mon égard ? Peux-tu m'expliquer ce qu'il s'est passé le 9 juin 1939 ?

— Non…

— Bien sûr que non ! Merlin n'a écrit que ce qui méritait d'être lu. Pas le reste.

— Et qu'est-ce qu'il s'est passé le 9 juin 1939 ?

Je priai intérieurement pour que Cassandre ne réponde pas à cette question et qu'elle prolonge ce nouveau silence pour l'éternité. J'aurais voulu me redresser et lui dire de se taire, de ne pas étaler ma vie devant tout le monde, mais j'étais incapable de bouger. Même si je l'avais voulu, je n'aurais pas pu ouvrir les yeux. Je pus juste me contenter de laisser couler de longues larmes qui roulèrent sur mes joues.

— Il m'a demandé en mariage pour la troisième et dernière fois. C'était sur les berges du fleuve Amour, en Russie. Il faisait un froid glacial malgré la saison et nous venions de mettre à l'abri des humains un petit groupe de louveteaux-garous. Nous devions rentrer au conseil le plus rapidement possible pour faire état de la réussite de la mission, mais Merlin a voulu s'attarder un peu. Il m'a emmenée au bord de l'eau. Celle-ci était prisonnière de la glace qui avait refusé de fondre. Plusieurs mètres de neige recouvraient le sol. Et là, dans un petit cratère, il avait creusé une source chaude encore fumante dans laquelle flottait un panier en osier. Nous nous sommes déshabillés et nous avons mangé une cuisse de canard confite, chacune accompagnée d'une purée de carottes et de potiron. Il avait tout cuisiné lui-même. À la fin du repas, la source s'est mise à bouillonner comme si elle était en train de se réchauffer via un courant de lave souterrain. L'eau s'est transformée en fumée, un brouillard si épais que je ne distinguais plus mes mains. Quand ma vue est revenue, il y avait à mon doigt une bague en or, incrustée de minuscules diamants roses. Merlin s'était habillé de sa longue robe d'Enchanteur bleu nuit et m'avait drapé de sa cape de protection en velours pour que je n'attrape pas froid. Il s'est mis à genoux et m'a demandé de devenir sa femme. Et j'ai refusé.

— Pourquoi ? demanda Percy dans un souffle, captivé par l'histoire qui lui était contée.

— Rose, répondit-elle simplement. Après cela, nous nous sommes quittés sans nous revoir plus d'une fois tous les ans, à peu de choses près. Après l'accident, j'avais juré de ne plus jamais lui adresser la parole, mais j'ai fini par céder.

— Vous jouez bien la comédie, en tout cas.

— Ce n'est pas une comédie. Merlin et moi... nous ne sommes pas sur la même longueur d'onde à propos de bien des sujets. Cependant, c'est plus fort que moi, il m'attire. Et je crois qu'il ressent la même chose. Tu comprends pourquoi c'est compliqué entre nous ?

— J'imagine seulement. Je n'ai jamais eu de femme dans ma vie, je ne pourrais pas être très informé.

— Un beau garçon comme toi ? Ne me dis pas qu'aucune Magicienne n'ait jamais tenté sa chance !

— Aucune ne me plaisait, répondit le jeune homme après un temps d'hésitation. Je me réserve pour la bonne personne.

Une seconde après, il déclara qu'il prenait le premier quart du tour de garde et invita Cassandre à dormir. Il s'éloigna sans un mot pendant que cette dernière se collait à moi et appuyait sa tête sur mon épaule. Un doigt glissa sur mes joues humides et essuya les filaments salés qui couraient encore sur ma peau.

— Pardonne-moi, murmura la Magicienne en m'embrassant.

J'aurais voulu lui dire que ce n'était pas grave, que j'étais idiot de ne pas avoir compris pourquoi elle avait cherché à s'éloigner de moi, mais je ne pus le faire. Emprisonné dans ce coma, ma seule alternative était de m'endormir pour permettre à mon corps de récupérer ses forces avant de dire à Cassandre que j'aurais dû lui pardonner plus tôt.

Chapitre 14

Le jour ne s'était pas encore levé lorsque je me réveillai, ou bien peut-être l'était-il, mais invisible à mes yeux dans ce coin obscur de la forêt noire. Mon bras endolori vérifia autour de moi la présence d'un autre corps contre lequel j'aurais pu me serrer, mais j'étais seul. Un peu plus loin, à côté d'un feu mourant, Cassandre dessinait entre les pages de son carnet de cuir. Elle n'avait pas remarqué que je l'observai, sans un bruit. Perceval dormait à poings fermés, allongé sur la branche basse d'un arbre proche de nous et Arthur – reposant sur le dos, les mains le long des cuisses – respirait faiblement, toujours inconscient.

Je m'approchai de la jeune femme qui ne leva pas les yeux et se contenta de sourire quand mes doigts lui effleurèrent l'épaule. J'avais des courbatures un peu partout dans le corps, mon dos me faisait un mal épouvantable et j'avais l'impression qu'un lourd animal m'avait piétiné la tête pendant mon sommeil. Toutefois, j'étais en vie et, quelques heures plus tôt, je n'aurais pas parié sur ce constat. Cassandre, elle, paraissait triste, absorbée dans son dessin. Elle ne souhaitait pas parler la première.

— C'est à moi de m'excuser, murmurai-je. Je n'ai jamais pensé que Rose puisse être ton véritable souci…

— Elle n'en était pas un en soi, répondit-il sur le même volume sonore. Disons simplement qu'elle ne m'aimait pas et je ne pouvais pas risquer de détruire votre relation. C'était déjà si tendu entre vous…

— Vous aviez parlé de notre couple, toutes les deux ?

— Un peu. J'ai compris que je n'avais pas intérêt à demeurer définitivement dans ta vie.

Je restai interdit, les doigts plantés dans la terre meuble. Ma propre fille veillant à ce que je ne sois jamais en compagnie de quelqu'un d'autre que sa mère était une nouvelle parfaitement singulière que je n'avais pas envisagée. Cassandre renifla discrètement et s'essuya les yeux.

— Arthur a été formidable, hier, me raconta-t-elle. Quand il t'a vu tomber, son enchantement s'est fissuré et il a invoqué un *tremblement de terre*. Je crois que c'était plus instinctif que volontaire, mais cela n'enlève rien à sa prouesse. Presque aussitôt, il s'est effondré, épuisé. Percy m'a aidé à vous transporter à l'abri dans un coin que je connais bien. Nous sommes à moins de cinq kilomètres du manoir de Torhold. Là, nous vous avons donné une potion et…

— J'ai entendu la suite, la coupai-je. Je ne pouvais pas bouger, mais j'étais conscient.

— Percy a été excellent, lui aussi, continua Cassandre comme si elle ne m'avait pas entendu. Il n'a que quelques égratignures superficielles. C'est un très bon combattant. Ton plan était très bon.

— J'ai écrit à ton sujet et au sujet de Rose, et à propos du 9 juin 1939. Seulement, ces grimoires ne sont pas dans la bibliothèque du conseil. Je les garde précieusement.

La jeune femme se tut et termina de tracer une ligne sur son papier à l'aide d'un pinceau très fin. Elle utilisait une peinture noire semblable à de l'encre de Chine et son coup de poignet était très délicat. Je reconnus le symbole d'un glyphe. Toutefois, l'enchaînement de runes ne m'était pas familier.

— J'ai continué de travailler, pendant tout ce temps où

mes pouvoirs ont disparu. J'attends le jour où ils reviendront pour mettre au point ces nouveaux enchantements.

— Celui-ci, il sert à quoi ?

— S'il fonctionne, il permettra de voir correctement l'avenir.

— *Elhaz* est une rune inutile, lui fis-je remarquer. La chance n'a rien à voir dans l'art de la divination. Invoquer simplement *Perthro* permet déjà d'obtenir de bon résultat.

— Oui, mais ce sont des idées informes, très vagues et incomplètes qui se révèlent rarement justes. *Elhaz* permettrait de donner une chance supplémentaire à l'enchantement de fonctionner.

— Et pourquoi *Eiwhaz* ? l'interrogé-je en montrant du doigt le glyphe inscrit sur son papier. La divination implique déjà le temps, non ?

— Cela permet de focaliser le sort sur l'avenir. Du moins, c'est ce que je crois. Je ne pourrai le vérifier que lorsque je pourrai le travailler.

Son amertume sembla se réveiller une fois de plus et ne fut contrainte de s'éteindre que grâce au réveil d'Arthur qui s'étirait pour venir à notre rencontre. Il semblait tout aussi vermoulu que moi et fit craquer ses jointures avant de s'asseoir à nos côtés. Il accepta mes félicitations avec fierté bien qu'elles furent suivies d'un nouvel avertissement quant au fait d'utiliser trop d'énergie dans une situation dangereuse. Le jeune homme s'excusa avant de porter son attention, lui aussi, sur le dessin de Cassandre.

— C'est un glyphe, expliquai-je. Les runes ne sont pas que des mots magiques qu'il suffit de prononcer pour invoquer un enchantement. On peut aussi les combiner pour obtenir un effet plus grand ou simplement dévier une rune de son utilisation habituelle. Par exemple, lie *Haglaz*, la protection, à *Jera*, la lumière, et tu obtiendras un éclat si aveuglant qu'il sera capable de paralyser tes ennemis pendant une durée tout à fait raisonnable.

— Comment invoque-t-on un glyphe ?

— Il faut le dessiner, en règle générale. Tu dessines la rune *Wyrd*, qui ne sert qu'à l'enchantement multiple, et à l'intérieur de ses branches, tu places les autres runes que tu souhaites combiner. Leur position, en avant ou en arrière, à gauche ou à droite, les unes des autres, peut aussi avoir une importance.

— Dans ce cas, fit Arthur en observant plus attentivement le dessin de Cassandre, ne vaudrait-il pas mieux placer la rune du temps, *Eiwhaz*, au-dessus de *Perthro* ? En dessous, elle risque de nous montrer le passé, non ?

La jeune femme mordilla le pinceau sans le vouloir, mais reconnut que cette remarque était pertinente. Moi-même, je fus impressionné par sa réflexion très juste. Je savais qu'Arthur avait continué à réviser les runes et leurs formes pendant le trajet, le soir lorsque nous nous couchions ou quand nous marchions sans rien faire d'autre que nous perdre dans nos pensées respectives. Toutefois, je ne pensais pas qu'il avait déjà une si grande habileté à mettre ces lettres magiques en commun.

— C'est juste une pensée qui m'a frappé, s'excusa-t-il maladroitement quand je lui fis part de mes propres observations. Je ne pensais pas que…

— C'est très bien ! Cela signifie que tu progresses. D'ailleurs, ce que tu as fait hier était l'invocation d'un glyphe. C'était maladroit, et surtout involontaire. C'est la raison pour laquelle tu as perdu autant d'énergie.

— Je croyais qu'il fallait les dessiner ?

— Pas forcément, expliqua Cassandre. On peut lier plusieurs runes dans son esprit en tissant un lien entre elles, ce que ton corps a fait instinctivement. Tu as relié *Dagaz*, l'équilibre, avec *Tiwaz*, l'arme. Cette combinaison correctement effectuée permet d'inverser la gravité, de créer un tremblement de terre ou même de creuser un trou si profond qu'il est impossible de s'en sortir vivant. C'est un acte magique très puissant qui aurait pu te coûter la vie.

— Heureusement que tu es immortel ! s'exclama Percy depuis sa branche.

Il venait de se réveiller et semblait avoir repris toutes ses forces. Il fit une brève accolade à Arthur en le félicitant d'être toujours en vie et s'assit près des braises pour réchauffer ses mains. L'air frais termina de me réveiller et je me rendis compte que nous étions perdus au beau milieu d'arbres aussi touffus que le visage de Barbaras. Cassandre avait mentionné que nous étions très proches du manoir où notre ennemi avait sans doute trouvé refuge. Il était temps de mettre au point une stratégie.

J'émis cette hypothèse au groupe qui acquiesça à l'unanimité, sauf Arthur qui continuait de mâchonner un brin de viande séchée que lui avait donné Percy, prélevé dans le stock de provisions qu'il portait sur son dos.

— Je ne suis pas d'accord, car j'estime que je ne sais rien de cet ennemi. Vous tremblez en prononçant son nom, vous lui mettez le naufrage et l'attaque des Cailleux sur le dos et vous avez l'air de dire qu'il n'y a pas plus puissant Enchanteur que cet homme, mais je n'ai pas le droit de savoir ce qu'il vous a fait pour que vous le craigniez à ce point ! Je ne bougerai pas tant que je n'en saurais pas plus.

Je soupirai. Malgré mes réticences à l'admettre, Arthur avait raison. Il avait le droit de connaître la vérité. Cassandre se leva et sortit de sa poche un morceau de roche que je reconnus comme étant la dent de l'un des démons de pierre qui nous avait attaqués. Elle la tendit au jeune homme qui la scruta de près. Sur la racine, on pouvait très nettement distinguer une marque dorée, pas plus grande qu'un ongle de pouce, représentant la pointe d'une flèche barrée de trois griffures sauvages. Un frisson me parcourut depuis la nuque jusqu'au bas de mon dos et je détournai les yeux rapidement. Je n'avais pas vu ce symbole depuis des lustres et cette vision me remplissait d'effroi.

— Merlin a dû te dire qu'il n'existait que quatre grades dans notre communauté, se lança Cassandre après nous avoir laissé le temps, à Percy et moi, de retrouver notre calme : Initié, Magicien, Mage et Enchanteur. En vérité, il existe un cinquième grade, réservé à une certaine catégorie de personnes. On les appelle les Sorciers. Ils ne sont pas forcément plus puissants que les Enchanteurs ou plus malins, mais ils ont destiné leurs vies à l'étude des forces du mal et à leur maîtrise.

— Les ténèbres sont aussi fascinantes qu'envoûtantes, Arthur, continuai-je. Des gens très bien ont essayé de lire et d'apprendre le plus de choses possible au sujet des enchantements les plus noirs et les plus dangereux que ce monde ait pu receler. Cependant, quand on goûte à sa puissance, l'obscurité ne laisse personne en ressortir indemne.

— Et puis, reprit Cassandre, il y a ceux qui choisissent délibérément de suivre cette voie, car ils savent qu'elle leur offrira ce qu'ils recherchent : le pouvoir, la force, l'existence dans sa forme la plus parfaite… Torhold fait partie de ces personnes-là.

Je pris le carnet des mains de la jeune femme qui se laissa faire. Traçant dans la terre noire un glyphe identique à celui qu'elle venait de dessiner, je pris soin de mettre la rune du temps derrière celle de la divination. Lorsque je levai le doigt, j'appliquai ma main sur le symbole du *Wyrd* et libérai mon flux magique dans l'enchantement. Celui-ci se mit à luire et nous fûmes instantanément plongés dans le noir. La pénombre semblait s'épaissir à mesure que les secondes passèrent et, finalement, elle se déroba sur une salle où onze sièges étaient disposés en un cercle parfait. Nous étions de nouveau au milieu de la salle du conseil des Sages où quelques têtes fixaient un point dans notre dos. Immobile, aucun individu ne bougea tant que je ne repris pas la parole.

— Torhold a vécu bien des années avant ma naissance, contai-je en faisant signe à Arthur de regarder la scène qui se déroulait sous ses yeux. Immédiatement, il a été destiné à faire de grandes choses. En quelques jours, il avait maîtrisé les vingt-six runes et, un an après le début de sa formation, il était déjà capable de créer des glyphes à neuf runes, ce que seuls les Enchanteurs ont le pouvoir de faire. Son maître, un certain Arwin dont je t'ai déjà parlé, était extrêmement fier de lui.

Devant nous se tenait un homme au visage austère dont deux imposantes masses de poils blancs dépassaient de ses narines. Il avait une longue coupe tombant dans son dos, les cheveux plaqués sur son crâne et il observait avec fierté un jeune homme au centre du cercle des Sages. Sa peau était hâlée et son crâne aussi lisse que les joues d'un nourrisson. D'une beauté à couper le souffle, Torhold nous dévisageait, un sourire narquois accroché aux lèvres. Il avait les yeux verts et sa bouche était finement découpée sur son visage ovale. Ses épaules carrées et son torse puissant étaient découverts pour montrer son imposante musculature. On pouvait voir des abdominaux impeccablement taillés juste au-dessus d'un pantalon en toile gris qui tombait négligemment sur ses hanches.

— Il l'avait trouvé dans les rues du Caire, errant et maigre, volant grâce à la magie pour se nourrir. Il a décidé d'en faire son Initié dès qu'il l'eut vu. Ils se sont tout de suite appréciés, reconnaissant chacun en l'autre une personne au fort caractère et au potentiel magique unique. Quand il est devenu Magicien, Torhold s'est spécialisé dans l'étude de la magie tellurique.

Une branche très complexe à appréhender, car il est nécessaire d'apprendre à analyser les courants magiques qui traversent le sol et à puiser en eux avant de pouvoir lancer un enchantement. Cela permet, certes, de ne pas ressentir d'épuisement, mais c'est un travail de concentration titanesque que bien des Enchanteurs ne parviennent pas à mettre en œuvre. Nous sommes très peu à nous intéresser à cette vieille forme de magie. Torhold l'avait compris.

Il y eut un bref tourbillon de couleurs et l'image s'arrêta sur le jeune homme noir qui s'exerçait à prendre le contrôle d'un flux magique naturel. Il avait échoué cette fois-là, mais cela n'avait pas toujours été le cas. Ses traits s'illuminèrent lorsqu'il eut la vision de ses mains rougeoyantes grâce auxquelles il pulvérisa un imposant dolmen à côté de lui.

— Quand il a réussi à maîtriser l'aptitude de commander les flux telluriques, Torhold a choisi les missions les plus périlleuses pour montrer à la communauté qu'il était le meilleur d'entre nous et que nous devions tous faire le choix de nous tourner vers la magie du sol. Il terrassait des griffons, abattait des dragons des montagnes, pulvérisait des bancs de serpents géants et exterminait les humains trop encombrants.

À mesure que j'énumérai les « exploits » du Sorcier, ceux-ci étaient délivrés sous nos yeux dans le silence le plus total. Il y avait du sang, des cris peints sur des visages terrifiés et une seule conclusion possible : cet homme était un monstre.

— Il avait compris que les humains n'accepteraient jamais la communauté magique et que nous étions trop peu pour nous faire respecter, surtout à l'heure où les hommes commençaient à concevoir de nouvelles armes plus puissantes et plus dévastatrices. Peut-être l'une d'elles aurait pu venir à bout de notre immortalité. Alors, au lieu de sauver les populations des fléaux magiques de la terre, il se contentait de tuer tout ce qui se trouvait sur son passage. Le conseil a fermé les yeux une fois, deux fois… Jusqu'à ce qu'il essaie d'assassiner l'une des nôtres.

On pouvait apercevoir un immense champ de bataille dévasté où se tenaient debout une femme, à l'extrémité du terrain, et Torhold, au sommet d'une petite colline, dédaignant du regard sa congénère. J'étais né lorsque cet événement avait eu lieu. Je venais à peine de commencer mon apprentissage et je me souvenais encore de l'expression qui s'était matérialisée sur les traits d'Arwin quand il avait appris la nouvelle de cette tentative d'assassinat.

— Je t'ai dit que nous ne prenions pas part aux batailles des hommes. C'est le cas depuis quelques décennies, mais certains d'entre nous s'y sont risqués. Une femme, en particulier. Elle s'appelait Andromède et c'était une Enchanteresse d'un niveau exceptionnel. D'une grande bonté, elle voulait que les peuples vivent en harmonie les uns avec les autres. Une utopie qu'elle a gardée dans son cœur jusqu'à la fin de sa vie. Quand Napoléon est devenu si puissant qu'il a essayé d'envahir la totalité de l'Europe, Andromède a tenté de le ramener à la raison. Elle avait infiltré son conseil le plus proche – en l'occurrence son lit – et elle l'avait supplié de ne pas aller jusqu'en Russie. Il ne l'a pas écouté et a dirigé son armée vers Moscou. Comme tu le sais, il a essuyé une grande défaite face aux Russes. Mais, en rentrant vers la France, il est tombé sur un Wendigo. Il s'agit d'un géant des glaces. Ils ont la particularité de se nourrir de chair humaine et de grossir et grandir dès qu'ils ingèrent une certaine quantité de viande. Ils se déplacent seuls, ils sentent la mort et la décomposition et ils sont accompagnés très généralement par un vent glacial qui empêche leurs victimes de bouger. On en trouve au Canada ou dans les steppes Sibériennes. Toutefois, Napoléon et son armée frigorifiée se sont trouvés face à un de ces Wendigo qui n'avaient pas mangé depuis un bout de temps. Il a dévoré une bonne partie des soldats avant qu'Andromède n'arrive sur place et le mette hors d'état de nuire. Elle a modifié la mémoire des survivants et a supplié Napoléon de rentrer, car elle avait appris qu'un géant s'attaquait à son amant au moment où Torhold lui-même avait été mis au courant par le conseil. Elle savait qu'un massacre allait être perpétré. Et quand Torhold est arrivé dans la neige, il n'a trouvé que les cadavres ruisselants de sang et le corps démesuré du Wendigo qui s'enfonçait dans le sol. Fou de rage de savoir qu'une autre que lui avait pu s'amuser – si je puis dire – à tuer, le privant également des joies du meurtre des soldats, il a retrouvé Andromède et l'a acculée contre le versant d'une colline où il l'a rouée de coups et de divers enchantements abominables.

À terre, on apercevait maintenant le corps recroquevillé d'une femme blonde aux yeux de saphirs. Des bleus étaient apparus sur son corps, mais pas la moindre goutte de sang n'était visible. Les Enchanteurs ne pouvaient mourir que par l'action d'une arme magique. Torhold en avait conscience et il matérialisa dans sa main un poignard en or qu'il enfonça dans la poitrine d'Andromède dont le corps se crispa sous la douleur. Son cri silencieux ne parvint pas jusqu'à nous, mais je vis Percy détourner les yeux de cette horrible vision. Arthur, lui, était concentré sur chacun de mes mots, sur chaque image qui parvenait à ses yeux. Il semblait captivé.

— Arwin a retrouvé le corps d'Andromède. Elle respirait encore, mais elle était très faible. Il l'a guérie de justesse et elle a demandé que Torhold soit arrêté et jugé pour tentative de meurtre. Il y a peu de lois dans notre monde, cependant, s'en prendre à un autre membre de notre communauté est considéré comme la pire des trahisons et l'un des actes les plus impardonnables qui soient. Neuf Enchanteurs ont dû s'entraider pour arrêter Torhold dans le manoir qu'il s'était construit en plein centre de la forêt noire, en Allemagne. Le combat fut acharné et au bout de plusieurs longues minutes interminables, il a été vaincu. Jugé dans la semaine qui suivit, il a été reconnu coupable et condamné à subir l'enchantement de *Peine éternelle* qui vise à emprisonner et immobiliser le condamné dans sa propre tête, trente Mages et Enchanteurs l'ont lancé simultanément pour obtenir un résultat impossible à briser. Du moins c'est ce que nous pensions tous. J'ai assisté à cette pseudo mise à mort, car Arwin faisait partie des lanceurs, trop vexé qu'il fût d'avoir élevé un Sorcier. En effet, Torhold a gagné ce titre après son emprisonnement et il est rapidement devenu une légende, à la fois craint et respecté par ses pairs. Avait-il peur des humains et de leurs armes ou bien voyait-il en leur incapacité à utiliser la magie une impuissance condamnable ? Je n'en sais rien. En tout cas, son retour ne peut signifier qu'une chose : il a compris comment briser l'enchantement qui le retenait captif et, aujourd'hui, il cherchera à se venger.

La vision s'interrompit sur le regard vert de l'homme immobile qui nous dévisageait méchamment. Une étincelle de démence habitait ses yeux et je me surpris à penser qu'il était peut-être encore temps de faire machine arrière et de rentrer à Vadso. Arthur chassa cette dernière image de son esprit et fit quelques pas autour des cendres froides qui stagnaient sur le sol. Il ne semblait pas perturbé par mon récit, simplement ennuyé par un détail.

— Comment se fait-il que les Enchanteurs l'aient laissé aller si loin ? Pourquoi ne l'ont-ils pas arrêté avant ?

— La peur de la confrontation, répondit Cassandre. Et leur manque de réactivité à défendre les humains. Tu sais, Arthur, si notre ordre existe, c'est pour veiller à ce que la force magique ne vienne pas déséquilibrer les autres paramètres qui permettent la vie sur Terre. Aujourd'hui, les gens ont moins besoin de nous car il ne reste plus de grandes menaces pesant sur leurs vies. En revanche, à cette époque, il y avait de nombreux monstres, des démons si puissants qu'il fallait des Enchanteurs d'élite pour permettre aux humains de vivre normalement. Toutefois, nous nous déplacions uniquement sur ordre du conseil des Sages et ce dernier n'a jamais été très vif. En général, il fallait un ou deux massacres avant de passer à l'action.

Stupéfait par ces révélations, Arthur ne commenta pas ce qu'il venait d'entendre et se contenta de rester perplexe. Il regarda au loin, vers l'horizon proche derrière laquelle se cachait la bâtisse qui abritait un monstrueux individu. Au moins, à présent, il était partant pour arrêter cet être maléfique.

Chapitre 15

Il nous restait un point d'étape à rallier : le morceau de terre calciné que Cassandre avait découvert non loin du manoir. Bien qu'il ne fît aucun doute que Torhold soit mêlé à la disparition de toute forme de vie ici, nous devions étudier l'endroit, ne serait-ce que par acquit de conscience.

La jeune femme nous guida à travers les branchages et les ronces qui devenaient plus imposantes à mesure que nous avancions. Il fut rapidement difficile de progresser avec la même aisance qu'auparavant. Les arbres se rapprochaient et leur écorce paraissait plus morne que celle des autres plants que nous avions laissés derrière nous. Peu à peu, les feuilles disparurent du paysage forestier pour faire apparaître les branches mortes qui pendaient lamentablement dans le vide. De nombreux cadavres de rats, de lapins ou d'écureuils jonchaient le sol et quelques oiseaux se décomposaient déjà sur un tapis de terre noire. Ici, personne n'avait foulé le sol depuis de nombreux jours : pas une espèce animale n'était passée par là, il ne restait plus rien de vivant. Même les arbres semblaient en train de dépérir, leur essence aspirée par les racines.

— C'est ici ? demandai-je à Cassandre qui constatait la même chose que moi avec effroi.

— Non. C'était beaucoup plus loin la semaine dernière. Le mal est en train de s'étendre à toute la forêt…

Percy ramassa le corps sans vie d'un merle et l'observa délicatement. Il caressa ses plumes, le tourna aussi doucement que possible comme s'il ne souhaitait pas déranger son sommeil éternel. Il répéta les mêmes gestes avec un faon découvert quelques mètres plus loin. Selon lui, il n'y avait qu'une seule hypothèse envisageable.

— Quelque chose est en train de se nourrir de toutes les formes de vie. Ces animaux sont morts en tentant de s'échapper. Ils ne sont pas morts de faim, ils n'ont aucune blessure visible, ils ne se sont pas entretués. Ce qui a provoqué cette catastrophe aspire les forces vitales pour s'alimenter. Nous ne devrions pas rester dans le coin.

Un détail me revint en mémoire et je fus frappé d'horreur en découvrant que j'étais incapable de faire apparaître une flamme dans le creux de ma main. Je demandai à Arthur d'en faire autant, mais il était tout aussi démuni que moi. Notre magie ne fonctionnait pas dans cette zone de la forêt. Il était urgent de nous mettre à l'écart de cet endroit, surtout si nous faisions une mauvaise rencontre.

Le plus logique était de continuer jusqu'au manoir de Torhold où Cassandre l'avait vu pratiquer la magie. Cela signifiait que, pour l'instant, cet endroit était épargné. Toutefois, ça nous mettait à portée de tir de ce fou dangereux.

Nous continuâmes à marcher pendant quelques minutes sans exprimer ce que nos regards apercevaient brièvement. Je préférai détourner les yeux des cadavres qui devenaient de plus en plus nombreux à mesure que nous avancions. Cette partie de la forêt était morte et ce spectacle me révulsait. Cassandre aussi paraissait avoir du mal à progresser. Elle cherchait à se soustraire à cette vision d'horreur, mais chaque fois que ses iris se posaient quelque part, elle découvrait une autre scène de désolation.

Petit à petit, l'espace entre les arbres s'accentua et Percy prit la tête de notre groupe pour partir en éclaireur. Il s'éloigna prestement pendant que nous nous arrêtions sur un carré de terre qui ne semblait pas être encore touché par le mal qui rongeait ces lieux. Arthur murmurait silencieusement les runes qu'il connaissait et tentait parfois de faire apparaître une flamme blanche dans sa main. Cette fois-ci, une étincelle crépita entre ses doigts bien qu'elle ne s'embrasa pas. Nous étions en train de retrouver nos facultés, ce qui était bon signe.

Perceval nous fit tous sursauter quand il revint à notre rencontre dix minutes plus tard. Il avait réussi à se mouvoir avec suffisamment de grâce pour arriver jusqu'à nous en silence. Il était un peu échevelé à cause des branches basses qui se prenaient dans ses cheveux, mais il nous informa avec un sourire que rien ne laissait penser qu'un danger rôdait dans le manoir qui se trouvait en contrebas d'un chemin pentu.

— L'endroit à l'air désert, expliqua-t-il. J'ai vu quelques corneilles sur la cheminée et autour du toit. Aucune lumière ne filtre à travers les vitres, il n'y a pas l'ombre d'une âme humaine dans le coin.

— C'est trop simple, commentai-je malgré moi. Torhold se libère de l'enchantement, tue quasiment tout le monde et s'enfuit. Le jour même, nous devenons tous mortels, sauf Arthur qui découvre ses pouvoirs. Où pourrait-il s'être caché si ce n'est pas ici ? Il n'avait aucune attache auprès d'un autre Enchanteur. C'était un solitaire. La ville du Caire n'est même pas une option : il a toujours détesté cet endroit qui lui rappelait la misère dans laquelle il avait vécu.

— Il a peut-être besoin de reconstituer ses forces, proposa Cassandre. Deux cents ans sans pratiquer la magie, cela doit laisser des traces !

— Quel meilleur endroit pour se reposer que sa propre forteresse ? proposai-je.

Quelque chose clochait. Pourtant, il fallait jeter un œil à l'intérieur de ce manoir. Si, comme je le pensais, Torhold était responsable de nos ennuis, il fallait le mettre hors-jeu rapidement. S'il n'était pas présent, nous trouverions sans doute quelques indices nous permettant de retrouver sa trace.

Je dévalai la pente défraîchie en tête de file pour protéger le reste du groupe en cas d'attaque intempestive. Toutefois, Percy avait raison : le manoir semblait vide. Imposant par sa haute stature, il avait l'air d'avoir poussé directement dans le sol. Il n'y avait pas de jardin ou d'allée aménagée pour rejoindre son entrée. La maison était entourée d'arbres et sa propre façade était recouverte d'un tapis de lierres grimpants. Autrefois, ce lieu avait eu une certaine allure, dégageant une majesté propre aux endroits magiques. On avait l'impression de voir un château tiré d'un conte de fées au milieu d'une forêt enchantée. Cependant, les murs avaient noirci, les fenêtres étaient sales et les coins ébréchés des murs tombaient en ruine. Une ou deux gargouilles évacuaient l'eau qui coulait du toit, donnant au manoir un aspect un peu plus effrayant que celui que j'avais dans mes souvenirs. J'avais l'impression de redevenir cet adolescent impressionnable qui se rendait chez le diable en personne, des siècles plus tôt.

En arrivant à la porte principale de l'habitation, je fis signe aux autres de rester silencieux et de ne pas bouger tant qu'ils n'en auraient pas reçu le signal. Je pris soin de me concentrer et reliai dans mon esprit les runes *Perthro et Jera*, afin de lancer l'enchantement de *détection* qui permettait de mettre en lumière la présence d'un ou plusieurs individus dans un lieu précis. Lorsque je relâchai mon flux, j'eus en tête une image mentale du manoir qui se dessina rapidement. Les couloirs, les escaliers et les différentes pièces affluèrent, mais aucune présence ne se matérialisa. C'était rassurant, bien que peu probant : n'importe quel Mage aguerri pourrait bloquer l'enchantement en appliquant sur soi la protection adéquate. J'ouvris les yeux et poussai la porte avec précaution. Celle-ci grinça et nous laissa entrer dans le hall du petit château.

Au sol, il y avait un tapis rouge délavé sur lequel une imposante couche de poussière s'était déposée. Les murs étaient ornés de tableaux de la Renaissance aux dimensions exceptionnelles. Les personnages de ces peintures semblaient nous regarder pénétrer dans cet endroit, leurs yeux accusateurs nous suivant tandis que nous avancions à pas de loups. Dans notre dos, la porte d'entrée se referma, plongeant temporairement le groupe dans le noir. Mon cœur battait la chamade lorsque j'allumai l'intérieur de mes paumes pour y voir plus clair. Les autres ne semblaient pas plus rassurés : Cassandre était morte de peur, à l'affût du moindre bruit suspect, Percy montrait des signes de nervosité croissants et Arthur avait invoqué sa propre rune de lumière pour se rassurer dans la pénombre.

Nos pas nous menèrent jusqu'à un grand salon où une table à manger était fièrement dressée en son centre. Probablement en merisier, elle aurait permis à une quinzaine de convives de prendre place sans se gêner. Un lustre en cristal pendait juste au-dessus de la table. Si cette pièce avait été magnifique un jour, elle ressemblait aujourd'hui à un triste symbole de la décadence de la demeure. On pouvait voir de la vaisselle brisée sur les lames de parquet abîmées, la tapisserie claire était parsemée de trous à divers endroits et le son de nos respirations était entrecoupé des cliquetis provoqués par les pas de rats et de souris qui couraient dans tous les sens sous les meubles et derrière les murs.

Un tableau attira mon attention : il s'agissait d'un portrait de Torhold peint par un humain. La signature était celle d'un homme que je ne connaissais pas et je n'aurais jamais imaginé qu'un être aussi malveillant que lui aurait pu confier à une personne dénuée de pouvoirs magiques la tâche de capter son image au pinceau.

Arthur poussa une porte qui donnait sur une pièce à gauche et sursauta avant de détourner les yeux. Je le rejoignis et découvris un cadavre dévoré par les mouches et les vers.

Une odeur pestilentielle s'en dégageait, m'obligeant à plonger le nez à l'intérieur de mon coude. Cassandre vint à mes côtés et recula aussitôt. Il s'agissait de l'une de ses amies, Ophélia. Son corps tordu sur le sol décrivait un angle étrange, comme si elle avait été brisée en deux. Elle avait porté les mains à sa gorge dans un dernier sursaut de vie, à l'endroit où une profonde entaille avait laissé couler son sang à grands flots. Quelques jours après cette tuerie, sa chair était déjà dans un état de décomposition avancé et il était difficile de reconnaître le visage de cette personne autrefois belle et souriante.

Je pris Cassandre dans mes bras et lui proposai de faire demi-tour, mais la jeune femme insista pour nous accompagner. Hors de question qu'elle reste à l'entrée du manoir, surtout si un danger se profilait. Elle voulait être là pour nous venir en aide. Je ne fis aucun commentaire et me contentai d'acquiescer.

Un escalier de marbre montait et descendait dans cette partie du bâtiment, nous donnant accès à d'autres pièces. Si nous voulions inspecter le plus de terrain en perdant le moins de temps possible, il était nécessaire de se séparer.

— Arthur et Percy, vous montez au premier étage. Essayez de trouver tout ce qui pourrait nous indiquer où se trouve Torhold. Je n'ai aucune idée de ce qu'on cherche. Normalement, il n'y a personne là-haut, j'ai vérifié, mais restez sur vos gardes. En cas de danger, Arthur, tu invoques *Haglaz* immédiatement et vous courez le plus vite possible. Cassandre et moi nous descendons au sous-sol.

— Il est probable que vous trouviez deux autres corps, les prévint la demoiselle. Une femme qui s'appelait Leila et un homme, Jules.

Je ne dis rien et me félicitai d'avoir choisi le sous-sol pour éviter d'avoir à vivre le moment difficile où Cassandre serait confrontée au cadavre de son mari. Les deux garçons grimpèrent prudemment l'escalier tandis que nous nous enfoncions dans les profondeurs du manoir. Mes talons claquaient sur le marbre et je n'osai pas progresser trop vite au cas où un obstacle viendrait brusquement nous barrer le chemin. J'avais en tête l'hypothèse où Torhold aurait dressé une barrière magique autour de certaines pièces pour éviter les intrusions pendant qu'il reprenait des forces. Cependant, pour l'instant, nous ne rencontrâmes aucun barrage.

À l'étage inférieur, nous débouchâmes sur une petite pièce circulaire aux allures d'atelier. Les murs étaient recouverts d'une mousse sombre couverte de taches de brûlé et, juste à côté d'une unique porte, se trouvait un établi sur lequel patientaient divers outils magiques. Je reconnus un pinceau de correspondance, des anneaux enchantés vidés de leurs sortilèges, quelques fioles vides, un grimoire qui paraissait très ancien et un grand coutelas en or dont la poignée était incrustée de diamants. Chacune de ces pierres pouvait contenir un enchantement, ce qui en faisait une arme très puissante. Plusieurs d'entre eux étaient d'ailleurs chargés de runes qui me semblaient inconnues. Je pris soin de ramasser le grimoire et le poignard dans ma besace avant de continuer l'exploration de la dernière pièce où Cassandre était déjà entrée.

Il s'agissait de l'endroit où Torhold avait été enfermé pendant des années et c'est là que nous trouvâmes le dernier cadavre : celui d'un jeune garçon du nom de Pierre. Je l'avais connu brièvement par le passé. C'était un garçon charmant. Cassandre m'avait raconté que chaque jour, l'un des cinq membres de la surveillance rapprochée de Torhold passait la journée à ses côtés afin de le surveiller. Parfois, le détenu bougeait un peu, un sursaut musculaire sans aucun doute puisqu'il était emprisonné dans sa propre tête et qu'il était incapable de bouger. D'ailleurs, il avait été installé sur une lourde chaise en bois, au fond de la pièce, sans la moindre chaîne pour le retenir. Le jour de son évasion, Pierre était de garde. Il n'avait même pas eu le temps de sonner l'alerte.

J'examinai le sol en retenant le haut-le-cœur qui me secoua une nouvelle fois à cause de l'odeur de pourriture qui régnait ici, mais rien ne laissait penser que Torhold avait prévu sa fuite. Son plan s'était fabriqué dans son esprit et il l'avait simplement mis à exécution lorsque l'occasion s'était présentée. Tout était vide à présent et seul le pauvre jeune homme occupait l'espace de ce caveau morbide.

— J'ai bien peur que nous ayons suivi une fausse piste, maugréai-je.

À peine eus-je prononcé ces paroles que je les regrettai amèrement : un cri strident s'éleva loin au-dessus de nos têtes et Cassandre recula aussitôt contre la paroi de la salle pour se rassurer. Je n'attendis pas une seconde de plus et grimpai les marches quatre à quatre jusqu'au sommet de l'édifice où Percy et Arthur étaient encore en pleine exploration. Je trouvai les deux hommes dans une chambre, à genoux, les mains entourant leur nuque, leurs doigts se resserrant malgré eux. À moitié relevé sur le lit se tenait un homme au physique massif et au charisme impressionnant. Il avait la main tendue vers mon Initié et son ami et s'amusait à les regarder bleuir. Torhold souriait de leur douleur et semblait prendre un certain plaisir à les torturer.

Quand il m'aperçut, la surprise laissa place à un nouveau rictus de contentement. Il balaya la pièce de la main et tenta de me projeter contre un mur pour m'immobiliser, mais j'avais prévu ce genre d'attaque. Bloquant l'assaut de mes deux bras, protégé par *Haglaz*, j'étais intouchable pour l'instant.

— Merlin, dit-il de sa voix grave. Qu'il est bon de te revoir après tout ce temps. Tu n'as presque pas changé !

— Toi non plus. Laisse-les partir !

— Sont-ce tes nouveaux petits protégés ? Il me semblait

qu'il n'y avait de place que pour un Initié par Enchanteur.

Les yeux de Percy commençaient à se fermer sous le manque d'oxygène et je vis Torhold desserrer légèrement sa prise pour qu'il ne sombre pas dans l'inconscience. Ma colère grandissait rapidement et je cherchai le meilleur moyen pour l'empêcher de nuire. Toutefois, l'urgence de mettre Arthur et Perceval à l'abri ne cessait de m'assaillir. Je devais trouver rapidement une solution.

— Ce ne sont pas des humains, tu n'as aucune raison de les tuer, lui rappelai-je. Ils appartiennent à notre caste.

— Justement ! Il m'est amusant de rattraper le temps perdu et de faire couler un peu de sang magique. J'ai quelques griefs à l'égard des Enchanteurs, comme tu t'en doutes. Voir le plus d'entre eux mourir me rend la vie nettement plus supportable.

— C'est pour cette raison que tu nous as rendus mortels ?

Son regard se teinta d'incompréhension pendant une seconde et je compris mon erreur. Torhold n'était pas responsable de cet état de fait, mais il pouvait en tirer profit. Si les Enchanteurs étaient devenus mortels, plus besoin d'attaquer à pleine puissance le conseil des Sages ou n'importe quel lieu où pouvait se réunir la communauté magique. Il suffisait de les assassiner un par un à l'aide de moyens classiques. Un duel, par exemple.

— Tu me prêtes trop de pouvoirs, mon jeune ennemi, s'excusa le Sorcier en se redressant de toute sa hauteur. Je ne suis libre que depuis une semaine et j'ai bien d'autres idées en tête que de vous rendre tous mortels. Néanmoins, cela me facilitera les choses, j'en conviens.

Il fit léviter les garçons presque inconscients et les projeta contre le mur de la chambre. Percy tomba sur Arthur, assommé. Ce dernier toussait et se frottait la tête, mais il était toujours des nôtres. Torhold ne semblait pas l'avoir remarqué. Par ailleurs, il ne savait pas que mon Initié n'était pas touché par la soudaine mortalité qui avait frappé les Magiciens. Je pouvais transformer cela à mon avantage.

Le Sorcier fit voler vers moi des éclats de miroir, des vases en porcelaine ou toutes sortes d'objets lui tombant sous la main, mais ils vinrent tous se fracasser sur ma *bulle protectrice.* J'allais répliquer quand une voix s'éleva de la salle à manger :

— Merlin ? s'inquiéta Cassandre. Est-ce que tout va bien ?

— Il y en a d'autres ? s'extasia Torhold. À combien êtes-vous venus ?

Il ne prit pas la peine d'attendre ma réponse et lévita à quelques centimètres au-dessus du sol avant de se propulser vers la sortie de la chambre. Je fus poussé en arrière tandis que je le voyais descendre au rez-de-chaussée et découvrir la jeune femme terrorisée qui le fixait, pétrifiée.

— Je te reconnais, toi, l'entendis-je pendant que je me remettais debout. Tu m'as échappé, l'autre jour !

— Prends Percy sur tes épaules et rejoins Cassandre. Utilisez l'anneau, je vais le retenir, ordonnai-je à Arthur.

— Vous ne pouvez pas, Maître. Il a brisé mon enchantement comme si je ne lui avais rien opposé, me répondit ce dernier. Il est trop puissant !

— Ne discute pas !

Un choc sourd sous nos pieds me remit d'aplomb et je dévalai les marches aussi vite que possible pour venir à la rencontre du Sorcier. Celui-ci avait envoyé Cassandre contre la porte d'entrée et elle gisait sur le sol, assommée. Sans pouvoir et sans immortalité pour la protéger, la jeune femme risquait de voir sa vie abrégée très rapidement.

Dans une tentative désespérée, j'invoquai un *éclair de foudre* qui vint frapper Torhold dans le dos. Il se retourna en grimaçant et concentra son énergie entre ses paumes. Un torrent de feu se déversa face à moi et je sentis la chaleur roussir mes cheveux au moment où je me jetai sur le côté pour l'éviter.

Je répliquai avec un enchantement *d'hypnose paralysante,* mais Torhold ne fut même pas ralenti. En revanche, cela avait eu le mérite de le tourner dans ma direction.

Une seconde plus tard, il fit pleuvoir un déluge de grêle que je parvins à dévier grâce à une nouvelle *bulle protectrice.* Toutefois, le choc me fit passer par la fenêtre et j'atterris dans l'herbe de façon très disgracieuse. Au contraire, Torhold sortit de son manoir sans toucher le sol et vint se poser à côté de moi. Je crus qu'il allait dire quelque chose, mais il se contenta d'invoquer un mur d'eau qu'il envoya à ma rencontre. Mon enchantement protecteur se fissura et malgré toute ma concentration, je sentis mes forces m'abandonner. J'avais besoin de plus de puissance, d'un peu plus de temps.

Derrière le tumulte, j'entendis le son caractéristique d'un enchantement de transfert et compris qu'Arthur avait obéi à mes instructions. Ils étaient en sécurité au sein du conseil des Sages. Même Cassandre. Je n'avais plus qu'à me soucier de moi.

Torhold affichait déjà l'air du vainqueur sur son visage et continua de projeter ses vagues dévastatrices sur mon bouclier fragilisé. Soulagé par l'idée de savoir mes proches à l'abri, je matérialisai un glyphe dans mon esprit. *Isa* et *Kenaz* réunis, je fis vriller leur union jusque dans mon poignet droit.

Au moment où ma bulle céda, je relâchai mon *eyd* à pleine puissance vers Torhold qui ne s'attendait pas à cette dernière attaque. *L'éclair de foudre renforcé* le projeta plusieurs mètres en arrière, étourdi. Son mur d'eau me submergea quelques secondes, mais heureusement, mon assaut inattendu avait fait perdre au Sorcier une partie de sa concentration. Je me relevai tant bien que mal, pensant que je pourrais m'enfuir, mais mes jambes refusèrent de m'obéir. Torhold en profita pour se jeter sur moi et m'attrapa par l'épaule. Une puissante décharge me cloua au sol, traversant mon bras et courant tout le long de mon corps. Le Sorcier me dominait et je le voyais déjà en train d'approcher son visage du mien.

— Adieu, Merlin ! Je n'ai jamais compris pourquoi Arwin s'était donné la peine de t'enseigner la magie.

La paume de sa main droite crépita une fraction de seconde, mais il ne put achever son sortilège. Une *Chaîne de feu* venait de le frapper à l'arrière de la tête. Furieux et blessé, il chercha autour de lui la cause de sa douleur. Ses yeux se posèrent sur moi au moment où il vit Arthur en train de m'attraper par la main. Torhold hurla, mais en vain. Mon Initié venait de déclencher un sortilège de transfert et nous étions déjà hors de sa portée. Épuisé, je me laissai guider par le jeune homme en qui j'avais une entière confiance à présent. Quand mes yeux se rouvrirent, nous étions aux portes de la Skrekkhus.

Chapitre 16

Allongée dans un lit douillet, Cassandre était plongée dans un profond sommeil. Un bandage entourait son crâne meurtri, mais laissait apparaître une longue mèche de cheveux roux que je caressai avec douceur. Je ne parvenais pas encore à réaliser que nous avions survécu à une attaque de Torhold. À vrai dire, j'avais conscience que sans Arthur je n'aurais pas pu me transférer jusqu'au conseil. Je ne lui avais jamais appris à effectuer ce sortilège correctement et pourtant, il avait réussi à me sauver une fois de plus. Quand je lui avais demandé de m'expliquer comment il s'y était pris, il m'avait simplement dit qu'il avait laissé son instinct prendre le dessus. Il avait l'impression de savoir ce qu'il devait faire. C'était une performance remarquable.

Perceval, lui, était couché dans une chambre voisine, encore un peu sonné par sa longue suffocation. J'avais eu peur de le perdre en le voyant dans une si mauvaise posture. Bien qu'il m'ait exaspéré au début, j'avais fini par éprouver un grand attachement pour ce jeune homme. Le perdre aurait été un réel déchirement. Toutefois, ce n'est pas dans sa chambre que je passais le plus clair de mon temps, mais dans celle de Cassandre. Deux jours après notre retour, elle n'avait toujours pas repris connaissance malgré mon enchantement de soin. Antonius me soutenait que son corps réagissait au stress provoqué par la confrontation avec Torhold, mais j'avais peur qu'un mal plus profond ne l'ait atteint. Il m'avait d'ailleurs certifié qu'après un examen attentif, il était certain que Cassandre n'avait aucune autre blessure que celle sur sa tête.

J'avais donc passé le plus de temps possible auprès d'elle pour être là à son réveil et lui assurer qu'elle était en sécurité. Le reste de mes journées s'était organisé entre le compte-rendu fait au conseil des Sages et le début de l'apprentissage des enchantements pour Arthur. Ce dernier était nettement plus agréable à réaliser que mon retour d'expérience.

En effet, les Sages s'étaient réunis en vitesse lorsque nous étions rentrés et après avoir pris un peu de repos, ils m'avaient harcelé pour que je leur donne le plus de détails possible. J'aurais aimé entamer mon compte-rendu en présence de Percy et Cassandre pour qu'ils viennent corroborer mes dires, mais selon les Enchanteurs, il était crucial de ne pas perdre de temps.

— Torhold n'est pas responsable de notre mortalité, avais-je conclu après leur avoir donné les détails de notre excursion sans omettre la moindre information. Il n'en avait aucune idée et même semblait-il surpris. Cela ne l'a pas empêché de vérifier si mes dires étaient vrais en essayant de nous tuer tous les quatre. Il m'a avoué avoir une revanche à prendre sur la communauté magique et que son plan était en train de prendre vie. Cependant, je n'ai pas eu plus de précisions.

— Il a dû vous jouer un tour ! m'avait critiqué Viktor. On ne devient pas mortel en un claquement de doigts. Il faut un puissant sortilège qu'aucun de nous n'est capable de réaliser. C'est du domaine de la magie noire !

— Justement ! avais-je répliqué. Torhold s'est libéré le jour où nous sommes devenus mortels. Auparavant, il n'a pas pu entreprendre d'action magique depuis sa prison. Cela signifierait plutôt que ce qui lui a permis de s'évader est également à l'origine de nos maux. Les deux pourraient être liés. Par ailleurs, nous devons nous intéresser à ce problème rapidement, car il gagne beaucoup d'ampleur dans la forêt noire. Les animaux fuient, les végétaux meurent. Ceci soulève beaucoup de questions sans réponse.

Viktor avait été sur le point de répliquer, mais il avait été coupé par la main dressée d'Eleanor. Cette dernière s'était levée et m'avait remercié pour tous ces détails. J'entendais dans sa voix un brin de scepticisme, mais celui-ci était plus dû aux interrogations soulevées qu'à un manque de confiance en moi.

Ce soir-là, j'avais dîné en compagnie d'Antonius dans la chambre de Cassandre. Il était le seul, en dehors des membres de mon petit groupe, à connaître la véritable nature de ma relation avec la jeune femme. Du moins, à la connaître par mes soins. J'avais évité les regards en coin et les questions lancées par-delà les tables du réfectoire. Il était déjà suffisamment éreintant d'avoir eu à raconter cette histoire douloureuse une fois, il n'était pas nécessaire de laisser les autres Observateurs poser les mêmes questions.

— Les plus jeunes t'ont donné un surnom, m'avait raconté Antonius alors qu'il engloutissait un morceau de dinde. Le Victorieux. Merlin, le Victorieux ! Ça sonne plutôt bien !

— C'est également tout à fait faux puisque c'est Arthur qui m'a sorti du pétrin.

— Tu as combattu seul Torhold et tu as réussi à survivre à cette attaque. Pour nous tous cela fait de toi un être exceptionnel.

— Si Cassandre et Percy avaient eu leurs pouvoirs, nous aurions pu en finir avec lui. Tout ceci est de ma faute.

— Arrête de te fustiger. Dis-toi que tu te rattrapes en ayant formé un très bon Initié. Huit jours qu'il t'accompagne et il maîtrise déjà les vingt-six runes. C'est un exploit !

— Je ne suis pas certain qu'il faille voir cela du bon œil, lui avais-je répondu. Torhold aussi avait un talent indéniable. Regarde ce qu'il est devenu. J'ai peur qu'Arthur ne soit trop rapidement tenté par une forme de magie plus puissante.

— Avec toi comme professeur, il ne tournera pas mal. Je suis certain que tu sauras trouver les mots en temps voulu.

J'espérai intimement qu'Antonius disait vrai. Par ailleurs, je n'avais aucune raison de me méfier d'Arthur jusqu'à présent. Au contraire, il m'avait déjà sauvé la vie deux fois. Il s'impliquait énormément dans son travail de mémorisation et ne cherchait pas à brûler les étapes en voulant apprendre plus de choses qu'il n'en avait besoin pour l'instant. Peut-être me faisais-je trop de soucis ?

Cassandre revint à elle au milieu de la troisième nuit passée en ces lieux. J'étais assoupi dans le fauteuil installé à côté de son lit et je l'entendis se lever pour assouvir un besoin urgent. Son mal de crâne était passé et elle avait retrouvé une forme physique olympique. Seul son mental restait particulièrement fragile. L'incursion dans le manoir de Torhold l'avait poussée à revivre les noirs moments qu'elle avait fuis quelques jours auparavant et le Sorcier avait bien failli lui régler définitivement son compte. Paniquée à l'idée de rester seule dans le noir, elle me demanda de me coucher à ses côtés pour la rassurer.

— Tu crois qu'il va essayer de nous attaquer ici ? me questionna-t-elle alors que le sommeil me gagnait.

— C'est peu probable, répondis-je d'une voix endormie. Il doit être habité par un sérieux doute : quand il a repris conscience, il a vu que vous ne lui aviez opposé aucune contrainte magique. Quand nous nous sommes attaqués à lui, Arthur et moi nous sommes défendus. Il ne connaît pas les détails de l'accident et ignore que nous ne sommes plus que deux en possession de pouvoirs. C'est un paramètre trop aléatoire pour qu'il puisse être négligé. Toutefois, il est possible qu'il rôde dehors à l'affût du moindre Enchanteur en voyage. Ou bien il a un plan d'une plus grande envergure.

— Que faisait-il dans son manoir ? Il nous attendait ?

— Je crois qu'il se reposait. L'enchantement de *Peine éternelle* l'avait privé de ses pouvoirs. C'est aussi pour cette raison qu'il n'a pas subi l'accident. L'accumulation rapide de deux cents ans d'énergie astrale a dû le fatiguer après son réveil. Il se mettra en marche quand il aura suffisamment récupéré. Peut-être est-ce déjà le cas…

Je savais que mes paroles étaient loin d'être très rassurantes, mais je n'avais aucun intérêt à ne pas dire à Cassandre la profonde nature de mes réflexions. De plus, j'essayai d'imaginer tous les plans possibles pour atteindre l'annihilation de l'espèce magique. Toutefois, je n'étais pas assez calé en magie noire pour avoir toutes les pièces du puzzle en main. C'est pourquoi aux premières lueurs de l'aube du lendemain je me plongeai dans l'étude du grimoire que j'avais trouvé au sous-sol de son manoir. Percy aidait Arthur à réviser ses runes et Cassandre était allée raconter au conseil sa propre version de l'histoire afin que les Sages constatent que je disais la vérité. J'avais un peu plus d'une heure devant moi pour découvrir ce que cachait ce livre.

À première vue, la couverture cornée et râpée avait été manipulée de nombreuses fois. Il manquait quelques morceaux de cuir et la reliure était très abîmée. Par ailleurs, aucun titre n'apparaissait et il n'y avait pas la moindre mention de l'auteur ou de l'année d'écriture. La première page était vierge de toute mention et les premiers mots n'étaient tracés qu'à compter de la deuxième feuille. À partir de là, l'intégralité du livre avait été remplie. Toutefois, j'eus un sérieux problème à déchiffrer les mots écrits à l'intérieur, car l'encre avait commencé à s'effacer par endroits, gommant certaines parties des lettres, voire des phrases entières. D'après ce que je comprenais, il s'agissait d'un vieux livre de sorts que Torhold avait étudié durant de longues années et la totalité d'entre eux nécessitait l'usage de l'énergie tellurique pour être activée. Celui qui me parut le plus compréhensible était, apparemment, un enchantement de masse qui permettait d'absorber l'énergie vitale de plusieurs êtres vivants et de l'incorporer à sa propre force corporelle. J'aurais dû me douter qu'il s'agissait d'un livre de magie noire, mais je n'avais pas estimé qu'il y aurait des sortilèges aussi puissants pouvant être pratiqués par le premier étudiant qui ouvrirait ce livre. Je n'avais pas envie de tester un seul d'entre eux, en revanche, j'avais envie de connaître les détails de ce qui devait être la dernière lecture de Torhold avant son emprisonnement. Cassandre et son équipe n'avaient-ils jamais pris la peine de jeter un œil dans ces pages ?

J'étais en train de lire un peu plus attentivement le fonctionnement du seul sortilège lisible quand la jeune femme rentra dans la pièce et s'allongea brutalement dans son lit. Elle semblait contrariée.

— Que se passe-t-il ?

— Eleanor pense que nous sommes passés à côté d'un détail. Elle ne comprend pas pourquoi nous pensons que Torhold n'est pas coupable de nous avoir rendus mortels.

— C'est de l'entêtement, conclus-je en continuant d'observer à la loupe le tracé des mots sur les pages jaunies. Elle entendra raison sous peu, j'en suis persuadé.

— Qu'est-ce que tu fais ?

— J'ai pris ce livre dans le manoir. Il est illisible à bien des endroits, mais cet enchantement est intéressant. Il permet de capter l'énergie vitale à travers le sol. Exactement ce qui se passe autour du manoir de Torhold. Le problème, c'est que le phénomène avait déjà commencé avant qu'il ne soit libéré.

— C'est un début. As-tu découvert d'autres sortilèges ?

— Je crois qu'il y en a un autre qui permet de ranimer un cadavre frais. J'ai lu le mot « cadavre » et « frais » dans la même phrase et le titre parle de « pantin ». Mes conclusions sont donc peu certaines, j'en suis navré. Enfin, il y en a un autre qui semble mentionner un dôme de protection impénétrable qui contraindrait le lanceur à ne plus pouvoir lancer d'enchantement pendant son utilisation. Une sorte de dernière défense, en quelque sorte. C'est tout ce que j'ai pu lire pour l'instant et je t'avoue que c'est très fatigant pour les yeux.

— Tu as besoin d'un peu de repos ? me demanda Cassandre avec un éclat de fraîcheur dans la voix. Mince, moi qui pensais qu'on aurait pu – elle m'embrassa sur les lèvres – trouver une occupation à faire à deux.

Ses mains glissèrent sur mon torse et descendirent rapidement jusqu'à mon bas ventre. Elle vit probablement le sourire que je lui adressai juste avant qu'elle ne s'agenouille devant moi. J'allais lui dire que je n'étais pas contre un peu de bon temps passé avec elle quand une révélation me frappa : Torhold ne pouvait être vaincu qu'à deux, ou à plusieurs du moins. Si je n'étais pas en état de le combattre seul, il me fallait de l'aide et Arthur ne pouvait pas encore se lancer dans un assaut à mes côtés. Tout ce que j'avais à faire, c'était de trouver un moyen de redonner leurs pouvoirs aux autres Enchanteurs. Nous pourrions battre Torhold comme cela avait été le cas, il y a deux cents ans.

Je me rhabillai aussitôt et fis part de mes pensées à une Cassandre légèrement frustrée d'avoir été coupée dans son élan érotique.

— Et ce n'est pas ce que tu cherchais à faire depuis quarante ans ? m'interrogea-t-elle froidement. Je croyais que tu cherchais une solution à ce problème !

— Au début, oui. Et quand il est devenu certain que je

n'avais aucune piste et qu'aucun Enchanteur n'accepterait de m'aider dans mes recherches, j'ai repris mes anciens objets d'étude en vérifiant qu'il n'y avait pas de nouveaux enfants avec des capacités magiques sur la surface du globe.

— Moi qui croyais bêtement que Monsieur Merlin avait tout tenté pour nous restituer notre magie. Je vois que je me suis bien fait avoir, une fois de plus !

— Mais non, ce n'est pas ce que tu crois. Je n'ai jamais arrêté, mais disons que je n'ai jamais eu de révélation à ce sujet.

— Et tu comptes t'y prendre comment, alors ?

— Je n'ai que deux options possibles : la première, celle à laquelle je pense depuis quarante ans, serait de réveiller Rose. Toutefois, je n'ai aucune idée des conséquences que pourrait avoir son réveil. Cela pourrait la mettre en danger, voir la tuer et je refuse de courir ce risque. La seconde serait d'infiltrer la bibliothèque du conseil et trouver un grimoire qui terminerait ce que l'accident a entamé.

— Tu parles de magie noire, n'est-ce pas ?

— C'est ce livre qui m'y a fait penser. C'est de la magie tellurique avant tout, c'est tout ce dont nous avons besoin. Si nous ne l'utilisons pas à des fins mauvaises, cela pourrait régler le problème de votre inaptitude à la magie.

— C'est toi qui as prévenu Arthur que la magie noire ne laissait pas sans dommage. Tu es prêt à te mettre en danger ?

— Mieux vaut moi que Rose…

Cassandre avait arrêté de s'emporter et paraissait peser le pour et le contre des deux options. Elle tournait en rond dans la chambre et bougeait ses lèvres par intermittence lorsqu'une pensée la traversa. Soudain elle s'arrêta et me regarda.

— Tu ne pourras pas mettre en œuvre la deuxième option. Les Sages ne te laisseront pas avoir accès à leur bibliothèque pour étudier la magie tellurique. Il ne reste plus qu'Arthur et toi, si on oublie Torhold. Ils ne prendront pas le risque de te voir devenir un Sorcier, d'autant plus qu'ils savent que tu pourrais être tout aussi dangereux que Torhold.

— C'est la raison pour laquelle je n'avais jamais envisagé cette possibilité, rétorquai-je. Toutefois, j'ai peut-être une idée qui pourrait arranger ça…

Pour la première fois de ma vie, je faisais partie des Observateurs du conseil qui aurait lieu ce soir et j'avais la boule au ventre. Eleanor venait de prendre place dans son fauteuil, le plus imposant des onze, et attendait patiemment qu'entre par la grande porte la personne qui avait demandé une réunion extraordinaire. Elle avait pris soin de nommer une onzième Sage pour éviter un autre précédent juridique où une décision aurait pu être contestée par le manque d'un membre du conseil. Il s'agissait d'une femme de petite taille, une Enchanteresse du nom d'Amel qui avait étudié la magie de soin, mais qui avait de grandes connaissances en magie de combat et une solide réputation derrière elle.

La plupart des Sages s'ennuyaient jusqu'à ce que la porte s'ouvre sur la silhouette d'Arthur qui s'avança d'un pas sûr vers le centre de la pièce. Il avait coiffé sa tignasse blonde et son regard était froid et dur. Il me vit dans l'assemblée de spectateurs, mais ne m'adressa pas le moindre sourire et se contenta de détourner les yeux. Eleanor se leva et lui tendit une main ferme qu'il préféra baiser que serrer. Quelques femmes gloussèrent devant sa galanterie.

— Vous avez demandé une audience, jeune Arthur. Quelle est l'origine de vos préoccupations ?

— Je suis navré de vous avoir fait réunir si vite, mais j'avais besoin des lumières de ce conseil. Cela fait maintenant dix jours que mon enseignement auprès de Maître Merlin a commencé et je crains que nous ne puissions pas aller très loin ensemble.

La majorité des têtes se tournèrent vers moi et me dévisagèrent avec avidité. Personnellement, je ne m'attendais pas à une ouverture aussi directe et restai un peu bête face aux autres Magiciens.

— Vous croyez pouvoir changer d'enseignant en claquant des doigts, petit ? ironisa Viktor.

— Laisse-le parler ! le coupa Eleanor.

— Maître Merlin est un homme bon, je suis forcé de le reconnaître, mais ses pratiques me paraissent dangereuses pour notre communauté. Oui, j'estime faire partie de cette communauté au même titre que chacun d'entre vous, car j'ai embrassé la voie de l'Initié en reniant ma vie d'avant, en laissant derrière moi un passé plus que douloureux. Et, à présent, j'ai peur de voir Merlin détruire ce monde dans lequel j'ai placé tant d'espoirs.

— Qu'est-ce qui vous fait dire qu'il existe un danger dans les pratiques de votre maître ? demanda Herbert, l'Enchanteur élémentaire.

— J'ai surpris une conversation qu'il a eue avec la Magicienne Cassandre. Il a trouvé un livre de magie noire dans le manoir de Torhold et compte s'en servir pour arriver à le vaincre. Après m'avoir mis en garde de nombreuses fois sur les sortilèges qui en découlent, Merlin veut mettre en péril son intégrité, quitte à nous mettre tous en danger. N'oubliez pas qu'il est le dernier Enchanteur ayant des pouvoirs. Les miens ne comptent pas encore puisque je ne suis qu'un Initié. J'ai peur qu'il ne bascule dans un monde obscur d'où il ne pourrait jamais s'échapper.

À présent, les Observateurs tournaient la tête entre Arthur et moi comme s'ils regardaient un match de tennis, mais je me contentai de rester stoïque face aux divulgations de mon apprenti. Le seul à prendre ma défense fut Gabriel, comme je m'y attendais.

— Merlin est un homme honnête et s'il estime qu'il a

trouvé un moyen de vaincre Torhold dans un livre de magie noire, il n'y a aucune raison d'avoir peur de cet enchantement. Il ne souhaite que venir en aide à cette communauté, tout comme vous apparemment ! cracha le Mage.

— J'ai donc deux questions qui découlent de mes craintes : pouvez-vous interdire à mon maître d'étudier ce domaine et, sinon, serait-ce possible de nommer pour moi un nouvel enseignant ?

Les visages se tournèrent vers Eleanor qui réfléchissait à toute vitesse. Étant dans son dos, elle ne pouvait pas observer mes réactions, mais elle devait se douter que la trahison de mon élève me mettait hors de moi. Je crus la voir entamer un mouvement pour se retourner avant de se raviser et de se réajuster face à Arthur.

— Mon cher Arthur, je ne peux interdire qu'une seule chose à un Enchanteur : l'accès à la bibliothèque du conseil pour l'étude de certains enchantements. Évidemment, ceux qui concernent la magie noire font l'objet d'une très grande attention, mais, là encore, nous sommes obligés d'entendre toutes les requêtes.

— Vous permettriez donc à mon maître de lire un livre de magie noire de votre bibliothèque s'il le désirait ?

— Bien sûr ! À condition d'avoir un intérêt légitime à cette étude.

J'entendais dans sa voix le refus faussement déguisé qu'elle sous-entendait en parlant d'intérêt légitime. Pourtant, je ne m'en offusquai pas. Au contraire, même, j'étais relativement calme.

— Les Enchanteurs ont le droit d'étudier ce qui leur plaît, Arthur, tant qu'ils n'utilisent pas ces connaissances à mauvais escient. Merlin n'est pas encore en train de commettre un crime. Par conséquent, je ne lui interdirai rien. Quant à ta deuxième question, je pense qu'il serait contre-productif de te mettre entre les mains d'une personne incapable de pratiquer la magie devant toi. Ce sera donc un second refus, j'en suis navrée. Quelqu'un pour s'y opposer ?

Il y eut des murmures chez les Observateurs qui me détaillaient sans se cacher et, parmi les onze, seul Gabriel semblait hors de lui. Puisqu'il n'y eut aucune réponse, Eleanor leva la séance et dispersa l'assemblée. Arthur partit sans se retourner et ne chercha pas à me regarder. Gabriel vint immédiatement à ma rencontre lorsque la majorité des gens se furent éloignés.

— C'est un scandale ! s'écria-t-il. Tu prends le seul Initié qui ne te remercie pas de lui dévouer ton temps et ton énergie. Non mais vraiment ! Il y a quelque chose qui ne tourne pas rond chez ce gamin !

— Arthur a ses raisons, dis-je simplement. Je ne lui en veux pas.

— Raisons ou pas, il aurait pu formaliser cela d'une manière moins solennelle. Il aurait pu aller voir Eleanor en privé ! À la place, tout le monde ne va plus faire que de parler de sa requête pendant des jours. De toute façon, j'imagine que tu as une idée derrière la tête avec cette histoire de magie noire ?

— Je ne peux pas t'en parler, mais si mon idée fonctionne, elle pourrait régler bien des problèmes.

Je sortis de la salle pour retrouver Cassandre dans sa chambre afin de lui raconter comment s'était passée l'entrevue d'Arthur avec le conseil. La jeune femme eut du mal à reconnaître l'audace du jeune homme et parut scandalisée par les propos qui avaient été tenus dans la salle. Moi-même, je n'étais pas spécialement heureux de ce que j'avais entendu. Les mots d'Arthur avaient fait mouche et j'avais peur qu'il y ait un fond de vérité dans ses pensées.

Chapitre 17

La nuit était tombée sur les paysages nordiques qui s'étendaient autour de la Skrekkhus et rien ne bougeait à l'intérieur du bâtiment qui abritait le conseil des Sages. Les Enchanteurs étaient partis se reposer depuis quelques heures, profitant d'un silence apaisant pour dormir d'un sommeil réparateur. Toutefois, pour l'auditeur attentif, il était possible d'entendre le glissement des pas d'un individu sur le sol froid, une personne qui ne souhaitait pas être découverte dans ces couloirs au beau milieu de la nuit. En l'occurrence, il s'agissait de moi.

J'avais demandé à Cassandre de rester dans sa chambre afin qu'il y ait le moins de mouvements possible et il était hors de question que qui que ce soit m'accompagne dans cette basse besogne. J'espérais sincèrement ne croiser personne pendant cette escapade nocturne, car j'aurais été bien en peine d'expliquer pourquoi je n'occupais pas mon lit. Il fallait simplement que j'agisse vite, sans laisser la moindre trace.

J'arrivai dans la salle du conseil, vide, occupée simplement par ses majestueux fauteuils disposés en cercle qui semblaient attendre qu'un visiteur prenne place. Au centre de leur ronde, à l'endroit habituel, se trouvait la colonne en marbre cachée dans le sol. L'étoile pourpre à onze branches était à peine visible dans l'obscurité qui régnait, mais je n'eus aucun mal à trouver le large bouton doré sur lequel je posai ma main. Sous mes doigts, je pouvais sentir les contours du triskèle et, pendant une seconde, ce contact me paralysa. Il était temps de vérifier si la stratégie que j'avais mise au point avait fonctionné.

— Le conseil des Sages m'autorise à consulter tous les livres de magie noire présents ici dans le but de stopper le Sorcier Torhold.

Il ne se passa rien pendant plusieurs secondes alors que je retenais mon souffle. Arthur avait pourtant réussi à faire prononcer à Eleanor la phrase fatidique où elle me donnait son accord à condition d'avoir une raison valable. Peut-être avais-je mal formulé ma requête ? Si cela ne fonctionnait pas, j'aurais jeté Arthur en pâture au conseil pour rien et cette idée m'exaspérait royalement.

Heureusement, la colonne de marbre finit par s'élever du sol dans un bruit qui me paraissait assourdissant. Moi qui ne voulais pas me faire remarquer, j'étais contraint d'attendre que le pylône ait fini de s'élever pour avoir accès aux livres qu'il contenait. Dans la cavité rectangulaire se trouvaient quatre lourds volumes antiques aux couvertures de cuir sombre. Je me saisis du premier et l'ouvris au hasard : la page indiquait les ingrédients nécessaires à la fabrication d'une potion de courage dont les effets semblaient démultipliés. La composition de ce breuvage était inquiétante puisqu'il fallait disposer de plusieurs plantes hautement toxiques à l'état naturel et, pour terminer la préparation, il fallait vider un humain de son essence vitale. Ce processus paraissait clair à l'auteur, mais, pour ma part, je n'avais aucune idée de ce que cela signifiait.

Il n'était pas nécessaire de traîner plus longtemps dans cette salle. Chaque seconde passée ici me rapprochait d'une visite fortuite d'un membre du conseil qui aurait pu entendre la bibliothèque s'élever. Je pris donc les quatre volumes et m'appliquai pour chacun d'entre eux à les dupliquer à l'aide d'un glyphe tracé sur chacune des couvertures, mélangeant la fertilité, *Ingwaz*, et la croissance, *Laguz*. Ainsi, je me retrouvai avec des copies conformes que je remis immédiatement en place tandis que les originaux étaient rangés dans ma besace.

Sur le chemin du retour, je me rendis compte que mon excursion avait pris un peu plus de temps que prévu et qu'il était presque l'heure du petit-déjeuner. Quelques minutes de plus et j'aurais facilement pu me faire repérer par les lève-tôt qui vivaient ici.

Cassandre m'attendait en se rongeant les ongles, assise sur son lit. Elle sursauta quand j'ouvris la porte et n'attendit pas que je parle pour me sauter dans les bras.

— Si Eleanor découvre que tu as consulté ces livres sans passer par l'approbation du conseil, tu seras puni pour trahison, m'avait-elle rappelé juste après que je l'eus mis au courant de mon plan impliquant un revirement de comportement chez Arthur en public.

— C'est le seul moyen qui n'implique pas de mettre en danger la vie de ma fille, avais-je répondu.

À présent, son angoisse pour mes actes illégaux s'était envolée et elle voulait simplement savoir si j'avais réussi mon entreprise. Je lui montrai ma lourde sacoche pleine de livres et la jeune femme m'embrassa sur les lèvres pour me féliciter.

— Maintenant, nous allons devoir décortiquer leurs contenus sans nous faire prendre, expliquai-je tandis que Percy et Arthur nous avaient rejoints un peu plus tard dans la matinée.

— Qu'est-ce qu'on cherche ? s'enquérit Arthur.

— Toi, rien. Cela dit, ton rôle sera tout aussi important : il ne faut pas créer de soupçons quant à ce que nous sommes en train de préparer. Aux yeux de tout le monde, tu ne veux plus m'avoir comme professeur et tu es persuadé que je suis un mauvais Enchanteur. Tu as donc trouvé refuge chez Cassandre qui t'instruit en attendant que les choses se tassent avec moi. Il faut donc qu'il y ait toujours de l'activité dans cette chambre, que des sons soient entendus. Pas nécessairement des paroles. Il faut juste montrer que tu n'es plus avec moi. Ainsi, personne ne se doutera que ton intervention au conseil était une mise en scène.

— Que voulez-vous que je fasse ?

— Tu étais violoniste avant de m'accompagner, n'est-ce pas ? Eh bien, tu vas jouer du violon. Cela fait partie de ton enseignement d'Initié pour travailler ta concentration.

— Vous êtes sûr ?

— Fais-moi confiance, si tu agis comme je le dis, les Sages ne se douteront de rien. Percy, Cassandre et moi serons dans ma propre chambre pour chercher à l'intérieur des livres s'il existe un sortilège capable de rendre leurs pouvoirs aux Enchanteurs. Bien sûr, il n'est pas question d'agir différemment que d'habitude. Nous sommes dans les locaux du conseil en train d'attendre une future mission ou une information sur les plans de Torhold. Nous devons donc manger avec les autres, nous mêler à la communauté et ne pas nous faire remarquer. J'ignore combien de temps prendront nos recherches, d'autant plus que certains sortilèges sont très vieux et compliqués à comprendre. Nous devons être prudents.

Les trois autres acquiescèrent et se préparèrent à remplir leur rôle. Pour les besoins de cette tâche, j'avais fait venir un violon de la collection privée du conseil. C'était un artefact magique dont l'archet était capable de charger la puissance d'une rune et de projeter un enchantement basique tout en jouant de la musique. Toutefois, c'était un art particulièrement compliqué et je n'avais jamais entendu parler du moindre Magicien capable de jeter un sort via les cordes de cet instrument.

Arthur découvrit son nouveau jouet avec des yeux écarquillés lorsque je lui tendis la mallette dans laquelle il était protégé. Apparemment, il s'agissait d'un vieux violon aux contours magnifiques et le jeune homme me remercia sincèrement de lui avoir confié un tel objet. J'acceptai sa gratitude avec plaisir sans pouvoir m'empêcher de ressentir une pointe de gêne. Arthur aurait très bien pu nous aider dans nos recherches sans pour autant éveiller les soupçons. Nous aurions pu nous répartir en deux groupes, du moment qu'il n'était pas dans la même pièce que moi, personne n'aurait soupçonné une supercherie. Toutefois, je tenais à l'éloigner de la tentation d'avoir sous les yeux des enchantements très puissants et très maléfiques. Son apprentissage était rapide et j'avais conscience que, tôt ou tard, il voudrait s'essayer aux plus grands pouvoirs cachés dans la bibliothèque du conseil. Cette fausse mission de jouer du violon me permettait de le garder à l'écart encore un peu.

Après un rapide déjeuner en compagnie d'Antonius qui ne se souciait pas particulièrement de savoir si les choses étaient redevenues normales avec Arthur, nous nous sommes exilés dans ma chambre pour étudier les premières pages des grimoires que j'avais empruntés cette nuit. Si j'avais pensé qu'il serait difficile de les comprendre, je m'étais lourdement trompé quant à la quantité de travail qui nous attendait. La plupart des instructions étaient écrites dans de vieux dialectes oubliés et les traductions paraissaient assez approximatives. De plus, mon aperçu de la potion de courage n'était qu'une infime partie de la malveillance contenue dans ce livre puisque la première page expliquait comment mettre au point un sortilège d'augmentation de pouvoir mystique qui impliquait d'utiliser les forces magiques des autres êtres présents autour de soi. Il était précisé, en petits caractères, que cet enchantement pouvait causer des dommages irréversibles aux personnes utilisées pour la réalisation de cet acte magique.

Cassandre, elle, se contentait de traduire tous les titres de son volume afin d'avoir une idée assez précise de ce que pouvait faire le sort ou la potion et si cela avait un rapport avec notre problème. J'avais peur qu'elle passe à côté d'un détail en ne rentrant pas dans le vif de chaque sortilège, mais sa méthode permettait de balayer rapidement le livre sans pour autant avoir trop de haut-le-coeur. De nombreux enchantements parlaient de nécromancie entre ces lignes : créer une armée de cadavres, ressusciter un mort de moins de douze heures, empailler un être vivant, transformer une personne décédée en zombie mangeur de chair... L'idée même de ces enchantements ne me serait jamais venue à l'esprit.

Et celui qui subissait le plus sa lecture, c'était Percy. Ce jeune homme avait une âme d'une bonté extraordinaire et semblait incapable de faire le moindre mal à qui que ce soit. Je l'avais vu combattre les Cailleux et je savais qu'il était en mesure de se défendre correctement. Cependant, Perceval n'aurait jamais attaqué personne de son plein gré. Alors, lire des pratiques aussi monstrueuses que celles relevant de la nécromancie ou bien celles qui parlaient de torture, de souffrance et autres joyeusetés, lui donnaient envie de refermer l'ouvrage et de se concentrer sur une activité aussi saine et joyeuse que le tricot ou la pose de papier peint.

À la fin de notre première journée de travail intensif, nous avions fait une pause autour d'une coupe d'hydromel. Arthur nous avait rejoints discrètement et nous avait découvert, assis, les yeux dans le vague, sirotant ce doux nectar qui nous apaisait l'âme. Personnellement, j'aurais pu ingurgiter un tonneau entier de cette boisson que cela n'aurait pas changé mon état d'esprit, j'aurais simplement été saoul. J'avais lu à peine un tiers de mon grimoire et j'avais plus ou moins perdu foi en mes pairs qui avaient choisi d'écrire ces immondices et ceux qui avaient choisi de les étudier. Cassandre et Percy, eux aussi, rêvassaient dans leurs coins, ignorant superbement l'arrivée d'Arthur dans la pièce.

— C'était une lecture si horrible ? me demanda-t-il à voix basse.

— Comment se passe ton entraînement de violon ? Cela te plaît de jouer sur cet instrument ?

— C'est… magique, il n'y a pas d'autres mots. Je n'avais encore jamais entendu un son si pur ! J'avais presque l'impression que l'archet se servait de moi pour pratiquer la musique plutôt que l'inverse. À vrai dire, j'ai passé une excellente journée !

— Tant mieux, dans ce cas. Pour tout te dire, il va falloir que tu continues cette mascarade encore quelques jours, car nous n'avons rien trouvé de probant entre ces pages.

— Ce n'est pas tout à fait vrai, nota Percy en retrouvant un air concerné sur le visage. Je vous ai dit que j'avais…

— On n'a rien trouvé de probant, le coupai-je.

Arthur me dévisagea et comprit aussitôt que je lui cachai quelque chose. Il insista pour que je lui parle, mais je restai sourd à ses suppliques. Sa peau vira au rouge à cause de mon refus et le jeune homme tourna en rond de dépit dans la pièce. Pourquoi ne pas lui dire ce que Perceval avait trouvé ? Tout simplement parce que cela m'obligeait à me lancer dans des explications gênantes sur des sujets sensibles.

— Percy me le dira si je le lui demande, annonça Arthur de but en blanc.

— Je lui ai interdit de t'en parler.

— Vous n'avez rien à lui interdire du tout ! Vous n'êtes pas son maître, vous êtes le mien. Et j'ignore qui voudrait d'un maître qui fait tant de secrets. Vous êtes là à me dire que le plus important est la confiance, le respect et la maîtrise de soi, mais vous êtes incapable d'appliquer vos propres principes. En deux semaines à vos côtés, j'ai appris plus de choses sur moi-même qu'en près de trente ans. En revanche, j'ai aussi découvert qu'il ne faut pas croire les paroles d'un homme qui se croit plus sage que les autres. Vous n'êtes pas sage, Merlin. Vous ne vous souciez que de vous et de vos secrets…

— Perceval a trouvé le moyen de réveiller sa fille, l'interrompit Cassandre en fermant les yeux.

Je me tournai vers elle, furieux, les mains tremblantes. Arthur pouvait déverser sa haine sur moi, celle-ci était légitime. Je voulais protéger mon histoire personnelle, ne pas mélanger l'apprentissage de mon élève avec mes affaires privées. Cassandre venait de faire voler en éclats la maigre protection que j'avais réussi à installer entre ces univers. Elle le savait et n'osait pas me regarder.

— Quel rapport avec le fait de vouloir rendre leurs pouvoirs aux autres Magiciens ? s'enquit Arthur, toujours essoufflé par son laïus contre moi.

— C'est elle qui est responsable de l'accident qui nous a tous privés de magie, répondit Cassandre en se levant.

Le mal était fait, après tout. Elle avait déjà contourné ma volonté et elle s'apprêtait à dévoiler la parcelle de ma vie que j'avais réussi à mettre le plus à l'écart de l'apprentissage d'Arthur. Sans m'en rendre vraiment compte, j'entourai mes genoux de mes bras et je posai ma tête entre mes cuisses. Il n'était pas question que je voie le dégoût dans le regard d'Arthur. Il me tiendrait pour responsable des événements actuels lorsqu'il aurait entendu toute l'histoire. J'en étais persuadé.

— Quand Rose a développé ses dons magiques, Merlin est devenu son Maître. Le fait qu'il soit son père a beaucoup aidé l'étude des runes de la petite fille. Elle l'écoutait, ne contestait pas son autorité et voyait en lui un mélange entre la figure paternelle et l'enseignant. Rapidement, Rose est devenue une brillante Initiée et, le jour de ses seize ans, elle a atteint le rang de Magicienne. Je n'avais jamais vu Merlin aussi fier que lors de la cérémonie de nomination. Il est d'usage de demander à tout nouveau membre officiel de notre communauté quel sera son premier objet d'étude et s'il a l'intention de se spécialiser dans un domaine particulier. C'est là que tout a commencé à partir en vrille.

— Rose a choisi de devenir une spécialiste en magie tellurique, ajouta Percy pour permettre à Arthur de comprendre plus facilement.

— Comme… Torhold ?

— Oui, reprit Cassandre. Mais contrairement à lui, elle avait un objet d'étude en tête qui nécessitait de s'intéresser à la magie du sol. Elle souhaitait mettre fin aux disparités de ce monde en permettant à tous les êtres humains d'acquérir un peu de pouvoirs magiques. Elle avait en tête le schéma d'un glyphe qu'elle comptait améliorer, étudier. Un glyphe qui permettrait de rendre la magie plus puissante sur Terre et d'en faire profiter tout le monde plutôt qu'une mince communauté. Cela aurait réglé les tensions qui existaient au sein de notre peuple depuis plusieurs décennies : fallait-il réellement continuer à protéger les humains du monde magique et de ses périls ? En tuant les dragons, les chimères, les centaures et autres créatures, nous avons fini par nous appauvrir et faire disparaître doucement des quantités de pouvoirs magiques phénoménales. La magie se mourait lentement et certains d'entre nous se voyaient affaiblis. Certains étaient persuadés qu'il fallait mettre un terme à cette protection que les humains ne demandaient plus et qui nous mettait en péril. D'autres estimaient que c'était là notre seule raison d'exister. En effet, s'il y avait des créatures malfaisantes sur Terre, il fallait bien que quelqu'un protège les plus démunis face à elles. Rose avait trouvé la solution : donner une parcelle de pouvoir à chacun pour que tout le monde puisse se défendre. Ainsi, la magie retrouvait sa puissance d'antan, nous n'aurions plus eu à nous cacher et nous aurions vécu au grand jour, face à tous ces gens qui auraient eu besoin d'apprendre à maîtriser leurs nouveaux dons. Cependant, cela soulevait deux énormes problèmes : premièrement, la magie entre toutes les mains pourrait mener à de toutes nouvelles formes de criminalité et le conseil des Sages n'était pas assez influent et surtout incapable de prévoir comment les humains réagiraient en apprenant l'existence de la magie et la possibilité de la maîtriser. Il fallait inventer de nouvelles lois, des juridictions pour juger ceux qui utilisaient la magie à des fins mauvaises, mettre toute la communauté des Enchanteurs à profit afin de surveiller tous ces nouveaux individus magiques... Ce changement aurait représenté un travail de titan. Il aurait mieux valu donner de la magie à tous, mais étape par étape, afin de permettre aux Sages de voir les premières réactions et tout ce qui en aurait découlé. Enfin, deuxièmement, cela impliquait forcément l'étude de la magie tellurique. Loin de se sentir très concerné par le sort des humains qui joueraient avec leurs pouvoirs, c'est ce point-là qui inquiétait le plus Merlin. Il ne voulait pas voir Rose devenir comme Torhold et les quelques autres qui s'étaient essayés à ce domaine. La seule qui n'en était pas sortie folle, c'était Priscia, la membre du conseil. Et encore, depuis qu'elle s'était spécialisée, elle avait développé un goût assez prononcé pour le sexe et toutes ses débauches. Elle traînait derrière elle une sacrée réputation.

— Pourquoi la magie tellurique était-elle la seule forme capable de réaliser cet enchantement que Rose avait en tête ? demanda Arthur passionné par le récit de Cassandre.

— Tu imagines la quantité d'énergie qu'il faudrait pour donner à chaque habitant de cette planète, ne serait-ce qu'une parcelle de pouvoir magique ? l'interrogea Percy. Il faudrait nécessairement puiser cette énergie dans le sol pour que le lanceur ne meure pas instantanément ou rate son expérience.

— Alors ils se sont disputés, à la sortie du conseil, continua la jeune femme comme si elle n'avait pas été interrompue. Je n'étais pas là le jour où cela s'est produit. J'étais en mission en

Amérique du Sud. Je savais simplement que c'était le jour où Rose recevait son titre de Magicienne. Quoi qu'il en soit, la demoiselle s'est enfuie à l'aide d'un sortilège de transfert et elle a disparu pendant plusieurs années. Merlin a essayé de la localiser, mais elle était introuvable. Il ne mangeait presque plus, s'est enfermé pendant des semaines dans ses quartiers sans que personne ne le voie. Je ne sais pas si c'était la peur de son échec, la peur de la voir mal tourner ou simplement le fait d'avoir eu sa première dispute avec sa fille qui le mettait dans cet état, mais il n'allait pas bien. Et puis, un jour, après soixante ans d'absence, le 15 avril 1978, Rose a écrit à son père pour lui dire qu'elle lançait son enchantement aujourd'hui, qu'elle n'était pas certaine d'y arriver, qu'elle avait très peur, mais elle voulait qu'il soit au courant avant tout le monde. Si jamais elle avait réussi, il aurait été le premier à le savoir et cela lui tenait beaucoup à cœur. Merlin a réussi à trouver la provenance du message et s'est rendu immédiatement sur place. Rose était au milieu d'une forêt où elle avait tracé dans le sol le glyphe le plus impressionnant que tu puisses imaginer. Quand elle a entendu son père arriver, elle lui a demandé de ne pas bouger, de ne pas venir à l'intérieur du glyphe. Merlin l'a supplié de ne pas mettre son enchantement à exécution. Il avait repéré un détail dans son tracé qui allait tout faire échouer. Qui allait la tuer. Mais Rose ne l'a pas écouté. Alors elle a lancé le sort sous ses yeux et au lieu de transmettre toute la magie au monde entier, elle l'a entièrement aspiré en elle-même. Merlin n'a été épargné que parce qu'il est entré dans le glyphe pendant que l'enchantement s'installait dans sa fille. Comprenant qu'elle ne survivrait pas à une telle dose de magie, il a détruit une partie du tracé, il s'est précipité sur Rose et l'a emprisonné dans un *cocon intemporel*. C'est un sortilège d'une extrême complexité qui n'a été utilisé qu'une poignée de fois dans le monde et malgré sa peur et sa colère, Merlin a réussi à le mettre en œuvre instinctivement sans l'étudier de manière approfondie.

— Et quel est son effet ?

— Le cocon permet de stopper les ravages du temps de manière infinie. Rose ne subira jamais l'impact de son sort raté, elle ne peut pas mourir. En revanche, elle est coincée à l'intérieur du cocon et ne pourra jamais s'en réveiller d'elle-même. Contrairement à l'enchantement de *Peine éternelle* où le but est de priver le condamné de ses sens, la protection ne lui enlève ni l'ouïe, ni le toucher, ni l'odorat. Je suis certaine que Rose entend son père quand il lui parle et qu'elle aimerait pouvoir communiquer avec lui. Toutefois, si Merlin brise son propre sort, qui sait ce qui arrivera ?

— Et que s'est-il passé ensuite ? Après qu'elle eut lancé le sortilège ?

— Nous nous sommes tous rapidement rendu compte que nous ne pouvions plus utiliser la magie, termina Perceval d'une voix caverneuse. Nous avons perdu quelques Magiciens qui étaient en mission, parfois dans des positions compliquées : imagine-toi en train de te battre avec un arachnide dardé, une sorte de scorpion géant super dangereux, et perdre d'un seul coup tous tes pouvoirs. C'est une fin de vie peu enviable… Bref, le conseil s'est réuni, tout le monde a fini par comprendre que Rose était la cause principale du problème et Maître Merlin a été convoqué. Il a expliqué ce qui s'était passé et il a été missionné pour trouver un remède à cet état de fait puisqu'il était le dernier de notre espèce à pouvoir utiliser la magie. Aujourd'hui, près de quarante-et-un ans plus tard, nous sommes toujours dans l'impasse.

— Sauf que tu as trouvé le moyen de réveiller sa fille, nota Arthur en comprenant le fin mot de l'histoire.

— Oui. Pour l'instant, le seul moyen qu'avait Maître Merlin pour la faire revenir parmi nous, c'était de briser le cocon et prendre le risque de voir Rose mourir sous ses yeux. Aujourd'hui, il y a une nouvelle alternative, mais…

— Mais quoi ?

— Elle demande une force magique très puissante et nous sommes tous devenus mortels, il y a peu, expliqua Cassandre. L'enchantement s'appelle *le Briseur de chaînes.* Il permet de mettre fin à des sortilèges qui maintiendraient captive une personne tout en annihilant les potentiels effets secondaires. On pourrait penser qu'il s'agit d'un enchantement étudié par une personne raisonnable et saine d'esprit, cependant, il nécessite que le lanceur sacrifie la totalité de son énergie vitale pour le mettre en œuvre correctement. Toi-même n'y survivrais pas. Ou alors, il faut être capable de maîtriser la magie tellurique.

— Donc soit on meurt, soit on étudie une forme dangereuse de magie ? conclut le jeune homme. Le choix me paraît vite fait.

Je sortis de ma torpeur et me redressai maladroitement. Dès que mon dos fut droit, je lançai un regard à Arthur qui le soutint sans mal. Je m'attendais à voir dans ses yeux de la colère ou du ressentiment, mais, au contraire, il semblait calme et serein. Sa rancune à mon égard s'était apaisée et il posa même une main sur mon épaule pour me rassurer.

— Vous pensiez que je vous en voudrais pour quoi ? Pour avoir voulu protéger votre fille ? C'est ce que n'importe quel père aurait fait. Du moins n'importe quel père aimant son enfant.

— On m'a demandé plusieurs fois de rompre le cocon, dis-je d'une voix rauque. Je n'ai jamais pu m'y résoudre. On ne sait même pas si cela aura un impact sur les autres Enchanteurs.

— Le *Briseur de chaînes* pourrait rendre leurs pouvoirs aux Magiciens ?

— Techniquement, la magie est enfermée à l'intérieur de Rose. Si on brise le cocon en supprimant l'effet du sortilège qui l'a mise dans cet état, la magie ferait le chemin inverse et repartirait vers tous ceux qu'elle a quittés. Mais c'est une pure théorie. Je n'ai aucun moyen de la tester avant de la mettre en œuvre et rien ne prouve que cela sauvera la vie de ma fille. De plus, je n'ai jamais pratiqué la magie tellurique. Si j'échoue, je me viderai de mon énergie et je suis certain de ne pas y survivre. Sauver ma fille en mourant… voilà bien une idée grotesque !

J'aperçus un sourire sur le visage de mon Initié qui me regarda avec tendresse. J'ignore pourquoi j'avais eu si peur de sa réaction. Peut-être avais-je encore en mémoire les visages fermés et accusateurs des autres membres de la communauté magique lorsqu'ils avaient appris qu'ils n'auraient peut-être plus jamais de pouvoirs magiques. Arthur était différent : il n'était pas concerné par ce problème et il avait un recul que les autres n'avaient pas à l'époque. J'aurais dû comprendre plus tôt qu'il était capable d'entendre ce récit et d'en apprécier les enjeux sans me juger.

Le jeune homme n'avait pas encore conscience que certaines branches de la magie demandaient une dextérité particulière et un entraînement acharné afin d'être maîtrisées. La magie tellurique, par exemple, faisait partie des domaines les plus pointus et les plus retors des arcanes. Non seulement il s'agissait de pratiques fastidieuses et compliquées, mais, pire encore, elles pouvaient facilement conduire à la mort de son lanceur si elles étaient mal exécutées.

Pour ma part, je n'avais qu'une connaissance relative et théorique de cette magie. Je savais, pour ne mentionner que ce détail, qu'il fallait projeter sa conscience à travers le sol et les différentes croûtes de la Terre, afin de capter un nœud d'énergie tellurique, un croisement de différents flux d'énergie émanant de tout ce qui vit. Ces nœuds, nombreux dans la nature, avaient tendance à devenir plus rares en ville, là où l'Homme avait détruit une bonne partie de son habitat. Par la suite, il fallait remonter cette énergie à travers le sol, jusqu'à soi, et la canaliser à l'intérieur de son corps pour pouvoir s'en servir et jeter l'enchantement souhaité. Sur le papier, il s'agissait d'un véritable jeu d'enfant. Dans la réalité, le simple fait de maintenir sa concentration sur la déviation du flux terrestre et sur le lancement du sortilège pouvait faire perdre son latin au plus doué des Enchanteurs. Sans compter qu'une simple erreur d'inattention pouvait couper la force tellurique et obliger le corps du Mage à prendre le relais, puisant dans ses propres ressources. Seuls les plus déterminés avaient recours à cette magie dont le prix à payer pouvait s'avérer mortel.

Je pris Arthur dans mes bras pour le remercier quand on frappa à la porte de ma chambre. Sans attendre mon autorisation, la porte s'ouvrit sur la silhouette de Gabriel qui nous découvrit tous réunis ici. Il jeta un œil mauvais en direction d'Arthur puis reporta son attention sur moi.

— Merlin, le conseil t'attend au complet, il se passe quelque chose de grave dehors.

Chapitre 18

Notre accalmie avait été de courte durée et je soupirai vainement avant de prendre la suite de mon ami dans les couloirs du bâtiment. Quand je lui demandai un peu plus de précisions au sujet de cette réunion inattendue, il me répondit simplement qu'il n'était pas en mesure de m'en parler. L'émotion le troublait. Cassandre accrocha mon regard et nous nous comprîmes aussitôt : Torhold venait de passer à l'action.

Lorsque nous arrivâmes dans la salle du conseil, il n'y avait presque pas d'Observateurs. Seuls les onze sièges étaient occupés et quelques badauds s'étaient regroupés ici en voyant que les Sages attendaient quelqu'un. Je pris place au centre du cercle, sur l'étoile pourpre peinte au sol et essayai de ne pas me souvenir de mon méfait de la nuit précédente pour paraître le plus neutre possible. Arthur, Percy et Cassandre prirent place derrière Eleanor. Cette dernière se leva et s'approcha de moi.

— Merlin, quelque chose de terrible est en train de se produire à l'extérieur de ces murs.

— C'est ce qu'on m'a fait comprendre. De quoi s'agit-il ?

— Torhold attaque la Belgique avec… un dragon des plaines.

— Pardon ?! m'exclamai-je avec stupeur. Vous vous fichez de moi ? Les dragons des plaines ont disparu depuis des centaines d'années ! Je ne suis même pas sûr qu'il en restait avant ma naissance ! Où Torhold aurait pu dénicher un monstre pareil ?

— Ressuscité serait plus exact, pointa Viktor avec un rictus mauvais. Voilà ce qu'on gagne à aller en mission avec des novices, incapables de tuer un ennemi correctement.

— Pour faire renaître quelque chose de vivant, il faut retrouver un squelette complet, le coupai-je sans répondre à ses invectives. Les dragons des plaines ont été pulvérisés par des équipes entières d'Enchanteurs. Après les dragons des montagnes, ce sont les plus gros spécimens. Dois-je vous rappeler qu'ils sont capables de cracher une fumée nauséabonde qu'ils peuvent enflammer par la suite ? Si vous ne mourez pas d'étouffement, vous mourez brûlé vif !

— J'en ai affronté, cher ami, me répondit Viktor. Je me souviens très bien de ces petits bâtards…

— L'endroit où il a trouvé ce spécimen entier n'est pas la question qui nous préoccupe actuellement, nous interrompit Eleanor. Il faut le mettre hors-jeu définitivement et le plus vite possible. Il a déjà calciné une forêt entière et se dirige vers la ville de Bruges, à l'heure où nous parlons.

— Des gens l'ont vu ? demanda Arthur en se joignant à moi sous le regard des Sages étonnés.

— Officiellement, sur les réseaux sociaux, ils parlent d'un incendie spectaculaire, mais les pompiers humains risquent d'être confrontés à lui sous peu. Il faut vous rendre sur place, maintenant.

Les dragons faisaient partie des espèces magiques auxquelles les Enchanteurs préféraient ne pas se frotter, ou du moins le moins possible. Classés en six catégories, la plupart étaient très dangereux et ne pensaient qu'à détruire, brûler et piller.

Les plus petits d'entre eux étaient les dragons des cavernes. Ronds, incapables de voler et mesurant rarement plus d'un mètre cinquante de haut, ils étaient relativement discrets et peu enclins au combat. Toutefois, en cas d'attaque de leur nid ou de leurs œufs, ils devenaient très agressifs et étaient capables de projeter une salive composée d'un acide très corrosif.

Venaient ensuite les dragons des forêts et les dragons aquatiques. Il s'agissait de la même espèce, possédant les mêmes caractéristiques, mais vivant dans un milieu différent. Ils pouvaient atteindre deux mètres de hauteur, ne crachaient pas de feu et possédaient de minuscules dents qui n'étaient pas dangereuses pour les humains. Ils avaient tout de même une série de pointes acérées sur leurs queues qui pouvaient les rendre dangereux. Ils préféraient éviter le contact avec les autres espèces et se réfugiaient dans la solitude de leur existence.

On trouvait ensuite les dragons du désert, mesurant près de trois mètres et crachant des jets de flammes dévastateurs sur près de dix mètres autour d'eux. Agressifs et violents, il s'agissait de l'espèce la plus sournoise à affronter en combat, car ils se déplaçaient uniquement à plusieurs et il était souvent trop tard lorsque leurs proies se rendaient compte du piège dans lequel elles venaient de tomber.

Enfin se distinguaient les dragons des plaines et les dragons des montagnes par leur intelligence. En effet, les deux espèces étaient capables de faire jaillir une fumée toxique de leurs narines et cette dernière s'enflammait s'ils ouvraient la gueule et libérait une étincelle mortelle. Ils mesuraient entre cinq et six mètres de longueur et de hauteur, et pouvaient voler sur de très longues distances. La seule différence était que les dragons des montagnes avaient deux cœurs, ce qui les rendait bien plus difficiles à abattre et ces derniers avaient appris à parler la langue humaine. Ils habitaient d'ailleurs de nombreuses légendes et contes racontés à travers le monde. Au dernier recensement, il ne restait plus qu'un seul dragon des montagnes, du côté de la Nouvelle-Zélande, quelques spécimens des cavernes en Europe centrale et deux dragons aquatiques, un sur l'île d'Hawaï et l'autre dans l'océan Indien. L'idée de me retrouver en combat face à un monstre pareil monté par un Sorcier comme Torhold me mettait l'estomac à l'envers.

— Quelle est votre stratégie ? me demanda Eleanor en me ramenant à la réalité.

— Eh bien…

— Il n'a rien à proposer ! s'énerva Viktor. Le salut du monde entier repose sur ses épaules et il n'a rien à proposer.

— Laissez-le réfléchir une minute et peut-être qu'il pourra trouver une solution qui sauverait tout le monde ! s'énerva Gabriel. La critique est aisée quand l'inaction est de mise.

— Tuer cette bête ! Voilà ma stratégie ! lui répondit l'Enchanteur en lui jetant un regard mauvais.

— Cela ne servirait probablement à rien, lui fis-je remarquer à mi-voix. Si Torhold a vraiment ressuscité ce dragon, il sera quasiment invulnérable. Il faut mettre fin à l'enchantement qui le maintient sur pied. Il doit y avoir un glyphe gravé sur le corps de l'animal pour qu'il reste en vie. Je suppose qu'en effaçant le glyphe, on pourrait le ramener parmi les morts. Toujours dans l'hypothèse où ce dragon aurait échappé à notre vigilance et serait bel et bien revenu d'outre-tombe. S'il s'agit d'un élément vraiment vivant, j'ai bien peur que nous n'ayons pas la moindre chance, à deux, contre une bête aussi féroce. Ils résistent très bien à la magie et Torhold ne nous laissera pas faire aussi facilement. Il faut donc nous rendre sur place pour évaluer les possibilités et protéger les habitants de Bruges.

— Comment irez-vous là-bas ? s'inquiéta Priscia.

— J'ai trouvé une dague dans le manoir de Torhold. Elle recèle quelques diamants chargés avec des sortilèges. Certains me sont inconnus, d'autres non. Il y a seize pierres, cinq sont équipées d'un enchantement, deux d'entre eux sont des sorts de transfert. Nous partons immédiatement.

— Qu'entendez-vous par « nous » ? s'inquiéta Eleanor. Je croyais qu'Arthur ne voulait plus vous suivre.

— Nous… avons eu une discussion et mis les choses au clair. Arthur vient avec moi.

— Nous aussi, lancèrent Cassandre et Percy d'une même voix.

— Hors de question ! Vous pourriez vous faire tuer là-bas, sans pouvoirs.

— Ça ne nous a pas empêchés de résister à l'attaque des Cailleux ! me fit remarquer Percy.

— Oui, mais cela m'a rendu vulnérable face à Torhold. Ne m'obligez pas à vous forcer. Je préférerais que vous…

— Merlin, me coupa Cassandre, tu nous imagines, ici, incapables d'avoir de vos nouvelles pendant que vous affrontez un dragon des plaines ? Je ne crois pas que je pourrais supporter l'attente qui en découlerait. Je deviendrais folle. Je te promets qu'on ne se mettra pas en travers de votre chemin, on essaiera de rester en dehors de l'affrontement, mais nous pouvons t'être utiles. Tu l'as bien vu face aux démons de pierres. Laisse-nous venir avec vous.

Et contre toute attente, la jeune femme traversa la salle et m'embrassa devant les yeux ébahis de toute l'assistance. Incapable de réagir, incapable de l'en empêcher, je fermai simplement les paupières pour savourer ce baiser. Je n'étais pas certain d'en recevoir un autre après mon combat contre l'animal qui volait vers la Venise du nord. Je sentis ses lèvres bouger contre les miennes, sa langue épouser les contours de ma bouche et il m'apparut parfaitement impossible de lui dire non. L'intégralité du conseil était bouche bée, sauf Eleanor qui ne semblait pas surprise et gardait sur le visage un petit sourire amusé. Gabriel paraissait ébahi et ne pouvait empêcher sa mâchoire de tomber. Il faut dire que tous ces Sages entendaient nos disputes depuis si longtemps, la surprise était la seule réaction logique à avoir.

— Nous partons tous les quatre, immédiatement, rectifiai-je.

— Nous ne pourrons pas vous venir en aide, Merlin, me rappela la présidente du conseil. Alors, s'il vous plaît, veillez à votre survie. Nous avons besoin de vous. S'il apparaît que vous allez perdre ce combat, prenez la fuite. Je vous interdis de mourir !

— Entendu, Madame.

Je détournai les talons et pris le chemin de ma chambre pour y ramasser ma besace en cuir, les quatre grimoires volés et le coutelas en or. Les trois autres me suivirent sans dire un mot. Cette marche silencieuse ressemblait presque à une avancée funèbre sur le chemin qui menait à mon trépas. Toutefois, je préférai voir ce moment comme un franc instant de camaraderie, d'amitié et de fraternité entre nous. Je leur étais infiniment reconnaissant de ne pas me laisser aller seul au combat bien que je ne pouvais m'empêcher de m'inquiéter pour chacun d'entre eux.

Chaque membre du groupe alla récupérer le minimum d'affaires pour voyager le plus léger possible et nous déposâmes la totalité de nos possessions dans le *sac à compression* de Percy, très fier d'avoir sur le dos la responsabilité de protéger notre barda. Ma sacoche sur l'épaule et mon apprenti à côté de moi, j'essayai de garder une once d'espoir dans les yeux afin de ne pas trop les inquiéter avec la rencontre à venir. Toutefois, je n'étais pas certain d'en être convaincu moi-même.

Je pris le poignard dans la main et vérifiai que je ne m'étais pas trompé : il y avait bien deux runes de transfert incrustées dans ces diamants. Cela nous serait utile si jamais nous devions fuir précipitamment. J'allais activer la première quand je ne pus m'empêcher de leur adresser une dernière recommandation.

— J'ai bien peur que cette mission soit la dernière de notre groupe. Vous m'êtes loyaux et fidèles, et je vous remercie pour cela. Néanmoins, il ne faut pas oublier qu'au bout du voyage se trouvent un féroce dragon et un Sorcier vengeur. Alors, s'il vous plaît, Percy et Cassandre, je vous en prie, trouvez immédiatement un endroit où vous mettre à l'abri. Arthur m'accompagnera et je veillerai à ce qu'il ne lui arrive rien. Mais faites attention à vous.

— Et qui veillera sur vous, Maître ? demanda Arthur avec malice.

— Soyons grandiloquents et espérons que l'œil du destin est braqué sur moi. Est-ce que vous êtes prêts pour le transfert ?

Ils acquiescèrent tous d'un signe de tête alors que je libérai mon *eyd* dans la dague qui scintilla d'une lumière blanche aveuglante. Un tourbillon de couleurs apparut autour de notre groupe alors que nous avions l'impression de faire du sur-place. Les paysages changeaient si vite qu'il était impossible de repérer toutes les formes et les détails devant lesquels nous passions à grande vitesse. J'ignorai à quoi ressemblait un sortilège de transfert, de l'extérieur, mais je m'amusai à imaginer que nous laissions une immense traînée lumineuse sur notre passage. L'idée que des mortels puissent avoir cette vision m'amusa et je m'y accrochai pour ne pas perdre le peu de courage qu'il me restait en chemin.

Quand les formes ralentirent et que les couleurs se stabilisèrent, je me rendis compte que nous avions atterri au beau milieu d'un champ, non loin d'une autoroute. L'entrée de la ville de Bruges était à moins de quelques kilomètres et aucun signe ne laissait penser qu'un dragon avait déjà commencé à mettre cet endroit à feu et à sang. Les voitures passaient leur chemin à toute vitesse et un avion piquait du nez pour aller se poser non loin de là, près de l'immense port débouchant sur la mer du Nord. Mes sens captèrent l'image d'une ville animée et peuplée par les touristes, les voyageurs, mais aussi les travailleurs et les familles qui résidaient ici toute l'année. Malgré tout ce temps passé sur cette Terre, je n'avais pas encore eu l'occasion de visiter Bruges et j'avais l'impression que cette occasion ne me serait peut-être jamais redonnée.

Pourtant, bien vite, je fus ramené à la réalité : une odeur de soufre s'élevait, non loin de notre position, et elle était assez puissante pour se laisser porter par le vent sur des centaines de mètres. Notre ennemi n'était pas loin. Le reste du groupe l'avait également remarqué et, sans le vouloir, nous avions formé un cercle parfait afin de nous défendre les uns les autres.

Au-delà du champ, se trouvait l'orée d'un bois mince, qui regagnait ses feuilles et ses fleurs avec difficulté malgré le fait que le printemps était déjà bien avancé. Un rapide examen magique me fit savoir qu'il n'y avait pas d'animaux dans cette minuscule forêt. Du moins, il n'y en avait plus si ce n'est une présence massive qui fonçait droit sur nous à grande vitesse. Elle écrasait la terre, déracinait les arbres, broyait les racines de ses pattes puissantes dans le seul but de semer la terreur et la destruction. Je sentais son pouvoir, mais pas son souffle de vie. Cela ne pouvait signifier qu'une seule chose : j'avais eu raison tout à l'heure, ce dragon avait été ramené d'outre-tombe.

— C'est un dragon mort, expliquai-je aux autres. Percy, Cassandre, courez vous cacher ! Maintenant ! Arthur, il faut que nous trouvions le glyphe qui maintient la bête dans ce monde. Il doit être bien dissimulé, sans doute dans un endroit difficile d'accès. Dès qu'on le trouve, il faudra le couper du corps de l'animal. Il tombera en pièces et il ne restera plus que Torhold dont nous devrons venir à bout.

— C'est déjà un lourd programme, Maître ! Si nous nous occupions simplement du dragon pour aujourd'hui ?

— Alors demain, Torhold reviendrait avec un autre dragon ressuscité, et ce, chaque jour de la semaine jusqu'à ce que nous mourrions d'épuisement. Nous devons les éteindre tous les deux, aujourd'hui. Je m'occupe du Sorcier, tu t'occupes de la bête !

Arthur acquiesça et se retourna dès qu'il entendit le rugissement glacé qui s'éleva derrière nous. Entre les arbres, penchés sous le poids du bestiau, apparaissait la gueule béante d'un énorme dragon. Du moins, on devinait le dragon grâce à la morphologie de son museau, car il ne restait de ce dernier qu'une boîte crânienne dont les orbites vides nous fixaient avec appétit. L'os, aussi gris que le métal et solide que la platine, n'était pas recouvert par le moindre centimètre carré d'écailles ou de peau. Il n'y avait que le squelette complet de ce monstre qui marchait à notre rencontre, ses ailes étaient tombées en poussière depuis des lustres.

Sa cage thoracique se soulevait au fur et à mesure qu'il avançait et qu'il respirait l'air frais de ce grand espace. Pouvait-il repérer notre odeur ? Probablement, car il marchait droit sur notre position. On pouvait voir ses crocs d'ivoire qui réfléchissaient la lumière du soleil et certains d'entre eux étaient tachés d'un sang frais qui gouttait sur les épis de maïs. Il était encore plus grand que ce que j'avais imaginé et il semblait aussi féroce que ce que racontaient les grimoires d'autrefois. J'eus tout de même un doute sur sa capacité à cracher des flammes jusqu'à ce qu'il libère tout autour de lui une fumée noirâtre qui le cacha à nos yeux. Arthur déglutit, je sentis mes jambes sur le point de céder, mais ne bougeai pas.

Enfin, sur son dos, installé confortablement entre un pic de sa colonne vertébrale et une côte massive, se tenait Torhold, les yeux luisants de méchanceté en nous regardant faire face à son animal domestique. Son crâne chauve scintillait sous l'éclat du pâle soleil d'avril, de la même teinte qui blanchissait les dents du dragon. Il sourit et s'amusa de nous voir lui barrer la route.

— Vous avez conscience que je ne vous laisserai pas fuir deux fois ? nous prévint-il sur un ton parfaitement anodin, comme s'il parlait de la météo. La chance ne vous sauvera pas, aujourd'hui.

— Nous n'avons pas prévu de fuir ! claironnai-je. Rends-toi, Torhold ! Ne tue pas d'innocentes personnes ! Elles ne t'ont rien fait !

— Les humains ne m'ont rien fait ? C'est ce que tu prétends ? Ces êtres nuisibles qui ruinent tout ce qu'ils touchent, tout ce qu'ils entreprennent ? Nous nous sommes cachés depuis des siècles afin de les protéger et leur permettre de vivre en paix pour quel résultat ? Une planète gâtée et pourrie jusqu'au noyau. Ils ne méritent pas notre protection et je compte bien leur montrer à quel point ils devraient vénérer la magie, la craindre et la respecter. Cette même magie qui leur permet de vivre sur Terre.

— Ton but meurtrier a une fin écologique ? ricanai-je. Tu vas me faire croire que tu te soucies de l'environnement ?

Bien que mes tripes menaçaient de rendre le peu de contenu que j'avais avalé aujourd'hui, je devais faire en sorte de le faire parler le plus longtemps possible afin qu'Arthur puisse observer le dragon à sa guise et trouver le glyphe. Malheureusement, caché dans la fumée, il lui était impossible de voir quoi que ce soit. Jusqu'à maintenant en tout cas, car la purée de pois se dissipait doucement tandis que nous échangions avec notre adversaire.

— Tu ne trouves pas tes pouvoirs affaiblis, Merlin ? Tu ne ressens pas cette fatigue qui te gagne quand tu jettes un sort trop puissant ou trop longtemps ? Et cette soudaine mortalité qui vous a tous gagnés, d'où vient-elle ? La Terre vous a donné, mais elle a besoin que quelqu'un lui rende également. Je suis là pour ça !

— Alors tu comptes exterminer la race humaine pour faire plaisir à ce monde qui l'a créée ? Ça me paraît contre-productif !

— Moi seul connais la toute-puissance qui anime les entrailles de la planète. Elle m'a redonné mes pouvoirs, elle m'a protégé pendant mon exil, et aujourd'hui, je viens lui faire honneur ! Commençons par cette ville où les touristes affluent en masse, où les gens ne se préoccupent pas du sol qu'ils foulent. Ils seront un exemple pour le reste de l'humanité. Après, je m'attaquerai aux choses sérieuses ! J'espère que vous serez des adversaires suffisamment intéressants à affronter, cette fois-ci.

Torhold ne prévint pas, il ne sonna pas la cloche qui ouvrit les hostilités et lança sa bête sur nos deux personnes attentives. Nous nous écartâmes, chacun d'un côté du dragon et, aussi rapidement que possible, j'envoyai une *flèche de feu* vers notre ennemi comme un archer tire avec son arc. Le trait se planta dans la protection que Torhold matérialisa, mais parvint à le désarçonner grâce à son impact. Il glissa sur le flanc de l'animal qui fonça droit sur Arthur, laissant son maître sur un terrain découvert. J'aperçus du coin de l'œil quelques voitures qui s'étaient arrêtées et des conducteurs ahuris filmaient à présent la scène avec leurs téléphones portables. D'un geste du bras, je fis flancher toute la technologie qui amassait bien trop d'informations sur nous, et j'entourai la rambarde de sécurité d'un enchantement répulsif, *l'innocence fœtale*, qui obligeait toute personne qui touchait cette barrière à perdre les derniers souvenirs marquants qu'elle avait en tête. La plupart des curieux s'étaient assis sur celle-ci et furent soudain animés d'un regard vide. Ils se détournèrent et remontèrent en voiture en bousculant d'autres personnes. Ce contact avait pour effet de transmettre l'enchantement à chaque fois qu'un amnésique en touchait un autre. Si j'avais eu un peu plus de temps, j'aurais jeté un *voile d'opacité* sur le champ, mais ce sort m'avait déjà coûté de l'énergie et de précieuses secondes. Ce temps perdu, je le payai cher en voyant Torhold surgir à quelques centimètres de moi et en encaissant le *poing ombreux* qu'il me colla dans le ventre. Je sentis mes pieds décoller du sol et je fus projeté sur une quinzaine de mètres, détruisant sur mon passage les épis qui se dressaient entre la terre et moi. Au contact de celle-ci, j'eus le souffle coupé tandis que le deuxième effet du sortilège lancé prenait le relais : mon ombre me clouait au sol.

Torhold en profita pour se jeter sur moi tout en faisant apparaître une *lame de glace*, un pic tranchant et gelé qu'il s'apprêtait à enfoncer dans ma poitrine. Une seconde de concentration me suffit à invoquer un *souffle de feu* en combinant *Aidu* avec *Raidho* et son sortilège fondit au contact du mien. Ce court instant de répit me laissa le temps de retrouver une certaine liberté de mouvement puisque mon ombre avait cessé de me maintenir allongé. En effet, les sortilèges de combat avaient la particularité de ne durer que quelques secondes, au maximum. Cependant, c'était parfois largement suffisant.

Non loin de moi, Arthur courait à perdre haleine dans le champ en évitant les jets répétés que crachait le dragon dans son dos. Bien qu'une masse aussi imposante ne pouvait se déplacer très vite, ses pattes immenses lui permettaient d'avoir une longue foulée grâce à laquelle il gagnait rapidement du terrain. De plus, la bête n'avait pas besoin de respirer et ne pouvait pas s'essouffler, contrairement au jeune homme, déjà presque au bout de ses capacités.

Arthur arrêta de courir lorsqu'un point de côté le terrassa et fut obligé d'invoquer la protection d'*Haglaz* pour pouvoir reprendre ses esprits. Le squelette du monstre se fracassa contre la *bulle protectrice* et l'écho du choc se répercuta jusqu'à Torhold et moi, comme le gong d'un palais bouddhiste.

Effrayé et sans révélation salvatrice derrière la tête, le jeune homme profita du seul moment où le dragon sembla sonné pour l'observer d'un peu plus près. Ce qu'il découvrit ne fut pas des plus encourageants : il repéra le glyphe, gravé sous la mâchoire de l'animal qui se redressait déjà. Petit, composé de quatre runes qu'il n'eut pas le temps d'analyser, il était caché dans les plis des os de sa gueule et aurait été parfaitement invisible si le dragon ne s'était pas jeté sur sa protection. Sans la moindre idée de ce qu'il devait faire maintenant, Arthur continua d'invoquer *Haglaz* afin de rester proche du monstre tout en étant hors de portée de ses flammes, de ses crocs ou de sa queue. Pour l'instant, il tenait bon, mais combien de temps cela durerait-il ?

Pour ma part, j'avais bien du mal à contrer la pluie de coups que Torhold faisait pleuvoir sur moi. Ma propre protection se fissurait et mes forces s'effilochaient à mesure que je répliquai avec toute ma puissance disponible. Si je ne trouvai pas rapidement un moyen de venir à bout de lui, j'allais finir en charpie.

Le Sorcier prit le temps d'analyser mon enchantement protecteur et sourit, dévoilant ses belles dents blanches qui m'inquiétèrent rapidement. Puis, il leva la main et concentra son attention sur l'air qui vibra autour de moi. Rapidement, je sentis ma tête tourner et l'oxygène vint à manquer à l'intérieur de ma bulle. Il était en train de m'asphyxier en aspirant en dehors de ma protection tout l'air dont j'avais besoin pour lui tenir tête. Soit je lâchai mon enchantement, soit je mourais en le prolongeant. Le choix fut rapide et j'arrêtai l'invocation en toussant et en cherchant à remplir mes poumons le plus vite possible. Toutefois, je ne fus pas assez rapide à retrouver mes esprits et une nouvelle *lame de glace* me transperça le bras droit alors que j'essayai d'éviter sa trajectoire mortelle. Coincée dans le muscle, elle se brisa tandis que Torhold reculait pour observer son spectacle. Du sang perlait à l'endroit où le pieu entamait ma chair et je pouvais sentir la morsure du froid qui attaquait la plaie et me faisait méchamment souffrir. Un cri déchira mon silence.

— Tu as mal, Merlin ? Imagine ce que je vais faire au gamin quand j'en aurai fini avec toi…

Cette pensée me retourna l'esprit et je fus pris d'un violent éclair de rage qui aveugla mes pensées. Oubliant la douleur, faisant fi de mes membres endoloris et de mon manque de forces, je me tournai vers Torhold et joignis mes mains l'une contre l'autre. Lorsque je les écartai, j'avais matérialisé un faisceau doré qui crépitait d'impatience. Le Sorcier perdit son rire en m'observant et prépara sa protection. Je voyais ses mains briller d'un éclat sombre, il était prêt à riposter. Cependant, il n'avait aucune idée de ce que je m'apprêtais à faire. Je fis mine d'envoyer le faisceau dans sa direction, obligeant mon ennemi à invoquer sa barrière magique. Toutefois, ce lasso n'avait qu'un seul but : attraper l'une des pattes du dragon qui s'acharnait encore et toujours sur Arthur.

L'extrémité s'enroula autour de la queue et cloua l'animal sur place. Je libérai immédiatement l'énergie dévastatrice qui électrisa le dragon des pieds à la tête et l'immobilisa un peu plus. J'avais conscience de ne lui faire aucun dommage physique, mais ce n'était pas non plus ce que je cherchais à faire. Après deux longues secondes où je luttai pour maintenir ma prise, le lasso parvint à briser l'os de la queue du monstre qui tomba sur le sol dans un bruit sourd. Le dragon hurla avant de reprendre son combat contre la protection de mon Initié. Pour ma part, je n'avais plus qu'à tirer sur mon faisceau électrique qui ramena vers moi l'énorme partie de la bête, fendant l'air comme un fouet qui claque. Torhold réagit à ce moment-là en abaissant sa protection et en me visant à l'aide d'une puissante *chaîne de feu*.

Je fus plus rapide que lui et la queue osseuse le percuta de plein fouet en l'électrocutant. Il perdit l'équilibre et recula de quelques pas, enfonçant ses pieds dans la terre meuble. Il posa même un genou à terre qui me fit penser que j'étais en train d'avoir le dessus sur lui, mais son regard me fit comprendre le contraire.

Posant ses mains sur le sol, il invoqua les forces telluriques que je ne maîtrisais pas et commença à réciter une litanie qui fit trembler le champ tout entier, puis la route goudronnée dans notre dos, les voitures et même, j'en étais persuadé, les bateaux amarrés dans le port visible à l'horizon. J'étais incapable de tenir debout, de garder mon équilibre, et je tombai à la renverse sur le dos tandis que la terre continuait à s'ébrouer comme un chien mouillé.

Arthur profita du déséquilibre engendré pour dessiner dans le sol un glyphe qu'il ne connaissait pas, qu'il n'avait jamais étudié ou pensé, mais, en cet instant précis, il avait besoin que son plan fonctionne. Le dragon était tombé sur le dos à cause de son maître et c'était le moment idéal pour essayer de tenter quelque chose. Il traça le *Wyrd* et plaça au centre de son sortilège *Tiwaz*, l'arme, qu'il combina avec *Naudhiz* au-dessus, qui permettait de rendre plus fort, d'aiguiser un sortilège, et *Isa*, la foudre, en dessous. Le monstre était déjà en train de se relever et cracha un jet de fumée qu'il embrasa aussitôt pour évacuer sa mauvaise humeur. Il avait réussi à se stabiliser et il comptait bien mettre fin à la protection de ce minuscule individu qui le tenait en échec depuis de longues minutes. Il abattit une nouvelle fois son crâne massif sur la *bulle protectrice* dont les fissures commençaient à être de plus en plus prononcées, et ses deux orbites vides fixèrent Arthur avec une avidité sans pareille avant de tomber une dernière fois sur cet espace protégé, persuadé de venir à bout du sortilège. Le jeune homme referma sa main droite pour stopper son incantation, posa la gauche sur son glyphe et libéra son flux magique. Aussitôt, une lame électrique, brillant de mille feux, apparut à l'endroit même où sa main avait injecté la magie et elle s'éleva à la rencontre de la gueule pleine de crocs du dragon assoiffé de sang. Il n'y eut pas de cri d'agonie, pas de sentiment de détresse pour l'animal qui ne sentit qu'un souffle chaud sur sa nuque. Une seconde plus tard, le crâne gigantesque tombait sur le sol, inanimé et immobile, le cou fumant et noirci par le sortilège qu'Arthur venait de brillamment réussir. Encore une seconde plus tard, l'intégralité de l'animal tomba en poussière et disparut sous l'effet du vent printanier.

Torhold fut déconcerté par la perte de son dragon et oublia presque de rester concentré sur son enchantement de *tremblement de terre*. Cela me permit de retrouver un semblant d'équilibre et de lui jeter une *chaîne de foudre* qu'il bloqua malgré tout, avant de la retourner contre moi. Sa rage était décuplée et je pouvais voir les traits de son visage déformés par la haine d'avoir vu tomber son animal domestique. J'étais si fier d'Arthur que j'aurais presque pu le crier au monde entier si mon bras ne m'avait pas tant fait souffrir. Incapable de le lever ou même de le bouger rapidement, je n'avais plus que la main gauche pour me défendre et attaquer. Toutefois, il m'était à présent presque impossible de riposter sous la violence de l'enchaînement que me faisait subir Torhold. Je fus d'ailleurs incapable de bloquer certains coups qui m'atteignirent au foie, sous les côtes et au menton. Ce dernier m'envoya même au tapis et je m'aperçus que, une fois de plus, mon ombre me maintenait prisonnier.

Le Sorcier s'apprêtait à en finir avec moi quand je vis son attention être détournée. Mon regard perdu se posa sur une silhouette qui se dessinait à l'entrée du champ, près du bois. Une autre l'accompagnait bravement et elles faisaient face à ce fou dangereux. Une voix me souffla que l'une des personnes avait des cheveux roux flamboyant et je retrouvai immédiatement mes esprits, combattant mon ombre et redressant maladroitement ma carcasse rouillée et courbaturée.

— Partez ! hurlai-je en envoyant sur Torhold un torrent de feu qu'il parvint facilement à contenir entre ses paumes ouvertes.

— Pas question de vous laisser ici, dit Arthur qui m'avait

rejoint et qui déchaînait à présent ses propres pouvoirs contre notre ennemi commun.

— Vous êtes fous de me barrer la route ! vociféra Torhold en absorbant nos deux enchantements combinés dans ses mains. Rejoignez-moi et vivez dans mon Nouveau Monde ! Abandonnez celui-ci qui vous renie !

— Je préférerais mourir que d'être dans un monde que tu aurais créé, répondis-je tandis que Cassandre et Percy nous avaient rejoints et nous soutenaient.

— À ta guise !

Dans un hurlement bestial, le Sorcier relâcha toute la puissance de nos deux sortilèges qu'il avait canalisée en lui et les projeta en une vague de flammes noires qui balaya toute la zone avec la férocité d'un tsunami. J'eus à peine le temps de me jeter sur Cassandre pour la protéger, tirant Percy par la manche pour qu'il se baisse et criant à l'attention d'Arthur afin qu'il se jette à terre. Mon dos fut touché par le brasier qui déchira ma peau et brûla mes muscles par endroits. Je n'arrivai même plus à sentir la douleur que ces blessures m'infligeaient. Mon corps avait subi trop de dommages aujourd'hui et je n'avais plus le moindre espoir de battre Torhold. J'étais à terre, fatigué, et à bout, essayant vainement de protéger la femme que j'aimais. D'un instant à l'autre, l'homme en face de nous allait nous asséner le coup de grâce et il serait impossible de sauver la Terre, les humains et tous les autres Enchanteurs. Et Rose… Personne ne sauverait Rose.

Cette pensée me brisa le cœur et je mis aussitôt la main dans ma besace pour en retirer le poignard en or qui attendait sagement que quelqu'un daigne se servir de lui. Torhold ne comprit que trop tard ce que j'étais en train de faire. L'instant d'après, nous avions tous disparu dans le néant, happé par le dernier sort de transfert qui habitait le coutelas.

Épuisé, je me laissai tomber contre le tapis de feuilles qui recouvrait le sol de cette forêt que j'affectionnai tant, à quelques kilomètres du petit village où j'avais découvert ma condition de mortel. J'avais l'impression qu'une éternité s'était écoulée depuis la dernière fois où j'avais mis les pieds ici. J'aurais voulu courir à l'intérieur de ma tente pour vérifier qu'il n'était rien arrivé à Rose, que mon enchantement tenait le coup et qu'elle allait bien, mais j'étais incapable de me lever. J'étais conscient, blessé, et je savais que la douleur n'allait pas tarder à faire son apparition. Autour de moi, des personnes se bousculaient et se pressaient pour essayer de guérir mes plaies. J'entendais la voix de Percy qui expliquait comment réaliser un sort de soin basique. Toutefois, Arthur était encore sous le choc de son combat avec le dragon et ne semblait pas capable d'emmagasiner de nouvelles connaissances. Il ne parvenait pas à se concentrer et son *eyd* refusait de me venir en aide. Une voix féminine le poussait à réessayer, à tout tenter pour me sauver, mais Arthur était incapable de créer l'enchantement pour la simple et bonne raison qu'il était aussi épuisé que moi. Il avait tout donné et j'étais très fier de lui. C'était un combattant extraordinaire et il n'avait pas flanché face à ce monstre qu'il avait combattu tout seul. Je n'avais en tête aucun Initié qui aurait été capable d'une telle prouesse.

Difficilement, je me retournai vers eux afin qu'ils se taisent et constatent que j'étais encore en vie et qu'il ne fallait pas craindre pour ma santé. Toutefois, je devais être pâle comme la mort et la blessure de mon bras ne paraissait pas belle à voir, si bien que mon mouvement ne fit qu'aggraver leur première impression. Je fermai les yeux un instant.

— Reste tranquille, me commanda délicatement Cassandre. On va trouver un onguent dans ta tente ou une potion de force mystique. Tu en gardes forcément une, non ?

Je fis non de la tête avant d'inspirer profondément. La douleur se réveillait et il était hors de question que je reste allongé dans la forêt pour souffrir sous les yeux de mes compagnons. Je devais vérifier l'état de Rose, savoir si elle allait bien. Ensuite seulement, je pourrais m'allonger un peu et essayer d'oublier mes vilaines blessures.

À peine avais-je tenté de me redresser que Cassandre posa une main ferme sur mon torse et m'en empêcha.

— Où crois-tu aller ?

— Je ne vais pas rester indéfiniment ici, murmurai-je dans un souffle. Laisse-moi voir Rose !

— Elle va bien, me rassura-t-elle. Nous nous sommes occupés d'elle hier soir, quand nous sommes rentrés. Ton enchantement tient le coup.

— Hier soir ?

— Tu es resté inconscient toute la soirée et toute la nuit dernière. J'ai cru, à un moment, que tu ne respirais plus. J'ai eu tellement peur…

Cassandre se mit à pleurer et détourna la tête pour que je ne la voie pas ainsi, triste, apeurée, affaiblie. Je sentais son amertume d'avoir été inutile encore une fois, de n'avoir pas pu me venir en aide. Et, en même temps, se mélangeait une pointe de terreur qui faiblissait petit à petit, mais qui l'avait probablement habitée toute la nuit pendant que j'étais dans le coma. Je remarquai alors qu'elle était assise sur une chaise et que, sous mon corps, ce n'était pas un tapis de feuilles, mais le tissu de mon lit de camp qui me soutenait. On m'y avait déposé pendant la nuit.

— Où sont les garçons ?

— Je leur ai donné mon pinceau pour qu'ils écrivent au conseil, je ne savais pas où tu rangeais le tien. Ils ne devraient plus tarder.

Le pinceau de communication était le seul objet magique capable d'être activé sans le moindre flux. Chaque Magicien nouvellement nommé se voyait en recevoir un lors de sa cérémonie de récompense. Il suffisait alors de tracer les lettres sur n'importe quel support avec n'importe quelle encre et de prononcer le nom de la personne à qui l'on voulait transmettre le message. La seule condition était que le destinataire devait avoir, lui aussi, un pinceau. Ce dernier s'activerait dès que le message aurait entamé sa transmission, sur le support papier le plus proche. Parfois, il m'était arrivé de n'avoir rien sous la main et mon propre pinceau avait parcouru plusieurs kilomètres avant de trouver la moindre feuille vierge. Cela m'avait conduit plus d'une fois à des situations gênantes.

— Que leur as-tu dit d'écrire ?

— La vérité. Le dragon n'est plus, mais Torhold court toujours. Nous avons échoué.

— J'ai échoué, tu veux dire.

— C'était une mission collective. Tu n'es pas le seul responsable.

— Je n'ai pas été capable de venir à bout de ce Sorcier.

— Personne ne le pourrait seul. Tu t'es battu vaillamment ! Tu as permis à Arthur de vaincre le dragon ! Sans toi, rien n'aurait été possible !

— Sans moi, une équipe au complet y serait allée et Torhold ne serait plus une menace à présent.

Il y eut un silence qui se prolongea indéfiniment. Cassandre ne pouvait pas me contredire, car elle savait que j'avais raison. Si je n'avais pas joué à l'Initié avec ma fille, si j'avais accepté de reconnaître son erreur, Rose serait morte, mais rien de tout cela ne serait jamais arrivé. Je payai le prix de mon amour pour elle. Évidemment, je n'étais pas capable de formuler ces mots à haute voix. Alors je me contentai d'observer le tissu qui séparait ma couchette de celle de ma progéniture, installée confortablement depuis de longues années.

Arthur entra en premier dans la tente, un air fatigué sur

le visage. Perceval le suivit et, quand il vit que j'étais revenu à moi, un sourire éclaira ses traits lourds. Les deux hommes ne semblaient pas avoir beaucoup dormi la nuit dernière. Ils méritaient un peu de repos. Une grimace m'obligea à me mordre la langue sous l'effet de la douleur qui se réveillait dans mon dos et mon bras droit. J'avais oublié à quel point il était difficile de ressentir son corps. De plus, je n'avais pas encore suffisamment d'énergie pour refermer mes propres plaies.

— Eleanor a répondu presque aussitôt, annonça Percy sans me regarder directement. Elle est satisfaite qu'il n'y ait pas eu de morts. Elle précise que nous devons nous reposer et qu'elle n'a aucune idée du prochain plan de Torhold.

— Alors nous allons rester ici à attendre ? s'enquit Arthur de mauvaise humeur.

— Tu vas continuer ton apprentissage, lui rappelai-je. Tu commences à peine à apprendre à te servir des glyphes. J'ai vu ce que tu as accompli sur le champ de bataille et c'était parfait. C'était aussi instinctif. Il faut que tu maîtrises les combinaisons rudimentaires avant de pouvoir te lancer dans des expériences magiques. Qui sait ce que tu pourrais déclencher ?

Le jeune homme accepta la critique de bonne grâce, mais ne s'empêcha pas de souffler de dépit. Rester dans ce campement isolé de tout ne paraissait pas le mettre dans un état d'émerveillement. La seule curiosité qui l'intéressait un tant soit peu, c'était la présence de Rose dans la pièce à côté. Je voyais ses yeux se poser régulièrement sur la toile qui nous séparait. Il était déjà allé la voir, j'en étais persuadé.

Quand la nuit tomba, la pluie se déchaîna sur notre campement, cliquetant au-dessus de nos têtes dans un tonnerre incessant et assourdissant. Ayant dormi une bonne partie de la journée, je n'avais pas sommeil et en profitai pour feuilleter les grimoires volés dans la bibliothèque du conseil. Percy ronflait doucement, allongé sur le sol, Arthur dormait à poings fermés sur un matelas pneumatique un peu dégonflé et Cassandre était installée près de moi, la tête contre mon épaule. Je n'avais plus mal à présent, depuis que j'avais eu la force de me lancer un sort de soin, en fin d'après-midi. Mes membres avaient retrouvé une certaine vigueur et je ne ressentais plus la douleur autre part que dans mon biceps droit encore un peu engourdi de s'être fait transpercer. Une telle blessure nécessitait un peu de repos supplémentaire. Toutefois, combien de temps allait nous être accordé entre ce moment de répit et notre prochaine rencontre avec Torhold ? Bien que nous ayons défait son dragon ressuscité, le Sorcier gardait en tête ses projets apocalyptiques. Ces derniers ne tenaient pas debout, pensai-je pour moi-même en tournant une nouvelle page cornée. Il nous avait confié vouloir détruire l'humanité qui tuait la planète sur laquelle nous vivions, quitte à anéantir les Magiciens aussi bien que les êtres normaux. Était-il donc à ce point malade pour ne pas se rendre compte que l'annihilation de l'espèce humaine conduirait à sa propre fin ? S'il n'y avait plus personne sur qui régner, qu'espérait réellement Torhold en appliquant son plan ? Il avait parlé d'une « véritable puissance » qui l'avait libéré de sa prison. Avait-il un complice que nous ne connaissions pas ?

Cassandre se retourna contre moi tandis que j'essayai de traduire le titre d'un nouveau sortilège. Percy et elle avaient terminé de travailler sur leurs tomes pendant ma convalescence et ils étaient tombés d'accord pour admettre qu'ils n'avaient rien trouvé de concret pour rendre à la communauté magique ses pouvoirs. Le seul sortilège, le *briseur de chaînes*, était coincé entre le tiraillement de revoir ma fille vivante et le besoin furieux de la protéger de l'homme démoniaque qui essayait de mettre fin à toute vie sur cette Terre. Par ailleurs, je n'avais aucune certitude quant à son succès et à la possibilité qu'il puise en moi l'énergie dont il avait besoin pour se réaliser. Cet affreux dilemme était une autre des raisons qui m'empêchaient de dormir.

La jeune femme blottit son nez dans l'espace entre mon épaule et mon menton puis murmura :

— Essaie de te reposer. Qui sait ce que nous réserve la journée de demain ?

— Je n'y arrive pas, répondis-je à voix basse. J'aimerais me laisser aller, mais notre échec contre Torhold me hante.

— On ne sait pas où il est, ni quelle sera sa prochaine action. Profites-en pour reprendre des forces !

— Cela sera inutile si je n'ai pas le renfort des autres Enchanteurs… Arthur et moi ne sommes pas assez puissants pour venir à bout de lui.

— Tu veux tenter de réveiller Rose ?

— Pas maintenant, pas cette nuit… Mais peut-être est-ce l'unique solution ?

— Il y en a une autre, objecta Cassandre sans me regarder. On pourrait se servir des mêmes armes que lui…

— Tu veux parler de magie noire ?

— Combattre à armes égales me paraît la meilleure option.

— Et risquer de perdre notre intégrité ? Notre âme ? Torhold se pensait plus fort et plus sage que les autres Magiciens parce qu'il avait osé s'intéresser à ce type de magie. Aujourd'hui, il est persuadé qu'il peut mettre fin à toutes les guerres, décimer la Terre entière et prendre le contrôle des cendres qui en résulteront. Je refuse de courir ce risque.

— Alors tu vas devoir réveiller Rose, quitte à ce que le résultat soit aussi désastreux que celui qui t'empêche de dormir.

Ses paroles ne m'apaisèrent pas, mais le baiser qu'elle me

procura aussitôt après eut tôt fait de m'élever vers des cieux protégés et inatteignables. Je sentis ses mains sur mon torse qui jouaient à tisser des traits imaginaires sur ma peau, l'une de ses jambes s'enroula autour d'une des miennes, et bientôt la jeune femme se hissa sur moi et colla son bassin contre le mien. Elle me regarda avec tendresse et m'embrassa à nouveau. Dans ses iris, je lus des sentiments que j'avais parfois oublié, des émotions gâchées avec lesquelles je m'étais permis de jouer. Une étincelle de désir habitait ses pupilles, abritée par l'eau de ses larmes prêtes à éteindre l'incendie en train de gagner ses reins et son corps tout entier. J'aurais voulu lui faire l'amour, là, maintenant, malgré la présence de nos deux compagnons, mais je savais que Cassandre ne voulait pas de cela. Elle voulait profiter de nos sens, de nos peaux collées l'une à l'autre dans le silence de la nuit, sans personne pour nous interrompre, afin de me regarder, de m'observer comme si c'était la dernière fois que nous nous voyions. Ses baisers étaient brûlants, le goût de ses lèvres, sucré, je perdis toute notion du temps à force de contempler son corps, ses cheveux, ses yeux… J'aurais donné n'importe quoi pour arrêter le temps, cette nuit-là.

Chapitre 19

Quatre jours. C'est la durée du répit qui nous avait été accordé et pendant lequel nous avions patienté, ensemble, au milieu de ces bois denses et amicaux. J'avais repris en main l'entraînement de mon Initié qui semblait avoir énormément progressé par lui-même ces derniers temps. Si je n'avais plus aucun doute quant à sa capacité à retenir les formes des runes, leurs noms et leurs pouvoirs, j'avais tout de même de bonnes raisons de croire qu'il était trop impatient. Fort de son exploit contre le dragon grâce à son glyphe, Arthur pensait pouvoir mélanger toutes les runes entre elles sans danger et croyait avoir devant lui une multitude de combinaisons aux pouvoirs illimités. Cependant, quand son premier glyphe se perdit dans la nature sans le moindre effet escompté, le jeune homme commença à comprendre que l'étude des sortilèges aux multiples runes demandait un certain apprentissage et une concentration à toute épreuve.

— Je suppose que tu n'as jamais entendu parler de magie entropique, aussi appelée magie du chaos ? lui avais-je demandé après cet échec cuisant.

— C'est un autre domaine d'études ?

— Absolument pas ! C'est la pire chose qu'il puisse t'arriver lorsque tu utilises tes dons dans le monde extérieur.

— C'est extrêmement rare, m'avait contredit Percy qui

avait le nez plongé dans le dernier grimoire volé. Je n'ai entendu parler que de deux sortilèges entropiques en mille ans.

— C'est suffisamment dévastateur pour qu'on s'y intéresse, l'avais-je coupé avec fermeté. Que crois-tu qu'il se serait produit si le glyphe d'Arthur avait dévié de sa fonction ?

— La chance joue un sacré rôle dans ce genre de cas, avait fait remarquer Cassandre.

— Bon… Je vois que mes collègues n'accordent pas autant d'attention aux risques de chaos que moi. Néanmoins, je vais quand même te mettre en garde. La magie entropique correspond à l'échec d'un enchantement lancé un peu trop précipitamment. Tu souhaites invoquer une *chaîne de feu*, comme à tes débuts, et tu n'es pas suffisamment concentré, tu penses à ce que tu vas manger le soir, à tes copains qui t'attendent dans le bar d'à côté et le sortilège rate. Mais il ne rate pas simplement en n'ayant aucun effet visible, il dévie, il mute et se transforme en quelque chose de parfaitement incontrôlable et destructeur. Le dernier en date était un enchantement de consolidation, pendant la construction de la maison d'un Mage et il a provoqué un sortilège de *souffle du dragon*.

— Le souffle qui peut détruire une ville ? s'était étonné Arthur en riant.

— Exactement. Je peux t'affirmer que son village natal a été rayé de la carte. D'après les rumeurs, les humains ont parlé entre eux d'une tempête d'une extrême violence, inattendue et imprévisible, qui aurait fait plusieurs centaines de morts. Nous ne sommes pas nombreux à connaître la véritable raison de ce massacre.

— Qu'est-il advenu du Mage en question ?

— Pulvérisé par son propre sortilège, avait raconté Perceval. On n'en a retrouvé que des petits bouts, éparpillés aux quatre coins de l'explosion. Mais cette histoire date déjà de plus de cinq cents ans ! Nous sommes tous formés pour éviter ce genre d'accidents.

— Grâce à vos Maîtres qui vous ont appris à rester concentrés quelle que soit la situation dans laquelle vous vous trouvez. Arthur aurait pu créer quelque chose d'affreux en ratant son glyphe, tout à l'heure.

— Je ferai plus attention la prochaine fois, avait promis ce dernier.

— Il vaudrait mieux. Et pour être certain que tu sois plus attentif, je vais te donner la liste des combinaisons les plus élémentaires et les plus pratiques à connaître en cas de besoin. Nous travaillerons chacune d'entre elles, tous les jours, jusqu'à ce que nous ayons la possibilité de les exploiter sur le terrain.

J'avais pris un bout de papier vierge dans l'un de mes grimoires et déchiré la page pour commencer à noter des glyphes simples et basiques à transmettre à mon apprenti. Certains étaient assez logiques comme le *souffle de feu* que j'avais invoqué pendant mon combat avec Torhold en mêlant le feu et le vent, mais d'autres, comme le *soin des blessures mineures*, ne coulaient pas de source. Il était important de donner à Arthur les clés qui lui permettraient d'appréhender la logique de la magie afin qu'il puisse s'entraîner seul et faire ses propres découvertes par la suite.

Nous avions un peu discuté tous les deux, de la pertinence de certains enchantements, argumentant sur l'utilisation d'une rune à la place d'une autre. Nous avions aussi parlé de la préparation des mixtures, la façon de reconnaître les herbes dans la nature, de trouver les ingrédients les plus rares ou les plus chers. Et pendant quelques jours, nous avions eu l'impression que nous étions simplement redevenus un enseignant et un élève, oubliant la menace qui planait au-dessus de nos têtes telle une épée de Damoclès effilée.

Arthur était appliqué, attentif et volontaire, des qualités qui avaient parfois manqué à mes deux précédents Initiés, surtout à Rose qui n'avait eu de cesse de contester mes enseignements. Je me reconnaissais chez ce jeune homme qui voulait prouver sa valeur, prouver qu'il avait les épaules suffisamment solides pour encaisser une telle masse de savoir en si peu de temps. Qu'il pouvait également s'en servir pour améliorer ses compétences en magie et ses facultés de concentration. Il travaillait sans relâche, depuis l'aube levée et ce jusqu'à la nuit, je n'avais jamais rencontré d'élève plus appliqué.

Il subsistait une légère frustration de sa part dès qu'Arthur montrait des signes visibles trahissant son intérêt pour des matières trop compliquées des arcanes. Trop complexes pour lui, mais aussi trop dangereuses à étudier ou à maîtriser après si peu de temps passé dans notre univers. Je devais donc parfois ramener le jeune homme à l'ordre et lui rappeler qu'il ne devait pas brûler les étapes. Simplement accepter qu'il existait un ordre immuable à comprendre pour apprivoiser les forces magiques sans brûler la moindre étape.

Tout ceci se déroulait sous l'œil attentif de Cassandre et le regard amusé de Percy. Ce dernier montrait un franc intérêt pour la formation de mon Initié et ne cessait de lui apporter des conseils pratiques lui permettant de relier mes savoirs théoriques à des cas concrets. C'était une manière comme une autre de rendre notre travail moins rébarbatif et plus facile à appréhender.

Quant à Cassandre, sans se montrer distante, elle savait observer nos échanges sans s'en mêler, ajoutant simplement quelques détails ici ou là lorsqu'elle semblait penser que j'oubliais de les mentionner. Cela nous mena à plusieurs querelles enfantines qui soudèrent l'amitié complice entre Perceval et Arthur, spectateurs de nos taquineries. Les deux garçons profitaient pleinement de nos soirées de débat au coin du feu chaque fois qu'elles avaient lieu.

Si bien que toute cette atmosphère chaleureuse avait

contribué à créer une véritable paix surnaturelle dans ce contexte si particulier d'interminable attente. Nous n'étions presque plus hantés par le terrifiant et imminent assaut du Sorcier, mais simplement regroupés autour d'une discipline commune que nous étudiions tous ensemble.

Au soir du quatrième jour sans nouvelle du conseil ou de Torhold, le dîner fut très sympathique. Dans la matinée, j'avais pris la décision de faire découvrir au reste du groupe le village voisin qui me fournissait tout ce dont j'avais besoin pendant le reste de l'année. La plupart des commerçants me connaissaient et m'appelaient par mon prénom depuis très longtemps. Il faut dire que je passais difficilement inaperçu avec ma cape et ma besace. Le maraîcher du coin nous avait offert un panier de fruits, heureux de me revoir après plusieurs semaines d'absence, et la fromagère nous avait fait une dégustation de ses dernières entrées en vitrine pour la même raison. J'avais fait visiter à mes trois compagnons la vieille église de la ville qui avait près de six cents ans et dont une bonne partie du toit tombait en ruines. Je leur avais également montré une fontaine aux bords usés et crasseux qui, autrefois, avait la particularité de donner l'eau la plus pure qui soit.

— Et pour cause, l'eau était enchantée. À sa source vivait une sirène qui s'appelait Camélia. Elle s'était égarée et avait perdu le chemin de l'océan pendant une tempête. Jeune et naïve, elle n'avait pas encore développé le goût de la chair humaine comme ses sœurs, et elle avait trouvé refuge dans une nappe phréatique où beaucoup de poissons vivaient en paix, lui assurant une nourriture abondante et un abri serein. Elle y a vécu pendant plusieurs dizaines d'années et sa présence dans l'eau rendait celle-ci si fraîche et douce que les gens du coin faisaient des kilomètres juste pour un verre de la fontaine aux vertus magiques. Certains disaient que l'eau guérissait les plaies, d'autres qu'elle rendait plus jeune et vigoureux. Mais un jour, il y a un peu moins de trente ans, des personnes malveillantes ont enterré des déchets toxiques sur un terrain abandonné, non loin d'ici. Ils se sont répandus dans le sol, la pierre, et se sont infiltrés jusqu'à la nappe où vivait Camélia. Elle a essayé de s'enfuir quand elle a compris que l'eau deviendrait très vite la cause de sa mort, mais elle avait perdu le chemin de la sortie. Piégée, elle s'est laissée mourir dans les tréfonds de sa caverne. Le jour même où elle a disparu, la fontaine a cessé de donner de l'eau. Est-ce sa mort ou les déchets qui ont provoqué cette coupure, je n'en sais rien. Quoi qu'il en soit, plus personne n'a touché à une goutte de cette eau magique depuis des années et la fontaine est restée à l'abandon. Les gens du coin attendent le jour où de l'eau jaillira de nouveau pour la restaurer.

Arthur et Percy m'avaient écouté avec passion alors que Cassandre connaissait déjà cette histoire. À vrai dire, elle la connaissait car nous avions tous les deux rencontré Camélia quelques années avant sa mort. La présence d'une créature magique non hostile dans la région était une aubaine pour nous depuis que Rose avait raté son sortilège et le fait que la sirène rende l'eau de la région enchantée nous avait fait croire que nous pourrions utiliser un peu de sa magie pour en faire ressurgir chez Cassandre. Nous avions trouvé l'entrée de la nappe et nous avions beaucoup parlé avec la sirène qui paraissait partante pour nous aider. Malheureusement, nous n'avions jamais réussi à insuffler un peu de pouvoirs à ma compagne qui s'était rapidement braquée et avait choisi de ne pas remettre les pieds dans cette région du monde.

Après leur avoir raconté toutes les anecdotes que je connaissais sur ce coin perdu, j'avais estimé qu'il était temps de retourner au camp avant la tombée de la nuit pour prendre un repas chaud et nous coucher tôt. J'avais prévu, pour le lendemain, une sortie en forêt pour Arthur et moi afin qu'il s'entraîne à reconnaître les herbes médicinales les plus courantes. De plus, cela me permettait de le tenir à l'écart de Percy et Cassandre pendant que ces derniers faisaient le point sur leurs différentes lectures des grimoires de magie noire. D'après ce que j'avais compris, ni l'un ni l'autre n'avait fait de grandes découvertes, mais ils tenaient à mettre en commun leurs trouvailles. Peut-être qu'une idée inédite émergerait de cette concertation ?

Nous avions acheté un beau rôti de bœuf pour quatre personnes ainsi qu'une large portion de pommes de terre sautées cuites dans la graisse de l'animal. C'était un repas riche, consistant, qui nous permettrait d'être en forme pour toute la journée à venir.

Pendant le repas, nous avions ri et nous nous étions raconté tour à tour des anecdotes amusantes sur notre passé. J'avais appris, par exemple, qu'Arthur avait fait la cour à une demoiselle au lycée en jouant du violon sous ses fenêtres, au beau milieu de la nuit. Le problème avait été qu'il s'était trompé d'angle et avait déclamé sa flamme à son grand frère visiblement charmé par cette douce attention. Percy, lui, nous avait avoué qu'il avait été élevé par sa grand-mère, une femme stricte et autoritaire, qui avait laissé sur son lit de mort un testament écrit à l'arraché. À l'intérieur, pas une seule fois, elle ne le mentionnait sous son exact patronyme : elle l'avait appelé Parcy, Précival et Percicouette ce qui avait provoqué un fou rire incontrôlable chez le jeune homme lorsqu'il avait découvert la lettre sur le cadavre de sa grand-mère, en présence d'oncles et de tantes mortifiés et outrés d'avoir à subir son comportement désinvolte. Quant à Cassandre, elle avait préféré simplement écouter sans donner plus de détails sur sa vie d'avant. J'en connaissais suffisamment sur elle pour savoir que son enfance n'avait pas été des plus faciles et il était compliqué de trouver une anecdote amusante à raconter quand on avait un père qui vous frappait à longueur de journée.

Pour ma part, je leur avais raconté la nuit où Rose, du haut de ses quatre ans, était persuadée d'avoir terrassé le monstre caché sous son lit, au beau milieu de la nuit, à l'aide d'une rune enchantée qu'elle avait inventée. Elle avait ainsi passé le reste de la nuit à me vanter ses exploits, m'empêchant de dormir alors qu'une rude journée m'attendait le lendemain. Ce souvenir m'avait donné une brusque envie de me trouver auprès d'elle et de la regarder, apaisée. Je n'en avais rien fait, malgré tout, et j'avais terminé mon repas en compagnie de mes amis.

Lorsque tout le monde fut couché, je pris un temps raisonnablement long pour mettre quelques affaires en ordre afin de permettre à mes trois compagnons de tomber dans le sommeil. Depuis que nous étions revenus dans mon campement, j'étais allé voir ma fille une ou deux fois afin de m'assurer qu'elle allait bien et qu'elle ne manquait de rien, mais, après ce soir, je m'étais rendu compte que je n'avais pas pris le temps de lui parler, de rester à son chevet à lui murmurer mes idées, mes projets et mon envie folle de tout partager avec elle. Je n'avais pas honte d'agir ainsi en présence des autres, cependant, j'estimai qu'avoir un minimum d'intimité était ce que je pouvais lui offrir de mieux. Pendant quelques minutes, sous cette tente, il n'y aurait plus que nous.

Je pris un tabouret et m'assis à côté de son corps tiède et immobile. Ses longs cheveux blonds semblaient un peu plus ternes qu'auparavant et sa peau plus pâle. Je la regardai ainsi pendant une minute en priant pour qu'elle ouvre les yeux, mais je savais que c'était parfaitement impossible. Alors, je me mis à lui raconter les derniers événements qui s'étaient produits pendant mon absence : comment j'avais trouvé Arthur alors que mes espoirs de voir les Magiciens renaître étaient éteints, sa brillante présentation devant les Sages et sa nomination d'Initié, mes retrouvailles avec Cassandre, la rencontre avec Torhold, mes inquiétudes et mes questions au sujet de ce dernier… Cela me fit un bien fou de parler tout ce temps à l'oreille de Rose. Par moments, j'avais l'impression qu'elle bougeait les yeux derrière ses paupières closes, mais c'était simplement le reflet de mon imagination, mêlé à une obscurité presque totale, qui espérait ardemment voir ma fille se réveiller.

Finalement, je sentis le sommeil me gagner et pensai qu'il était temps de me mettre au lit également. J'embrassai tendrement le front de ma fille avant de partir me glisser dans mon sac de couchage. Une légère décharge électrique me chatouilla la lèvre inférieure. Je la grattai machinalement et m'allongeai. Je m'endormis presque aussitôt.

L'endroit dans lequel je me trouvai lorsque j'ouvris les yeux était sombre et froid. L'atmosphère baignait d'une lueur jaune, lointaine et tremblante alors que tout le reste du décor autour de moi était plongé dans l'obscurité. Mon souffle se transforma en buée quand j'expirai et mes mains furent rapidement engourdies par la basse température de ce lieu étrange.

À côté de moi, il y avait un banc d'église en bois sombre, vide. Je levai les yeux vers le ciel et découvris aussitôt des vitraux sales, noircis et obscurcis par une fumée qui brouillait ma vision. Je pris le temps de respirer calmement pour ne pas céder à la peur qui entamait sa course vers mon cœur. Il ne semblait y avoir aucun danger pour le moment.

Quand mes yeux se posèrent à nouveau sur le banc, j'aperçus la silhouette d'une jeune femme à genoux, les mains jointes et le regard tourné vers un crucifix imposant, en or, posé sur un autel richement décoré. Je m'approchai de la demoiselle et reconnus très vite la personne que j'avais devant moi.

— Rose ?

Ma fille se tourna vers moi et posa un doigt sur ses lèvres

avant de se lever. Elle s'approcha et passa devant moi en me faisant signe de la suivre. Je lui obéis instantanément alors que j'avais des dizaines de questions qui me venaient à l'esprit. Nous marchâmes sur un sol dallé de noir et de blanc, passant devant de nouvelles rangées de bancs d'église soigneusement alignés. En revanche, nous ne croisâmes personne. Le seul bruit venant troubler la quiétude de l'endroit était le son des pas de Rose qui se répercutaient en écho contre les murs de pierre.

Nous arrivâmes non loin de l'autel et, derrière celui-ci, j'entendis une voix s'élever. Sombre et tranchante, j'avais le sentiment qu'un danger nous guettait et qu'il fallait partir le plus vite possible. Toutefois, ma fille m'indiqua un point un peu plus loin et me pria de ne pas faire de bruit. Je fis quelques pas et me trouvai dans le dos d'un homme à la cape dorée, la peau hâlée et la carrure d'un athlète. Torhold murmurait des paroles incompréhensibles face à six prêtres ligotés et terrorisés. Ils étaient suspendus au-dessus d'un glyphe qui m'était inconnu et la plupart d'entre eux regardaient le Sorcier avec effroi. Un seul récitait des prières, puisant courageusement dans sa foi pour se persuader que quelqu'un allait les secourir.

Finalement, une autre voix s'éleva, derrière trois marches de marbre. Je fis un effort pour voir au-delà des prisonniers et découvris Arthur, allongé sur le sol dallé, le visage tuméfié et les mains dans le dos. Il avait du mal à respirer et paraissait souffrir d'un récent affrontement.

— Merlin vous arrêtera ! cria-t-il à son tortionnaire.

— C'est trop tard, répondit simplement Torhold sans lever les yeux de son enchantement. Tout est déjà en place. Un sortilège de sommeil parfait, un sort de masse. Vois-tu, j'ai la délicatesse de tuer tous ces gens en les endormant à tout jamais. Tu pourrais au moins te montrer un peu reconnaissant. Beaucoup mériteraient de souffrir…

— Vous voulez régner sur une planète déserte ? se moqua

Arthur. C'est pitoyable !

— Elle ne sera pas déserte. Ce glyphe est parfait, car il sélectionne les êtres ayant la plus forte capacité à rénover notre Terre, à la secourir. Ces personnes ne seront pas affectées par le sortilège et verront simplement les autres mourir doucement, sans douleur. Nous allons redonner à la planète sa gloire d'autrefois, quand les humains n'étaient pas encore capables de la détruire.

— Et vous pensez que vous serez accueilli en héros quand les gens sauront ce que vous leur avez fait subir ? Quand ils apprendront que c'est de votre faute s'ils ont vu leurs familles et leurs amis mourir à petit feu sans être capables de les réveiller ? Ils vous maudiront !

— Je me moque de l'amour des humains ou des autres Enchanteurs ! répliqua Torhold avant de frapper Arthur d'un geste de la main. Tout ce qui compte c'est d'arriver à mes fins et rendre la planète saine de tous ses abjects termites qui la rongent. Tu penses trop à l'amour, car ta femme habite encore tes pensées. Tu aimerais pouvoir la faire revenir vers toi, lui rendre cet amour qu'elle a perdu. Ton cœur la croit partie à tout jamais, mais ta tête espère encore. Merlin t'a sans doute dit que la magie ne créait pas l'amour. C'est un odieux mensonge ! La magie n'a aucune limite. Si tu étais enclin à venir à mes côtés, je pourrais t'apprendre à manipuler ces forces qui t'entourent tout en restant invisibles tant que tu n'auras pas ouvert tous tes sens à la magie. Tu pourrais m'aider à reconstruire ce monde en y insufflant l'amour dont il a besoin. Tu pourrais y retrouver ta femme. Pourquoi crois-tu que je te garde en vie ? Tu pourrais m'être utile ! Je sens un puissant potentiel en toi…

À mon grand désarroi, Arthur ne répondit rien à ces paroles venimeuses. J'avais l'impression d'entendre un serpent parler et une voix, au fond de moi, me murmurait que le ver venait d'entrer dans la pomme. Toutefois, je refusai d'y croire. J'allais me précipiter sur Torhold afin de secourir mon Initié, mais la main de Rose se posa sur mon épaule et m'incita à regarder la suite.

Le Sorcier marmonna encore quelques paroles et le glyphe s'anima d'une lueur sombre et inquiétante. La lumière grimpa le long des colonnes de l'église et vint s'accrocher aux chevilles des prêtres qui se mirent à hurler de douleur. Gesticulant et se tordant sur eux-mêmes, les hommes étaient en pleine agonie et une force semblait les aspirer de l'intérieur, les vidant de leur substance. Leurs peaux se boursouflèrent, leurs yeux fondirent dans leurs orbites et leurs corps se rétractèrent sur eux-mêmes. Bientôt, les cris se turent et le glyphe miroita d'un éclat puissant dans tout le bâtiment, révélant une magnifique rosace que je reconnus aussitôt. Torhold, possédé par son sortilège, avait fini par se retourner et me fixait de ses yeux devenus rouges. Il dévoila un sourire terrifiant et leva la main vers moi. Dans mon dos, Rose se colla contre ma peau et me caressa le visage. Je clos mes paupières à son contact. En les rouvrant, j'étais de retour au campement, dans mon lit, trempé de sueur et essoufflé.

Chapitre 20

Sans perdre une seconde, je sortis de mon sac de couchage et me précipitai sur le corps de ma fille. Je la trouvai toujours aussi immobile que lorsque je l'avais laissée. Elle respirait doucement et ne semblait pas perturbée ou inquiète. Mon deuxième réflexe fut alors de voir si Arthur était bien présent, sur son matelas pneumatique. En effet, il dormait profondément et ne se rendait compte de rien. Pourtant, il était au cœur de ce rêve qui venait de m'habiter. Il était seul face au Sorcier, il assistait à son triomphe, à son moment de gloire, complètement impuissant. Pire encore, les paroles de Torhold résonnaient encore en moi comme un glas sinistre. « Tu pourrais m'aider à reconstruire ce monde… Tu pourrais y retrouver ta femme ». Pourquoi lui faire miroiter un espoir impossible autrement que pour le tromper ?

Je ne parvenais pas à me calmer et commençai à faire les cent pas dans le camp. Avais-je été victime d'un mauvais rêve ou bien était-ce une réelle vision d'un avenir angoissant dans lequel je laissai mon Initié aller seul au combat ? Devais-je y voir un avertissement ou n'était-ce qu'un reflet de mon âme tourmentée ? Je pensai prendre mon pinceau et en toucher quelques mots à Eleanor qui aurait peut-être eu une explication, mais le fait de devoir retracer mon rêve par écrit me rendait déjà fébrile. Il n'y avait qu'une seule solution : réveiller tout le monde et leur avouer ce que j'avais vu.

Ne prenant aucune pincette, je secouai chaque membre

endormi avec vigueur et attendis qu'ils émergent pour m'adresser à eux. Percy était presque au garde-à-vous et Arthur grognait, visiblement de très mauvaise humeur. Seule Cassandre sembla se rendre compte que quelque chose n'allait pas. Elle m'observa avec attention et sortit immédiatement de son lit pour me rejoindre et me prendre la main.

— Que se passe-t-il ? me demanda-t-elle à mi-voix.

— J'ai fait un rêve, commençai-je sans vraiment savoir comment j'allais aborder la suite du problème.

— Vous auriez peut-être pu attendre demain matin pour nous le raconter, marmonna Arthur en se frottant les yeux et en baillant.

— Ça ne peut pas attendre ! J'ai vu Torhold, au beau milieu de la cathédrale Notre-Dame, à Paris. Il avait ligoté des prêtres et s'apprêtait à les offrir en sacrifice à un sortilège que je ne connais pas. Arthur, tu étais là toi aussi, seul, immobile, et tu le voyais accomplir son rituel. Il a tué les prêtres pour alimenter son glyphe, un sort de sommeil de masse d'après ce qu'il disait. J'ai l'impression que c'était une vision du futur, mais je ne comprends pas pourquoi tu es seul là-bas, pourquoi ni Cassandre ni Percy ne t'ont accompagné, pourquoi je n'y suis pas alors que tu parles de moi et que tu menaces Torhold à mon sujet… Je suis perdu. Auriez-vous une explication plausible ?

J'avais volontairement omis de parler de Rose qui m'avait guidé à travers ce périple nocturne. Je voyais déjà sur leurs visages qu'ils me prenaient pour un dément, il était hors de question que je leur donne un argument de plus allant dans ce sens.

— Un cauchemar ? proposa Arthur sans conviction.

— Non, c'était bien trop réel pour être le fruit de mon imagination.

— Tu ne crois pas dans l'hypothèse de la vision ? me

demanda Cassandre.

— Il faut un enchantement pour voir l'avenir et, aux dernières nouvelles, je ne lance pas de sorts en dormant.

— Je pense que Cassandre est la plus proche de la vérité, dit Perceval d'une voix timide. Elle parle d'hypothèse et je pense que c'est ce qu'il faut y voir. Le Mage Edmund le Clairvoyant écrivait dans ses mémoires qu'il était devenu si sensible aux chemins de l'avenir qu'il entrevoyait plusieurs futurs d'une même situation pendant la même nuit. Au petit matin, il devait démêler le vrai du faux, le probable de l'improbable. Vous êtes peut-être dans ce cas de figure, Maître. Vous avez entrevu une des possibilités qui pourrait arriver dans les jours à venir.

— Comment vérifier ton explication ? Tu as une idée ?

— Un enchantement de voyance en se concentrant sur Torhold ou sur Notre-Dame. J'aurais tendance à choisir Notre-Dame, car c'est un monument qui ne vit pas, ne pense pas et ne bouge pas. Torhold pourrait changer ses plans en permanence pour nous perdre sur de fausses pistes. Peut-être même pense-t-il que nous avons déjà eu recours à de telles pratiques. Bien sûr, il faudra interpréter les images avec parcimonie, mais ça peut déjà nous donner une piste.

J'acquiesçai. C'était l'idée la moins saugrenue de cette nuit et peut-être que cela pourrait me rassurer suffisamment pour établir une stratégie de combat envers le Sorcier.

Je fis de la place sur ma table de travail et traçai sur un papier un glyphe mêlant *Perthro*, la divination, avec *Eiwhaz*, le temps, placé au-dessus du premier. Orientant mes pensées vers le plus célèbre lieu de culte du monde alors que je libérai mon flux magique dans l'enchantement, je vis la pénombre de la nuit se renforcer autour de nous tandis qu'une image apparaissait : un feu, gigantesque, dévorant la toiture de l'édifice, grimpant le long de l'aiguille de la cathédrale et courant jusqu'aux deux tours du bâtiment était en train de le réduire en cendres. Des vitraux avaient explosé, des morceaux de charpente tombaient en miettes sur des passants qui essayaient de se mettre à l'abri. Des pompiers humains essayaient d'utiliser des lances à eau, mais aucune goutte ne parvenait à franchir le mur de flammes devenu si ardent qu'il évaporait tous les liquides. Je ne pus en supporter plus et arrêtai l'afflux de magie dans ma paume. La vision s'effaça et nous nous retrouvâmes tous les quatre au centre de la tente sans savoir quoi dire. Je pouvais lire les expressions horrifiées de chacun.

— Il va se passer quelque chose à Paris, affirma Arthur. Maintenant, on en est sûrs ! On ne connaît peut-être pas les détails ni les conséquences, mais ça colle avec votre rêve.

— Je ne vois pas en quoi c'est une bonne nouvelle, rétorquai-je à mi-voix.

— Nous avons une longueur d'avance, cette fois ! Nous savons où il faut frapper avant que Torhold ne mette à exécution son plan. La dernière fois, nous avons attendu que le dragon débarque pour agir. Ne commettons pas cette erreur à nouveau.

— Ta fougue fait plaisir à voir, Arthur. Mais, au cas où tu l'aurais oublié, nous avons perdu à chaque fois que nous avons rencontré le Sorcier. Nous n'avons pas la force de frappe suffisante pour le vaincre.

— Alors je ne vois qu'une seule solution : il faut réveiller votre fille avec le *Briseur de chaînes*. On annule son mauvais enchantement, on rend la magie à tout le monde et on part tous ensemble lui régler son compte.

— Il y a trop d'enjeux et trop de questions en suspens. Nous n'avons aucune idée de ce qui va se passer si on lance le sortilège. Imagine que Rose soit redevenue mortelle elle aussi et qu'elle vieillisse instantanément. Imagine que le *Briseur de chaînes* ne fonctionne pas correctement et n'annule pas sa tentative de donner de la magie à tout le monde. Imagine que le choc du réveil la tue… Crois-tu que je pourrais vivre avec la mort de ma fille sur la conscience ?

— On en est plus là, Merlin ! hurla Arthur dans le silence de la nuit. On arrive à un moment où nous devons tous prendre des risques et surtout nos responsabilités. Vous vous inquiétez pour votre fille, mais bientôt, vous allez avoir l'occasion de vous inquiéter pour le monde entier ! Vous n'allez quand même pas vous arrêter à des considérations égoïstes alors que toute l'humanité a besoin de vous ?

Je ne répondis rien. Je savais que mon Initié avait raison sur le fond et qu'il prononçait simplement les paroles que je devais entendre pour me mettre au travail et réveiller ma fille. Toutefois, je savais que je n'avais pas envie de prendre le risque de réveiller Rose. Son retour en ce monde, même s'il se passait bien, serait marqué par la tentative de génocide de Torhold et elle arriverait parmi nous au milieu d'un chaos sans nom que je ne pouvais me résoudre à lui offrir. Endormie et protégée, elle ne risquait rien dans son lit, sous cette couverture polaire.

— Je suis un père avant tout, dis-je en soutenant le regard d'Arthur. J'ai conscience que les gens ont besoin de moi, qu'ils ont besoin de nous. Mais je ne peux pas risquer la vie de Rose !

— Alors vous êtes bien le lâche que la communauté tout entière montre du doigt, cracha le jeune homme. Je refusai de croire ce qui se dit sur vous au conseil, j'étais fier d'avoir choisi cette vie à vos côtés plutôt que mon confort pépère et bourgeois où je me perdais. Et tout ça pour quoi ? Pour vous voir abandonner face à l'adversité ? Vous me dégoûtez… Je vous croyais courageux, mais en fait, vous ne valez pas le coup. Je n'ai plus rien à faire avec vous !

Arthur fit volte-face et récupéra quelques affaires sur son lit qu'il fourra dans un sac de transport. Il fit rapidement le tour de la pièce tandis que Percy et Cassandre l'observaient sans savoir quoi faire. Cette dernière me prit le bras et exerça une légère pression pour me ramener à la réalité.

— Arthur ne pense pas ce qu'il dit, murmura-t-elle. Il est sous le choc et il voudrait aider tout le monde. Je crois d'ailleurs qu'il a raison sur un point : tu dois réveiller Rose. Nous n'avons plus d'autres alternatives. Tu l'as dit toi-même, nous ne pourrons vaincre Torhold qu'à plusieurs. Ce sortilège est le seul qui peut nous sauver.

— « Qui peut », seulement. Devrais-je risquer de perdre la personne la plus chère à mes yeux pour une possibilité ?

— Nous n'avons plus le luxe de nous poser cette question.

— C'est facile à dire pour toi, rétorquai-je énervé. Tu n'attends qu'une seule chose : retrouver tes pouvoirs et redevenir la Magicienne Cassandre, celle qui a tant à faire et tant à prouver !

— Ce que tu dis est injuste. Je ne cherche qu'à t'aider !

— En voulant sacrifier ma fille sur l'autel de tes espoirs ? Tu crois que je n'ai pas compris que sa vie ne t'importait pas ? Tu es aussi égoïste que moi dans cette affaire. Une opportuniste qui n'a fait qu'attendre le bon moment pour tenter sa chance. Je refuse de réveiller Rose, voilà !

Cassandre parut ne pas trouver les mots pour répondre à ma verve et resta stoïque quelques instants, pendant lesquels elle me dévisagea. Ses yeux trahissaient sa souffrance, mais également de la colère à mon égard. Justifiée, sans doute, mais elle n'avait que ce qu'elle méritait. Je savais qu'elle attendait ce jour avec impatience, celui où je n'aurais plus d'autres choix que de tout tenter pour rendre aux Magiciens leurs pouvoirs. Elle était prête à me faire perdre ma fille pour son bonheur. Mon sang bouillonnait dans mes veines quand elle se détourna pour faire ses bagages elle aussi. Je ne pouvais pas m'empêcher de penser qu'elle se jouait de moi et pourtant, une lueur dans mon crâne me soufflait que mes mots n'étaient pas fondés et que je devrais chercher à m'excuser auprès d'elle.

Je refusai d'écouter cette voix et fis face à mes deux anciens compagnons qui étaient prêts à partir.

— Comment allez-vous vous déplacer ? leur demandai-je.

— Arthur sait pratiquer les sorts de transfert, répondit Cassandre d'un ton cassant. Nous partons pour Paris.

— Emmenez Percy avec vous, dis-je aussitôt.

Ce dernier me regarda avec effroi, ne comprenant pas pourquoi je le reniai lui aussi et faillit se rebeller jusqu'à ce qu'il croise mes iris froids et déterminés. Il était hors de question que quiconque reste avec moi cette nuit.

— Tu seras plus utile à leurs côtés qu'aux miens, ajoutai-je avec plus de tendresse que je ne l'aurais voulu.

— Donc tu ne viens pas et tu refuses de réveiller ta fille ? conclut Cassandre alors que Perceval se joignait à leur groupe. Tu n'as pas l'impression que cela répond à tes questions concernant ta vision ?

— Vous en saurez plus que moi une fois sur place. Et si vous n'êtes pas trop idiots, vous ne chercherez pas le combat et vous vous enfuirez. Je ne pourrai rien pour vous si vous cherchez la bagarre avec Torhold.

— Si c'est vraiment ce que tu crois, alors nous n'avons plus rien à nous dire.

Cassandre fit signe du menton à Arthur et celui-ci activa son enchantement sans même me jeter un dernier regard. Ils disparurent dans un bruit de bourrasque et, la seconde d'après, j'étais de nouveau seul dans le plus grand des silences.

Épuisé, je me sentais vide à l'intérieur et je n'avais plus la force de rester debout. Je m'assis sur le tabouret à côté du lit de Rose et la regardai dormir à nouveau sans vraiment savoir quoi faire. J'étais à présent seul face à ma conscience et à mes responsabilités. J'avais en tête l'illusion qu'Arthur renoncerait au combat, qu'il choisirait la voie de la sagesse et qu'il fuirait dans l'espoir de trouver un plan plus approprié, mais ce n'était qu'une vaste blague. Ce jeune homme était aussi ardent d'en découdre qu'un feu de forêt au mois d'août. Peu importait pour lui les blessures et les coups. D'ailleurs, le fait qu'il soit le seul immortel devait être profondément inscrit en lui à présent, car il ne semblait plus éprouver de peur face à notre ennemi. Ne pensait-il pas à Percy et Cassandre qui seraient complètement livrés à eux-mêmes une fois qu'il aurait entamé son combat ? Il n'allait avoir aucun renfort, aucun soutien et aucun conseil.

Je soupirai et essuyai une larme qui coulait au coin de mes yeux. C'était sans doute la fatigue ou simplement le sentiment d'abandon qui me hantait plus qu'il ne l'avait jamais fait en quarante ans. Je revis les éclairs lancés par le regard de Cassandre, le profond mépris d'Arthur et l'incompréhension de Percy. À leurs yeux, j'étais l'homme qui avait choisi sa fille plutôt que de sauver l'humanité. Il leur était facile de prendre des décisions à ma place et de décréter ce qu'il était bon de faire ou pas, mais aucun d'entre eux n'avait d'enfant. Quel aurait été leur choix s'ils avaient été dans ma position ?

Rose paraissait apaisée, les bras tendus le long du corps. Je ne pouvais m'empêcher de la revoir, au milieu de la cathédrale, en train de prier un dieu auquel elle ne croyait pas. Je la voyais s'avancer vers moi et je sentis son amour m'envahir. Rose avait toujours été fière de moi jusqu'à notre dispute concernant l'étude de la magie tellurique et son projet de permettre à tous les humains d'avoir accès à la magie. Que penserait-elle de moi si elle savait que je l'avais choisie, elle plutôt que tous ces gens qu'elle avait tenté de sauver ? Elle ne serait certainement pas fière de mon choix. Elle m'en voudrait et saurait me répéter pendant des années à quel point j'avais été stupide de ne rien tenter. J'entendais déjà sa voix douce me dire : « Tant qu'il reste un espoir, papa, il faut tout essayer ! » et moi de répondre qu'elle avait raison, évidemment. Mais j'avais tellement peur de la perdre définitivement, de la laisser disparaître vers les Enfers alors que j'étais coincé dans ce monde froid et brutal.

Une idée me traversa l'esprit, doucement, naissant sur les rivages de mon inconscient et je partis m'installer à ma table de travail, déchirant le glyphe de voyance et m'emparant d'un grimoire vierge dans une caisse sous mon lit. J'allais commencer à écrire quand une deuxième idée me vint. Je traçai *Eiwhaz* avec le bout de ma chaussure dans la poussière du campement et appuyai mon pied sur la rune. Libérant mon *eyd* avec douceur, je sentis le souffle du vent s'arrêter, les chouettes interrompirent leur vol de nuit et les étoiles stoppèrent leur course dans le ciel. À ce moment seulement, je pris mon pinceau et écrivis ces premiers mots : « Je ne suis plus immortel ».

Je ne sais pas combien de temps dura réellement ma séance d'écriture puisque j'en avais stoppé le cours et, malgré la fatigue, mon attention ne se relâcha pas une seule seconde et je pus écrire tout ce qui m'était arrivé en quelques semaines entre ces lignes. Nos tourments, nos inquiétudes, nos angoisses et toutes les déconvenues qui s'étaient accumulées en si peu de temps. J'ignore pourquoi, mais ce besoin d'écrire me semblait vital, capital même. Bercé par la respiration régulière de Rose, j'étais transporté dans le récit de ces derniers jours, constatant avec amertume combien Arthur et Cassandre avaient raison. Notre dernière conversation ne cessait de me revenir à l'esprit et je savais pertinemment que mon comportement n'avait été autre chose que celui d'un père trop protecteur. Comme l'avait mentionné mon Initié, le monde entier avait besoin de moi et je tergiversais. Je m'enfermais dans des inquiétudes qu'il ne m'était pas permis d'avoir quand une telle responsabilité reposait sur vos épaules. Mon humanité me montrait la bonne voie malgré ma peur panique de flirter avec une magie inconnue et dangereuse. Et puis, que se passerait-il si mes camarades échouaient à vaincre Torhold sans mon aide ? Pourrais-je encore supporter mon reflet dans le miroir ? Pourrais-je encore regarder Cassandre dans les yeux ?

Que se passerait-il si, moi, j'échouais à réveiller Rose ? Je n'avais pas le droit de me poser cette question et, pourtant, elle ne cessait de tourner encore et encore dans ma tête. Étais-je seulement capable de le faire ? Supporterais-je les conséquences de mon acte ?

Quand j'eus terminé d'écrire, je me tournai vers ma fille, comprenant qu'il ne me restait qu'une seule chose à faire, une chose que j'avais soigneusement évité de faire pendant quarante ans, qui m'avait empêché de dormir et qui avait failli me rendre fou. Je devais la réveiller afin de sauver tout le monde.

Le grimoire était marqué à la page du sortilège fatidique, le *Briseur de chaînes*. Posé sur le lit de Cassandre, j'étais certain qu'elle l'avait laissé ici dans un sursaut d'inspiration, persuadée que je reviendrais à la raison à un moment où un autre. Ses conditions d'application étaient drastiques et ses effets pouvaient être aussi dangereux sur le lanceur que sur le receveur. Toutefois, c'était notre seule solution, comme on me l'avait seriné pendant si longtemps.

Avant de le mettre en application, essayant de repousser sans cesse l'inévitable, je pris le temps d'écrire quelques mots pour la première personne qui lirait ces lignes.

Ma chérie,

Tu trouveras dans la malle sous mon lit quelques bricoles qui pourraient t'être utiles dans le futur. Sache qu'il ne s'est pas passé un seul jour sans que je ne pense à toi, à ton sourire et à ton regard si merveilleux. Si je ne parviens pas à survivre à l'enchantement que je vais tenter de pratiquer, donne ce livre à Arthur. Il reste quelques pages vierges qu'il pourra compléter. Tu trouveras également quelques grimoires vides. Écris-y tes rêves sur la première page et tes souvenirs sur la dernière. Le plus beau des miens, celui qui m'accompagnera dans mon dernier sommeil, a été le moment où tu m'as appelé « papa » pour la première fois.

Veille sur Arthur, Perceval et Cassandre. Ils auront besoin de toi et de tes conseils avisés. Je suis certain que tu seras la plus grande Enchanteresse que ce monde ait connue. Je veille sur toi pour l'éternité. Je t'aime, Rose.

Ton papa, Merlin

Je ne pus m'empêcher de verser une nouvelle larme en glissant cette lettre à la fin de mon récit. À présent, il était temps d'essayer de réveiller Rose, quoi qu'il m'en coûte. Si ce sortilège mettait réellement fin à mes jours, j'aurais pris mes précautions pour que ma fille puisse au moins lire mes derniers mots.

Je lui adressai un dernier regard et entamai le tracé du glyphe. Ma véritable aventure commençait maintenant.

Chapitre 21

Notre groupe apparut non loin de la cathédrale Notre-Dame de Paris, à l'abri des regards indiscrets. Cassandre me lâcha aussitôt la main pour s'éloigner et s'assit sur un banc inoccupé pour laisser libre cours à ses larmes déferlant sur ses joues. Je n'étais pas certain d'être en mesure de la consoler à cause de la force de ma colère encore bien présente dans ma tête.

La nuit était fraîche et agréable. Il flottait un parfum de pluie dans le vent qui balayait les environs. Les cheveux de la Magicienne semblaient danser joyeusement malgré son humeur maussade. Percy, lui, observait les environs avec attention.

— Si Torhold est déjà là, il est possible qu'il ait senti notre arrivée, m'indiqua-t-il après s'être assuré que nous ne courions aucun risque d'attaque. Nous devons vite entrer dans le bâtiment.

— Une fois à l'intérieur, on fait quoi ?

— Tu utilises la plus vilaine rune ou le plus méchant glyphe que tu connaisses et tu pries pour que ce soit suffisant pour le terrasser.

— Prier me paraît de circonstance, en effet… Si Merlin n'a pas réussi à venir à bout de lui, comment le pourrais-je, seul ?

— Maître Merlin a confiance en tes capacités et je ne lui

laisse pas plus de quinze minutes pour nous rejoindre afin que tu ne sois pas sans défense dans cette bataille.

— Tu crois ?

— Il ne nous laissera pas tomber, j'en suis persuadé !

Bien que j'eus confiance dans le jugement de mon ami, la possibilité que Merlin nous rejoigne après avoir entendu mon discours à son égard me paraissait bien maigre. À sa place, je serais resté auprès de ma fille et j'aurais attendu que le vilain Initié se fasse manger tout cru par le Sorcier. Mes paroles avaient pour but de le faire réagir et de le pousser à réveiller Rose pour tenter quelque chose de nouveau. Pourtant, il y avait bel et bien une part de vérité : j'avais l'impression de m'être fait berner en suivant mon Maître dans cette vie qui s'était offerte à moi. Il m'avait indiqué un chemin magique, semé d'embûches, mais aussi de merveilles, il m'avait appris à me servir de mes dons et m'avait inculqué des préceptes importants. Mais, le moment venu, il restait inactif, tel un homme politique accroché à son pouvoir, et regardait le monde sombrer dans le chaos par la faute de son inaction. J'étais blessé de le voir agir de cette façon.

De plus, il me fallait admettre une vérité gênante : je ne faisais probablement pas le poids face à Torhold. Lors de notre première rencontre, nous ne nous étions pas attendus à le voir sur notre chemin malgré quelques suspicions et le combat avait largement tourné en sa faveur. Pour notre deuxième entrevue, Merlin et moi avions passé en revue plusieurs plans d'action pour l'empêcher de faire du mal à des innocents, sachant pertinemment que nous ne parviendrions pas à l'éliminer par une attaque frontale. Nous avions réussi à lui échapper à nouveau, indemnes, mais de justesse. Seul face à lui, avec mes connaissances limitées, je n'avais pas l'ombre d'une chance. Voilà pourquoi j'accrochais tant d'espoir à ce que Percy disait, même si mon cœur me répétait sans cesse de me méfier et de ne pas trop croire en la venue providentielle de mon Maître. Cassandre non plus ne semblait pas convaincue.

— Il faudrait que l'un d'entre nous aille en éclaireur à l'intérieur, continua Perceval tout en continuant d'observer le bâtiment comme si la cathédrale allait s'illuminer toute seule pour le prévenir de l'intrusion d'un puissant Sorcier. Juste pour savoir si la vision que nous avons eue est déjà en route ou s'il nous reste un peu de temps pour nous organiser.

— Tu imagines que ça peut être quelqu'un d'autre que moi ? lui dis-je en haussant les sourcils. Je ne sais même pas pourquoi vous êtes venus. À chaque fois que nous avons rencontré Torhold, il a failli vous tuer et vous n'avez aucun moyen de défense.

— Il m'a dit de vous suivre, je n'ai pas insisté, me rappela le jeune homme tout en baissant la tête vers le sol pavé. Quant à Cassandre, les mots qu'il a eus envers elle étaient très blessants. Je suppose que son départ était une façon de l'inciter à réveiller sa fille. En tout cas, s'il tient à son amour, il fera tout ce qui est en son pouvoir pour qu'il ne lui arrive rien.

— Qui te dit qu'il ne tient pas plus à sa fille ? rétorquai-je.

Nous avions baissé d'un ton, mais je crus entendre la Magicienne renifler derrière moi à l'entente de mes derniers mots. J'avais touché un point sensible. Percy marcha à sa rencontre pour la prendre par les épaules, mais elle le repoussa.

Refusant d'attendre les bras croisés, je me mis à marcher en direction des portes de la cathédrale. Je ne l'avais jamais visitée auparavant, même si je l'avais déjà croisée sur mon chemin. La puissance de cet édifice tendait à me rappeler à quel point j'étais insignifiant dans ce monde en mouvement permanent. Il paraissait étrange de ressentir une certaine forme de respect envers cet enchevêtrement de pierres entassées les unes sur les autres, et pourtant, c'est bien ce qui m'habitait en ce moment.

Le parvis était vide à cette heure précoce où les touristes

dormaient encore et les fêtards rentraient dans leurs tanières. Un clochard était allongé tout près de l'entrée et marmonnait dans son sommeil, de l'écume sortant de ses lèvres entrouvertes. Je ne fis pas attention à lui et tentai de pousser les portes de l'église. Évidemment, elles étaient closes. Au loin, Percy haussa les épaules en me regardant tristement comme s'il commentait ma stupidité d'avoir essayé de passer simplement par l'entrée principale. Je lui répondis par un bref mouvement de tête et entrepris de contourner les murs froids et lisses sous le regard terrifiant des gargouilles. Aucune des portes que je trouvai n'était ouverte. Coincés par des chaînes ou de lourds cadenas, les accès au bâtiment étaient bien surveillés. Il ne me restait donc plus qu'une seule solution : déverrouiller une de ces entrées à l'aide de mon *eyd*. La rune *Thauris* était la plus appropriée dans ce cas et je la mis rapidement en œuvre sans faire le moindre bruit. Il n'y avait pas un seul témoin dans la rue pour me voir pénétrer dans la cathédrale.

J'essayai d'être le plus silencieux possible afin qu'aucun individu ne remarque ma présence, mais le bruit de mes pas se répercutait sur les hauts murs qui s'élevaient à l'infini. Perdu dans la contemplation de ce lieu de culte, je fus forcé de m'arrêter au milieu d'une longue rangée dénuée de bancs ou de chaises, regardant avec dévotion les tableaux accrochés au-dessus de ma tête. L'un d'eux attira particulièrement mon attention : on y voyait un prédicateur, la main levée vers le ciel, pointant du doigt un oiseau qui survolait la scène. Un autre homme, agenouillé, semblait subir les paroles de l'augure tandis qu'une foule admirative écoutait avec attention le sort qui lui était réservé. La peinture, immense, mêlant les tons sombres et cuivrés, résonnait en moi avec un écho profond. Je n'aurai su dire pourquoi, mais cette sensation d'avoir vécu une funeste annonce un peu plus tôt dans la nuit et de me retrouver nez à nez avec l'image d'un prophète annonçant de grands malheurs me rendait mal à l'aise. C'était comme si l'univers essayait de me faire passer une deuxième fois le même message et je sentis mes entrailles se tordre à la pensée que j'étais en train de commettre une erreur en me jetant dans la gueule du loup.

Je détournai les yeux afin de me sortir cette idée de la tête, continuant à marcher entre les allées en surveillant les alentours. Aucune ombre ne me poursuivit, aucun murmure n'indiquait qu'un Magicien était en train d'invoquer un maléfice surpuissant et aucun prêtre n'appelait à l'aide. Le silence qui habitait la pièce n'était brisé que par ma démarche saccadée et seule la lune semblait me tenir compagnie. A priori, Torhold n'était pas là.

Je fis deux fois le tour complet du bâtiment religieux pour m'en assurer et remarquai un escalier de bois verni qui montait dans les étages, bloqué simplement par une lourde chaîne en acier. Je faillis démarrer l'ascension de la tour, mais aucun son ne se dégageait des hauteurs, ce qui me poussa à sortir de la cathédrale sans plus attendre. Je refermai la porte sur mon passage et rebroussai chemin sans un regard en arrière. Je n'étais pas catholique, ni même croyant, mais je ressentais en ces lieux une force puissante qui habitait les murs depuis des dizaines de générations. Un Initié à la magie n'avait pas sa place ici.

Percy et Cassandre m'attendaient sur le qui-vive, du moins Perceval paraissait impatient. Cassandre, elle, avait les yeux dans le vague et ne regardait rien de particulier. Je leur fis mon rapport sans soulever le moindre commentaire pendant quelques instants. Puis, Percy parla :

— Nous avons une longueur d'avance ! C'est une bonne chose. Nous allons pouvoir mettre les prêtres à l'abri et l'empêcher de leur faire du mal. Ainsi…

— Non, dit simplement Cassandre dans notre dos.

— Je te demande pardon ?

— On ne va rien faire du tout. Il ne faut pas jouer avec le temps, Percy. Merlin nous a montré une vision du futur qui se réalisera si tous les éléments en place restent tels qu'ils sont actuellement. En ce moment même, Torhold cherche à rejoindre ce lieu, y capturer des sacrifices humains et mettre en place son rituel. S'il arrive dans une cathédrale vide, que va-t-il faire ? Il va changer de plan et partir ailleurs sans que nous puissions nous mettre en travers de sa route. Donc nous allons simplement attendre ici que quelque chose se passe. La vision de Merlin ne devrait pas tarder à se mettre en route. Quelques heures, une journée tout au plus…

— Mais ces hommes vont risquer leurs vies pour que nous battions Torhold ! s'exclama Percy avec colère. Nous sommes censés les protéger des forces magiques maléfiques. C'est contraire à notre éthique !

— On ne joue pas avec le temps, Percy, répéta Cassandre. C'est comme ça, c'est tout ! Fais comme si tu n'avais rien vu ! Maintenant que nous avons cette information en tête, nous ferons de notre mieux pour sauver ces prêtres. C'est tout ce que je peux te dire pour l'instant.

Renfrogné, le jeune homme s'assit sur un carré d'herbe sous un arbre aux branches tombantes. Il se renferma sur lui-même les trois heures qui suivirent.

En ce qui me concernait, je faisais les cent pas sans trouver l'énergie de me poser quelques instants. J'avais en tête les mots de Percy qui m'assuraient que Merlin allait nous rejoindre et passer outre nos divergences pour nous soutenir. Cependant, les heures défilaient et le Maître ne se montrait pas. Peut-être attendait-il le dernier moment pour jouer au héros dramatique venant secourir ses amis d'un péril mortel ? Ou peut-être qu'il réveillait sa fille à notre demande ? Où était-il simplement comme Perceval, en train de ruminer dans son coin les paroles que j'avais eues à son encontre ? Cette dernière option, la pire puisqu'elle signifierait que Merlin ne viendrait pas à notre secours, quelle que soit l'issue de mon combat contre Torhold, me foudroyait d'effroi. Si tel était le cas, nous étions réellement condamnés. Le Sorcier ne nous laisserait pas une autre chance, pas sans l'habilité de mon Maître au combat.

Dans les premières heures de la matinée, quelques touristes commençaient à affluer aux portes de la cathédrale, envahissant le parvis et son kilomètre zéro où de nombreuses personnes se prenaient en photo toute la journée. Usé et toujours occupé, ce petit point représentait, soi-disant, le centre de la France, le départ de toutes les routes. Une symbolique qui inspirait peut-être notre ennemi à choisir cet endroit pour plonger le monde dans un sommeil sans fin ?

Quelques badauds se faisaient photographier dans des positions grotesques, prétendant soutenir l'église dans une main grâce à un jeu de perspective ou bien arboraient leurs plus vilaines grimaces pour avoir des souvenirs amusants à montrer à leurs proches. Je vis une femme enceinte s'asseoir sur un muret et simplement contempler la grâce de la cathédrale pendant de longues minutes en se caressant le ventre. Elle parlait à son bébé sans jamais quitter le lieu des yeux. Y était-elle attachée ? Avait-elle, à l'instar de moi, la même sensation de puissance qui l'habitait quand elle scrutait les deux tours ? Elle partit aux alentours de midi, quand une nouvelle masse de gens afflua par ici, descendant des bus à impériale qui sillonnaient la ville.

Au début de l'après-midi, lassé de regarder tous ces touristes répéter sans cesse les mêmes cabrioles, je finis par m'assoupir un peu sur le banc que Cassandre n'avait pas quitté. Elle avait toujours sur son visage les mêmes couleurs de tristesse qui ne la quittaient pas. J'avais l'impression qu'elle ne croyait pas en une arrivée providentielle de Merlin. Percy, lui, en était toujours persuadé et avait commencé à écrire dans son journal tout ce qu'il observait autour de lui afin de n'omettre aucun détail quand le Maître lui demanderait ce qu'il avait raté. Personnellement, je n'avais aucune envie d'écrire toutes mes pensées et je préférais rester sur le qui-vive pour être prêt à intervenir en cas de problème. Cependant, les minutes défilaient et se ressemblaient toutes, si bien que j'avais l'impression que le temps s'était arrêté. Une sorte de boucle se formait dans mon esprit, voyant les visiteurs s'approcher de la cathédrale, se prendre en photo et repartir tandis que de nouveaux voyageurs entamaient la même danse. Je sentis mon attention chuter et je m'endormis à nouveau sur le banc, la tête penchée sur ma poitrine.

Ce qui me réveilla en sursaut fut le tintement agressif d'une alarme incendie, non loin de moi. Éveillé en une seconde, je me redressai et regardai en direction de l'édifice à la recherche de la moindre braise. Cassandre et Percy aussi s'étaient mis debout et scrutaient la pierre sans rien y voir. Pourtant, la sonnerie était là et continuait à se répandre dans le ciel parisien. Un coup d'œil à ma montre m'apprit qu'il était déjà bien plus de dix-huit heures et le soleil tombait dans un ciel jaunâtre, caché par le bâtiment.

— Qu'est-ce qu'on fait ? On entre ? demanda Percy en se trémoussant.

— On ne va pas attendre ici que le toit s'enflamme ! répondis-je. Je rentre, je fais le tour et s'il y a du danger, vous évacuez tout le monde, c'est compris ?

Les deux autres acquiescèrent juste avant que nous nous précipitions vers les portes grandes ouvertes. Je lançai un dernier coup d'œil plein d'espoir autour de moi pour repérer la silhouette de Merlin, mais aucune cape bleu marine ne vint obscurcir ma vue. Je devais me rendre à l'évidence, j'étais seul sur ce coup-là.

En débarquant sur le damier noir et blanc de la cathédrale, j'eus l'impression d'être dans un rêve surréaliste : l'alarme incendie pulsait d'un son toujours aussi hargneux sans qu'aucun visiteur ne daigne prendre la fuite ou se mettre à l'abri. Pourquoi personne ne bougeait ? Quelques pèlerins tournaient la tête avec un regard mauvais pour se plaindre du bruit, mais aucun ne fuyait. Un instant plus tard, je compris leur réaction ; l'alarme était bien présente, cependant, aucune flamme ni aucune fumée ne venait corroborer l'idée d'un potentiel incendie. Pour l'instant, il n'y avait rien à craindre selon l'opinion générale.

Pour ma part, j'étais certain que l'équipement de sécurité ne s'était pas mis en route sans raison et il fallait que je trouve la cause de son déclenchement. Guidé par mon instinct, je fis rapidement le tour des bancs de prière et rejoignis l'escalier que j'avais aperçu cette nuit. Si Torhold avait un peu de jugeote, il allait entamer son rituel dans un endroit à l'abri des regards. Quoi de mieux que les combles non visités du bâtiment ?

L'escalade prit quelques minutes et les dernières marches me laissèrent avec le souffle court. J'avais perdu l'habitude de faire du sport l'année dernière, affalé sur mon canapé à manger des cochonneries et à boire tout ce qui me tombait sous la main. Je dus reprendre mon souffle. C'est là que j'entendis un long murmure dans une langue que je ne maîtrisais pas. Quelque chose de rude et tranchant, claquant comme des bruits de langue dans une bouche sèche. Je fis à peine un pas que je l'aperçus, au détour d'une énorme poutre de la charpente : Torhold était debout, les mains tendues devant lui, les yeux fermés, invoquant sans relâche une fumée noire qui sortait de ses paumes et avançait inexorablement vers les fenêtres, les vitraux et les quelques ouvertures dégagées en cette journée printanière. Elle progressait lentement, mais elle avait déjà gagné de nombreuses vitres et je vis le détecteur de fumée qui s'était mis en route, crépitant d'étincelles, à présent hors service.

Sans attendre plus longtemps, je descendis les marches quatre à quatre et fis de grands signes en direction de Percy et Cassandre qui m'attendaient. Ils comprirent immédiatement le message.

— Il y a le feu ! hurla le jeune homme. *This place is on fire !* Que tout le monde sorte ! *Everybody out !*

Les indications en français et en anglais eurent une certaine répercussion sur les touristes qui prirent enfin la mesure de cette alarme qui n'en finissait pas. Heureusement, grâce à l'absence de flammes visibles, les gens ne se bousculèrent pas et la sortie se fit calmement, presque comme s'il s'agissait d'un simple exercice. Quelques personnes commentaient la situation en plaisantant, d'autres regardaient autour d'eux pour apercevoir le brasier, mais personne ne semblait faire attention à la fumée qui obscurcissait à présent la plupart des vitraux.

— Quand tout le monde sera sorti, fermez les portes et n'y entrez pas ! C'est à moi de le combattre !

— Merlin va arriver ! m'assura Percy d'un ton presque suppliant. Je te le jure ! Il ne t'abandonnera pas !

— Je n'ai pas le temps de l'attendre si je ne veux pas que ces prêtres meurent !

— Ils sont déjà prisonniers ?

— Je ne crois pas, mais je ne veux pas laisser à Torhold l'occasion de les faire souffrir.

— Bonne chance ! me lança Percy en me serrant timidement contre lui.

Je fis demi-tour pour rejoindre l'escalier et j'avais posé le pied sur la première marche quand j'entendis le bruit sourd d'une énorme porte qui se fermait, m'emprisonnant ainsi dans ce tombeau de pierres. J'arrivai dans les combles, mon flux magique déjà emprisonné dans mes mains armées, détaillant chaque mètre carré afin d'y déloger le Sorcier et entamer le combat avec lui le plus rapidement possible. Je me repassai en tête les combinaisons de glyphe les plus astucieuses que mon Maître m'avait apprises et je les récitais quand je dus me rendre à l'évidence : Torhold avait disparu. Il n'était plus dans ce grenier, il ne faisait pas partie de la foule qui était sortie précipitamment, il s'était simplement volatilisé.

Je redescendis au niveau de la place principale plongée dans une forte pénombre. J'avais de plus en plus de mal à distinguer les contours du mobilier et l'impression de devenir petit à petit aveugle se faisait de plus en plus forte. Cette fumée avait-elle pour but de neutraliser mes sens pour me rendre moins puissant ? Je dus avoir recours à *Jera* pour me guider, la rune éclairant puissamment la paume de ma main droite afin de me donner un plus grand angle de vision.

— Je n'aurais pas fait ça à ta place, dit une voix dans l'ombre.

Je me retournai, mais il n'y avait aucun signe du Sorcier. Son ton grave émanait du sol et des murs comme si son esprit était en train de posséder tout le bâtiment. Je cherchai frénétiquement autour de moi, la peur me clouant les entrailles et me faisant transpirer à grosses gouttes.

— Merlin ne t'a donc pas appris qu'une lumière dans l'obscurité te dévoile ?

Je courus en direction de l'autel d'où semblait provenir la voix. Néanmoins, encore une fois, je me retrouvai seul dans cette obscurité angoissante. Ma respiration devenait fébrile et j'avais les mains moites malgré la magie qui les alimentait en continu.

— Où es-tu ? hurlai-je.

— Je pensais sincèrement que Merlin viendrait une bonne fois pour toutes. Qu'il tenterait de régler lui-même notre petit différent. Je suis déçu de voir qu'il ne m'accorde pas autant d'importance que je le croyais.

— Montre-toi, lâche !

Un rire caverneux s'éleva alors que le noir complet s'était maintenant répandu tout autour de moi. Les seuls détails qui m'apparaissaient tenaient dans un mouchoir de poche, autour de ma main tendue. Je commençai à avoir froid, sans doute à cause de la sueur qui coulait dans mon dos. Paralysé par la peur, je n'étais plus capable d'avancer. Je calai mon dos contre l'autel et me préparai mentalement au combat qui n'allait plus tarder.

— Merlin t'a-t-il appris à te battre en duel ? Est-ce qu'il t'a enseigné les règles élémentaires ?

— Je peux très bien vous régler votre compte sans cela ! rétorquai-je à l'aveugle.

— Je prends ça pour un non, alors, répondit Torhold presque navré. Tu risques de trouver la suite des événements fort injustes…

L'instant d'après, le Sorcier apparut sur ma droite dans un éclair de lumière dorée et envoya dans ma direction un trait de feu à une vitesse impressionnante. Par simple réflexe, j'eus tout juste le temps d'invoquer *Haglaz* pour me protéger et dévier le jet qui rebondit sur ma *bulle protectrice* pour s'élever dans les airs jusqu'à traverser le plancher des combles. Immédiatement, une deuxième alarme incendie s'enclencha tandis que Torhold concentrait une puissance magique phénoménale entre ses paumes jointes. Je pouvais apercevoir la sphère d'énergie jaune qui grossissait à vue d'œil, menaçant de s'abattre sur moi à tout instant. Je n'avais que deux possibilités : l'attaquer maintenant et l'obliger à se protéger en abandonnant son sort, ou bien tenir ma position et encaisser. J'aurais voulu mettre en œuvre la première option, mais, sans savoir pourquoi, je ne me souvenais d'aucune rune, aucun glyphe. Ma tête était vide et mes connaissances m'avaient toutes abandonné à la vue de ce terrible enchantement qui allait fondre sur moi.

Je me préparai à nouveau, tendant devant moi les bras afin d'accueillir au mieux la décharge d'énergie. Torhold sourit en me voyant prêt et libéra l'orbe semblable à un petit soleil dans un cri combatif. Pendant une seconde, je fus persuadé que j'allais mourir là. Ma protection ne tint pas le choc et fut littéralement balayée par le souffle de l'explosion provoquée entre son enchantement et le mien. Je fus projeté en arrière sur plusieurs mètres, me cognant la tête contre un pilier, tombant sur le sol à moitié inconscient. Un nouveau rire éclata près de mes oreilles bourdonnantes. J'essayai de me relever, de lancer *Jera* pour voir à nouveau – la rune m'avait abandonné quand j'avais subi le choc avec le sortilège de Torhold –, mais j'étais prisonnier de mon corps blessé. Ma tête me lançait et je n'arrivais plus à réfléchir correctement.

À peine fus-je sur mes pieds que je sentis mes membres s'immobiliser, mes bras vinrent se coller dans mon dos et mes jambes ne répondaient plus à mes appels. Je sentis une pression se créer sur ma trachée, m'empêchant doucement de respirer. L'air ne rentrait plus dans mes poumons et j'avais l'impression qu'une main me broyait la gorge. À ce moment-là, Torhold apparut devant moi, un sourire malveillant sur le visage. Il me regardait me débattre tandis que sa main tendue agrippait mon corps à distance. Alors que je me sentis partir vers les limbes de mon inconscience, le Sorcier relâcha la pression et murmura un mot que je ne connaissais pas. Aussitôt, de petites cordelettes apparurent et me ligotèrent des pieds à la tête, laissant seulement ma bouche libre. Je tombai à ses pieds, suffoquant et crachant afin de retrouver rapidement un peu d'air.

— Je t'avais prévenu, conclut-il en souriant et en me faisant léviter pour me transporter. Tu n'avais pas l'ombre d'une chance. Dommage, tu avais l'air vaillant !

J'étais encore trop sonné pour répliquer quoi que ce soit. Je préférai me laisser ballotter et rester silencieux. Une menace à propos de Merlin me semblait vaine, de toute façon. Mon Maître m'avait abandonné et j'étais à présent seul aux mains de ce maniaque.

Il passa l'autel et me déposa brutalement sur le sol de marbre. Je testai la résistance des liens qui serraient mon corps, mais me rendis rapidement compte que je n'avais aucune liberté de mouvement. Seul un miracle aurait pu me sortir de ce pétrin.

Torhold se désintéressa de moi assez rapidement et alluma une simple bougie qu'il posa devant lui sur l'un des nombreux reposoirs où les gens déposaient leurs cierges. Puis, dans un geste magistral, il sortit un large pinceau et entama un lent tracé par terre. Je reconnus rapidement le *Wyrd* qui permettait de lier les runes entre elles, mais, en ce qui concernait les autres symboles, ils ne correspondaient à aucun de ceux que Merlin m'avait montrés.

Un regard au-dessus de ma tête m'apprit qu'une autre fumée avait rejoint la première. Celle-ci n'était pas magique et sentait la cendre brûlée. Quelque chose était en train de flamber, loin au-dessus de nos têtes. La vision de cette nuit prenait forme petit à petit.

Torhold ne s'en préoccupait pas et marmonnait tout en restant concentré sur son glyphe. Il avait presque terminé lorsqu'il fit de grands gestes avec ses avant-bras, comme des moulinets très rapides. Bientôt, j'entendis des râles de souffrance tout autour de moi et des ombres fumantes sortirent six prêtres, aussi immobilisés que moi, les visages crispés et teintés de douleur et de peur. Ils avançaient à quelques centimètres du sol, dans un glissement calculé, jusqu'à ce qu'ils rejoignent Torhold au-dessus du glyphe à présent terminé.

— Vois-tu, m'expliqua ce dernier, le sortilège que je m'apprête à lancer nécessite un noir complet. Il ne doit pas y avoir la moindre source de lumière hormis celle du sort lui-même. Je ne dois pas être interrompu par le soleil, la lune ou la flamme d'une bougie sinon l'expérience raterait. Après tout, ça ne s'appelle pas l'enchantement du *sommeil éternel* pour rien.

— Merlin vous arrêtera ! criai-je à mon tortionnaire qui éteignait l'unique chandelle en soufflant dessus.

— C'est trop tard, répondit simplement Torhold sans lever les yeux de son enchantement. Tout est déjà en place. Un sortilège de sommeil parfait, un sort de masse. Vois-tu, j'ai la délicatesse de tuer tous ces gens en les endormant à tout jamais. Tu pourrais au moins te montrer un peu reconnaissant. Beaucoup mériteraient de souffrir…

— Vous voulez régner sur une planète déserte ? me moquai-je délibérément. C'est pitoyable !

— Elle ne sera pas déserte. Ce glyphe est parfait, car il sélectionne les êtres ayant la plus forte capacité à rénover notre Terre, à la secourir. Ces personnes ne seront pas affectées par le sortilège et verront simplement les autres mourir doucement, sans douleur. Nous allons redonner à la planète sa gloire d'autrefois, quand les humains n'étaient pas encore capables de la détruire.

— Et vous pensez que vous serez accueilli en héros quand les gens sauront ce que vous leur avez fait subir ? Quand ils apprendront que c'est de votre faute s'ils ont vu leurs familles et leurs amis mourir à petit feu sans être capables de les réveiller ? Ils vous maudiront !

— Je me moque de l'amour des humains ou des autres Enchanteurs ! répliqua Torhold avant de me frapper d'un geste de la main. Tout ce qui compte c'est d'arriver à mes fins et rendre la planète saine de tous ses abjects termites qui la rongent. Tu penses trop à l'amour, car ta femme habite encore tes pensées. Tu aimerais pouvoir la faire revenir vers toi, lui rendre cet amour qu'elle a perdu. Ton cœur la croit partie à tout jamais, mais ta tête espère encore. Merlin t'a sans doute dit que la magie ne créait pas l'amour. C'est un odieux mensonge ! La magie n'a aucune limite. Si tu étais enclin à venir à mes côtés, je pourrais t'apprendre à manipuler ces forces qui t'entourent tout en restant invisibles tant que tu n'auras pas ouvert tous tes sens à la magie. Tu pourrais m'aider à reconstruire ce monde en y insufflant l'amour dont il a besoin. Tu pourrais y retrouver ta femme. Pourquoi crois-tu que je te garde en vie ? Tu pourrais m'être utile ! Je sens un puissant potentiel en toi…

À ces mots, je sentis mon souffle se couper. J'eus une brève vision de ma femme courant dans mes bras, portant un nourrisson contre son sein, souriante et me déclamant un amour éternel. Je n'avais jamais parlé à Merlin des sentiments que j'avais enfouis au fond de mon être, car je savais qu'il essaierait de me détourner d'une vaine quête. L'amour ne se crée pas, m'avait-il dit. Mais Torhold disait le contraire. Qui donc avait raison ? Après tout, le Sorcier avait des pouvoirs qui dépassaient ceux de Merlin de très loin, lui-même l'avait reconnu. Était-il possible de retrouver ma vie d'avant tout en la mêlant à celle-ci ?

Je n'eus guère l'occasion de pousser plus loin mes réflexions que Torhold parla dans une langue étrange en levant ses paumes vers les prêtres. Le glyphe s'était mis à rayonner dangereusement et la lumière sombre qui en émanait commençait à courir sur le sol vers les colonnes de la cathédrale, emplissant le lieu d'une lueur inquiétante et froide. Bientôt, le trait du sortilège vint s'accrocher aux chevilles des prêtres et ces derniers se mirent à hurler de douleur. Je criai avec eux mon impuissance, détestant cette incapacité qui m'avait fait perdre mon combat, maudissant Merlin de m'avoir laissé seul dans cette galère. J'allais tenter de défaire mes liens à l'aide d'une rune, comme je l'avais déjà essayé deux fois auparavant sans succès pour leur venir en aide, quand un morceau du plafond s'écroula à quelques mètres de nous, révélant un brasier fumant sur le toit de la cathédrale. Torhold grommela face à ce contretemps tandis que son sortilège se rétractait sur lui-même tel un serpent mis en fuite par un puissant prédateur.

Le Sorcier dirigea ses mains vers le ciel et s'apprêta à lancer un enchantement pour combler le trou quand une violente bourrasque balaya l'intérieur du lieu de culte. Au même moment, une silhouette apparut entre les premières rangées de bancs. Ses longs cheveux argentés volaient en tout sens après son sortilège de transfert et ses yeux pétillaient d'un fragment de fureur contrôlé : Eleanor faisait face à Torhold et ses mains étaient illuminées d'une puissance éclatante, blanche comme la neige. L'homme l'affronta du regard et s'apprêta à l'attaquer quand une nouvelle vague de vent vint le déstabiliser, révélant deux autres Enchanteurs du conseil qui venaient de se matérialiser : Viktor et Priscia. Tous deux laissaient fulminer leurs flux magiques dans leurs paumes, marron pour l'Enchanteur de combat, vert pour l'Enchanteresse tellurique. Finalement, le conseil au complet apparut tout autour de Torhold, encerclant cet être malveillant. J'aurais voulu lancer ma joie vers le ciel, heureux de constater que Merlin avait résolu le conflit qui l'habitait et avait sans doute réveillé sa fille. Toutefois, l'affrontement à venir paraissait toujours aussi sérieux et, à mes yeux, encore inégal.

Torhold ne s'était pas départi de son sourire et regardait autour de lui pour analyser la situation à laquelle il faisait face. Rien ne semblait plus le réjouir que de prévoir un fantastique combat.

— Rends-toi ! ordonna Eleanor. Rends-toi ou meurt !

— Merlin ne vous l'a sans doute pas dit, mais moi, je suis toujours immortel, lâcha-t-il brusquement.

Sans un mot, il libéra son pouvoir sur l'Enchanteur le plus proche de lui, pulvérisant sa protection et jetant sur l'homme un véritable torrent de lave. Deux autres envoyèrent une rune vers le Sorcier, mais celui-ci s'était déjà matérialisé à l'autre bout de la pièce, évitant l'impact et décochant deux traits de feu. Déviés vers le plafond, ils allèrent rejoindre la tempête de braises qui secouait le toit de la cathédrale. Torhold ne perdit pas une seconde et enclencha une vague de gel qui paralysa une bonne partie de l'assistance. Certains combattants ne pouvaient plus bouger tandis que d'autres faisaient encore l'effort de se dégager rapidement afin de continuer le combat au plus vite. Gabriel était l'un d'eux et il éclata sa prison de glace d'un bref geste de la main.

Sa colère et sa rage mêlées, il se lança à l'assaut de son adversaire seul et lui jeta un, deux, trois sortilèges. La foudre s'abattit sur le Sorcier, le vent le cloua au sol, les traits d'énergie le frappèrent. Cependant, il se releva comme s'il n'avait rien reçu du tout et se permit de sourire. Sa contre-attaque, en revanche, fut encore plus violente et l'un de ses traits de feu vint transpercer le Mage à la cuisse alors que ce dernier tentait d'éviter le choc mortel. Il hurla de douleur, incapable de combattre plus longtemps.

Pendant quelques secondes, il ne se passa plus rien. Les combattants se défiaient simplement du regard et une pensée me traversa : Merlin était d'une force surpuissante. À lui seul, il avait réussi à maintenir Torhold à l'écart de moi, il était parvenu à l'affronter deux fois en tête-à-tête alors que onze Enchanteurs étaient parfaitement incapables de venir à bout de lui. Un profond respect pour mon Maître m'envahit tandis qu'Eleanor prenait part à la suite du combat.

Elle déclencha une sphère d'énergie blanche qui fusa vers le Sorcier. Celui-ci ne fut pas assez rapide et recula de quelques mètres lors de l'impact. Cela ne l'empêcha pas de répliquer d'un large geste du bras qui propulsa la présidente du conseil contre un tableau accroché au mur.

Au fur et à mesure que les sorts étaient lancés, le trou dans le toit de la cathédrale s'agrandissait et devenait de plus en plus béant, montrant au monde entier sa gueule brûlante alors que l'un des plus beaux monuments du monde était en train de partir en fumée. Dehors, on entendait le cri des gens qui assistaient à l'incendie, impuissants. Une partie de moi se demanda si les humains apercevaient les éclats de lumière engendrés par les sorts où s'ils ne voyaient que les flammes quand Torhold se dressa de toute sa hauteur, encaissa deux traits de foudre et libéra une vague d'énergie tout autour de lui. Sorties de nulle part, trouant le sol noir et blanc, apparurent de larges racines qui poussaient à toute vitesse et qui vinrent s'enrouler autour des membres du conseil. Aucun d'entre eux ne fut épargné et ils se retrouvèrent progressivement immobilisés. Eleanor et Gabriel tentèrent de lutter, mais en vain. Pour ma part, j'essayai de me détacher, mais les liens qui m'emprisonnaient n'avaient rien perdu de leur vigueur. Torhold faisait montre d'une concentration à toute épreuve.

— Je suis votre destin ! cria-t-il aux Enchanteurs qui commençaient à suffoquer dans cette prison verte qui leur serrait la poitrine et la gorge. Vous ne pourrez jamais vous mettre en travers de ma route !

Une nouvelle poutre tomba du toit, répandant un lourd nuage de cendres noires. Quand celui-ci se dissipa, une nouvelle silhouette était apparue. Je reconnus immédiatement les cheveux roux qui flottaient dans le souffle chaud de cette fin de journée. Cassandre, le regard flamboyant, semblait avoir repris vie et marchait vers Torhold d'un pas décidé. Ce dernier jeta une racine dans sa direction, mais la jeune femme la réduisit en miettes en l'espace d'un battement de cils. Déterminé à l'arrêter, le Sorcier déchaîna sur elle une pluie de sorts qui vinrent tous s'écraser sur sa protection infaillible. On aurait dit qu'elle était habitée par une force indestructible qui la rendait pratiquement invulnérable. Torhold lui-même sembla démuni face à ce mur de verre qui s'avançait sans relâche dans sa direction.

Lorsqu'elle fut à moins d'un mètre de lui, la protection de Cassandre tomba et son poing s'illumina d'une lueur rouge sang quand elle l'envoya directement dans l'estomac de son ennemi. Projeté sur toute la longueur de la salle principale, Torhold s'écrasa contre les portes et tomba par terre. Il essaya de se relever, mais quelque chose le retenait au sol. Son ombre, sans aucun doute. Cassandre lui sourit et envoya une *chaîne de foudre* sur l'homme immobile qui ne parvenait pas à se défaire de l'emprise de l'enchantement. Il encaissa difficilement celle-ci et toussa sous le choc. Il s'apprêtait à riposter quand il vit que la jeune femme emmagasinait de l'énergie dans une sphère rouge qu'elle s'apprêtait à lancer sur lui. Je sentis naître en moi un plaisir jouissif à voir le Sorcier subir ce que j'avais subi un peu plus tôt dans la soirée.

Quand elle libéra toute la puissance de son sortilège, Torhold n'eut guère d'autre choix que de se protéger dans une bulle de sa fabrication. L'orbe rebondit et fila vers l'aiguille de la cathédrale. Pendant une seconde, tous les regards se tournèrent vers la lumière rougeâtre jusqu'à ce qu'elle entre en collision avec la structure défaillante. Nous entendîmes tous un horrible grincement avant que la majestueuse pointe ne commence à pencher dangereusement.

Comprenant ce qui allait se passer, Torhold jeta un dernier regard mauvais à Cassandre et se volatilisa dans un souffle. La jeune femme chercha autour d'elle, mais l'homme avait disparu, emportant avec lui sa magie et son flux, ce qui permit à tout le monde de retrouver une certaine liberté de mouvement, y compris moi.

— Tout va s'effondrer ! cria Eleanor. Sortez vite !

Les Enchanteurs se transférèrent un à un alors que Cassandre me rejoignait pour m'aider à me relever. Une vive douleur dans mon dos m'empêcha de me redresser. Toutefois, je n'eus pas le temps d'en faire part à la demoiselle qui nous fit disparaître dans un tourbillon de couleurs alors que la pointe de Notre-Dame tombait dans un fracas assourdissant.

Quand nous réapparûmes sur le sol pavé de la capitale française, nous étions sains et saufs et en vie. Les passants étaient tous tournés vers l'impressionnant incendie qui dévastait la cathédrale et personne ne sembla remarquer que treize nouveaux venus étaient apparus non loin d'eux.

Incapable de rester debout plus longtemps, je m'allongeai à même les dalles et laissai un rire libérateur m'imprégner. J'étais vivant ! J'avais survécu à Torhold une nouvelle fois.

Chapitre 22

Quelque part non loin de moi, j'entendais les membres du conseil des Sages tenir un conciliabule alors que les cris de passion des touristes qui regardaient le monument partir en fumée brouillaient un peu mes sens. Une certaine fatigue engourdissait mes bras et mon esprit. Toutefois, à l'entente de mon prénom, je fis l'effort de me concentrer.

— … Arthur nous a fait signe de sortir tout le monde et nous avons évacué la zone pendant qu'il entamait l'affrontement.

— C'était complètement irresponsable ! s'énerva Eleanor à l'encontre de Cassandre et Percy. Laisser ce garçon aller au combat face au plus puissant Sorcier de notre génération ! C'est un miracle qu'il ne l'ait pas tué ! Pourquoi Merlin ne l'a-t-il pas accompagné ? Il est son Initié, il doit le protéger ! Il s'y est engagé !

— Premièrement, rétorqua Percy, il n'y a eu aucune réelle cérémonie d'Initiation. Maître Merlin n'a exprimé aucun vœu de façon officielle. Enfin, deuxièmement, continua-t-il d'une voix plus faible sous le regard courroucé de la présidente, il est possible qu'il y ait eu une dispute entre eux un peu avant le début des événements.

— Ce n'est pas une réponse acceptable ! le coupa Viktor sur un ton brut. Nous parlons de l'avenir de la communauté ! De l'avenir du monde !

— Il me semble que si vous êtes ici, c'est qu'il s'est préoccupé de notre salut à tous ! répondit violemment Cassandre.

Je pris une profonde inspiration et me relevai avec lenteur. La jeune femme avait raison : Merlin n'était pas venu, mais il ne nous avait pas abandonnés. Voyant que j'étais enfin debout, le groupe s'éloigna doucement du champ de bataille. Je remarquai qu'il manquait deux hommes dont j'ignorais le prénom et Amel, la nouvelle membre du conseil qui venait d'être transférée vers une équipe médicale pour des soins d'urgence. J'essayai de ne pas trop penser aux sorts de ces personnes et me concentrai sur mes pas et les sirènes des nombreux camions de pompiers qui hurlaient sur notre chemin.

— Comment avez-vous su où nous étions ? demandai-je à la présidente d'une voix légèrement rauque.

— Un message de Merlin, répondit-elle en me tendant un morceau de papier froissé qu'elle avait sorti de la poche de sa veste en daim bleu marine.

Sur la feuille, je reconnus immédiatement l'écriture penchée de mon Maître. Court et sec, il avait des allures de commandement impérial : *Rendez-vous à Notre-Dame de Paris – Combat avec Torhold imminent – Aucun défaillant autorisé !*

— Nous avons reçu ce texte quelques secondes avant de retrouver nos pouvoirs, expliqua Gabriel à l'attention de la jeune femme rousse. Pendant un moment, j'ai cru à une blague, pensant que Merlin avait perdu l'esprit en voulant nous envoyer à l'abattoir de cette manière. Et puis, tandis que j'essayais de me persuader qu'il ne fallait pas en tenir compte, j'ai senti une force s'insinuer en moi. Pour la première fois en quarante-et-un ans, j'ai eu les doigts engourdis par mon *eyd*, j'ai accueilli la magie dans mes paumes et tout mon corps s'est mis à trembler. Presque aussitôt, j'ai couru jusqu'à la salle du conseil où nous nous sommes tous rejoints. Le message que nous avions tous reçu prenait tout son sens. Alors nous avons lancé un sortilège de transfert. En arrivant ici, il était capital d'éviter que les humains se méfient de quoi que ce soit. C'est pourquoi nous avons lancé l'enchantement de *distorsion perceptive*. J'ignore ce qu'ils ont vu, mais, logiquement, ils n'ont pas repéré le combat.

— Je n'aurais pas pensé que Torhold puisse nous maintenir tous en échec pendant si longtemps, se lamenta Eleanor, abattue. En envoyant le conseil au complet, je pensais que nous aurions une chance de terminer cette affaire rapidement. Merlin avait compris que le combat ne serait pas équitable, c'est la raison pour laquelle il voulait que nous soyons tous présents. Et même ainsi, nous avons échoué. Nous n'avons pu que le mettre en fuite au prix de la vie de deux de nos compagnons.

— Respectons une minute de silence pour Simon et Robin, ordonna Priscia dont la joue gauche avait subi une vilaine entaille.

Le groupe s'arrêta sur les berges de la Seine, immobile et respectueux, penchant la tête en signe de tristesse. Pourtant, sur la plupart des visages que j'observai, je ne voyais que de l'impatience et de la colère. Cette minute était censée permettre aux gens de se recueillir et d'entamer le deuil réel qui suivait la perte d'êtres chers. J'étais persuadé qu'aucun d'entre eux ne pensait à ces deux hommes. Ils avaient péri en combattant Torhold et leur disparition n'affectait véritablement aucun des membres du conseil.

Cassandre fermait les yeux, pleurant silencieusement, et c'était la seule qui semblait montrer ses véritables sentiments. Des larmes tombèrent sur les pavés gris, se mêlant aux cendres qui volaient encore jusqu'à nous depuis le toit de la cathédrale. Sa peine me transperça le cœur et j'aurais voulu la prendre dans mes bras pour lui dire que nous allions bientôt retrouver Merlin et venger ces deux personnes que je ne connaissais pas. J'aurais également voulu marcher sur les doigts de tous ceux qui étaient incapables de ressentir la moindre tristesse. La seule chose qui comptait à leurs yeux, c'était la fuite de Torhold.

Alors, sans vraiment m'en rendre compte, je levai les yeux vers l'église en feu qui dominait le paysage derrière nous et prononçai le nom de ces deux Enchanteurs disparus au combat dans un murmure. Au moins, ils auraient un dernier hommage.

Nous allions reprendre notre chemin vagabond sans but quand une bourrasque souffla entre les arbres chétifs. Je me retournai le premier et vis apparaître une jeune femme aux cheveux blonds attachés en une queue-de-cheval haute. Je la reconnus aussitôt puisqu'il s'agissait de Rose, la fille de Merlin. Elle ne portait plus la robe en dentelle qu'elle avait arborée pendant si longtemps et s'était habillée d'un pantalon en jean et d'un chemisier noir à manches courtes. Elle avait drapé ses épaules d'un blouson en cuir beige ouvert qui laissait entrevoir autour de son cou une pierre bleue sertie d'une rune. Ses yeux trahissaient un mélange de colère et d'impuissance et, lorsqu'elle nous détailla tous, je sentis une vague de fureur parcourir chacun des membres de la troupe. Finalement, ses iris s'arrêtèrent sur moi et elle s'avança d'un pas.

— C'est toi, Arthur ?

Son ton était froid, cassant et distant. Elle avait le physique d'une jeune fille de seize ans, mais la maturité qu'imposait sa voix paraissait dater d'une centaine d'années. Je hochai la tête sans rien dire, incapable de prononcer le moindre mot. Les autres Enchanteurs, eux, s'extasiaient de voir Rose devant eux et voulaient tous savoir comment son retour parmi les vivants avait été rendu possible. Elle les coupa d'un simple geste de la main.

— J'ai un cadeau pour toi.

— De la part de qui ?

— Mon père.

Elle me tendit un grimoire que je reconnus aussitôt puisqu'il s'agissait d'un des livres dans lesquels Merlin avait écrit une partie de sa vie. Cependant, celui-ci n'était pas usé par le temps ou l'utilisation et il respirait toujours le parfum du papier neuf.

— Pourquoi Merlin n'est-il pas avec toi ? s'inquiéta Eleanor.

— Parce qu'il est mort, comprit Cassandre avant que Rose ait eu le temps de répondre.

Je levai les yeux du grimoire aussitôt, incapable de comprendre les paroles que la demoiselle venait de prononcer. Maître Merlin ne pouvait pas mourir ! Le sortilège qu'il devait lancer était dangereux, mais il lui suffisait de se servir de l'énergie tellurique pour l'incanter sans y risquer sa vie. Il était suffisamment intelligent pour avoir réussi à maîtriser cette forme de magie en quelques heures, j'en étais persuadé.

Mon univers s'effondra instantanément lorsque Rose bougea le menton de haut en bas, tentant courageusement de refouler ses larmes. Cassandre s'effondra par terre dans un cri et laissa libre cours à son horreur. Elle avait deviné juste, et pourtant, elle ne voulait pas voir la vérité en face. Une vérité ignoble et inconcevable. Merlin avait survécu à Torhold, à des créatures mille fois plus dangereuses que le dragon que nous avions affronté ensemble. Il avait participé à des centaines d'aventures périlleuses sans jamais en revenir avec la moindre égratignure et un simple sort l'aurait tué ? Je refusai d'y croire également. Ce n'était pas possible !

Percy, lui, semblait s'être fait une raison et serrait son propre grimoire contre sa poitrine. Ses yeux s'embuèrent et il ferma les paupières pour ne plus voir ce monde ingrat qui venait de lui prendre son idole. Qu'allais-je devenir sans Merlin ? Que deviendrai-je sans ses conseils pour me guider ? Sa puissance et sa bienveillance étaient des moteurs pour moi, même si nous n'étions pas toujours d'accord. De curieux sentiments se mêlaient dans mon cœur au fur et à mesure qu'un réel chagrin gagnait tous les Sages. Cette fois-ci, ils paraissaient véritablement abattus et aucun d'entre eux ne trouva de mot à dire.

— Ce n'est pas tout, ajouta Rose gauchement en perdant ses allures sévères. Juste avant de me réveiller, j'ai été touchée par une vision. Torhold va partir pour l'Égypte. Pour la pyramide de Nitocris.

Un souffle d'effroi parcourut tout le monde à part Cassandre, en larmes sur le sol froid, et moi qui ne connaissais absolument pas le nom de cette pyramide. Au-delà de Khéops, mes connaissances de cette zone du monde étaient bien pauvres.

— Qu'est-ce qu'il y a dans la pyramide de Nito… chose ? demandai-je dans un souffle à Percy.

— Une relique qui permettrait à n'importe lequel d'entre nous de devenir invincible. Des objets cachés capables de créer les pires sortilèges qui existent et, surtout, un moyen de nous tuer tous, sans exception.

Le regard de mes compagnons se chargea d'inquiétude alors que la Magicienne rousse se releva difficilement et essaya de cacher ses larmes de son mieux. Elle reprit une relative consistance et posa une main tremblante sur l'épaule de Rose qui la fixa durement.

— Dis-nous ce que nous devons faire pour l'arrêter.

à suivre…

dans Enchantements 2 - La Magicienne

Dictionnaire runique

Rye : Le chemin de la délivrance

Eyd : Le flux magique

Tye : Le pouvoir runique

ᚲ Aidu : Le feu, la chaleur

ᚠ Fehu : Le pouvoir psychique, la force mentale

ᚢ Uruz : L'eau, le torrent

ᚦ Thauris : Déverrouiller, relâcher

ᚨ Ansur : Hypnotiser, bloquer

ᚱ Raidho : Le voyage, le vent

Gebo : L'union, le sexe

Winja : Le bien-être, l'être

Haglaz : La protection, le bouclier

Naudhiz : La force, aiguiser

Isa : La foudre, la colère, l'électricité

Jera : La lumière, le soleil

Eiwhaz : Le temps

Perthro : La divination, la vision

Elhaz : La chance, la fortune

Sowelu : La force magique, renforcement du *eyd*

Tiwaz : L'arme, la blessure

Berkano : Verrouiller, refermer, guérir

Ehwaz : La rapidité

Mannaz : La concentration, la relaxation

Laguz : La croissance, la création

Ingwaz : La fertilité

Dagaz : L'équilibre

Othala : L'apaisement, le souffle

Kenaz : La puissance, le corps

Wyrd : Le lien, la destinée

Remerciements

Il est de ces rêves que l'on ne croit pas pouvoir réaliser et, un jour, le bonheur vous tend les bras et le travail fini par payer. Je tiens enfin mon livre entre mes mains, mais ce fut un long parcours semé d'embûches, de découragement et de remises en question. Je n'aurais pas pu traverser ces terrifiants obstacles sans une aide sincère et dévouée de la part de quelques personnes merveilleuses :

— Isabelle, mon analyste, mon adorable bêta-lectrice acharnée qui a fouillé, retourné, décortiqué cette histoire de A à Z, pointant du doigt ses défauts, ses faiblesses, mais aussi ses forces et ses justesses. Sans son œil aguerri et sa patience, je n'aurais jamais pu écrire ce premier tome. Merci à toi du plus profond de mon cœur.

— Terry B. et Gwen, mes deux soutiens indéfectibles qui ont lu en avance cette histoire et qui m'ont poussé à en faire quelque chose, à ne pas la laisser traîner dans un tiroir. Merci les filles, je vous en dois une !

— Camille, la plus précieuse des collègues dont la pertinence et l'avis sont deux précieux trésors que je chéris énormément. Reviens en Bretagne ! L'Alsace c'est bien, mais la Bretagne c'est mieux !

— Vanessa, la seule et l'unique chouette qui vole au-dessus de ma tête et dont le soutien, les conseils et la gentillesse dépassent mes espoirs les plus fous.

— Auguste et Louise, mes deux amours en qui je trouve une source d'inspiration infinie et à qui ce livre est dédié.

— Mes parents, pour leurs encouragements éternels qui m'ont donné la force de poursuivre mes rêves.

— Et enfin, Ophélie et Guillaume, mes éditeurs, qui ont eu la gentillesse de me faire confiance, de me lire d'un bout à l'autre et de croire en cette histoire qui ne fait que commencer. Merci pour cet honneur !

À bientôt pour la suite de nos aventures !

COLLECTIONS INCEPTIO

Imaginaire

Elyna EC
LES ARCANES D'HEMERA

Juliette Pierce
EVERLASTING

Lysiah Maro
HORIZONS
GRECKA

Geoffrey Marchand
LA DÉRÉLICTION DE LA CHAUSSETTE TROUÉE

José Carli
SOLINE ET LE MONDE DES RÊVES ABANDONNÉS
ALBERTINE

Vincent Dionisio
MENEL ARA

Julia Weber
A WALK ON THE WHITE SIDE
UNE JEUNE FEMME AU PARADIS

Maxime Herbaut
AGRAVELLE OU L'ENVERS DU TEMPS

EJ Swan
SURNATURELS

Lily Davinni
LA DERNIÈRE SORCIÈRE AUX YEUX D'OR

Camille Salomon
SYMBIOSE

Victor-Emmanuel Brett
UTOPIA
DYSTOPIA

Hana Claistel
EDEN ISLAND

Elie Soheen
À LA CROISÉE DES RÊVES

Guy-Roger Duvert
OUTSPHERE
LES RÔDEURS DE L'EMPIRE

Lina Déranor
LES CHRONIQUES OUBLIÉES D'HYPERION

Jérôme Patalano
DE L'AUTRE CÔTÉ DES ÉTOILES

Jean-Marc Reboul
KRATERA

Paula Alexander & Hedgye Canyon
ROYAL

Eva de Kerlan
EMILYN CARLISLE

Hélène Besse
LES ÉMISSAIRES DU LIEN

Thrillers & Suspense

Gaïdig
FUGITIVE

Liam Fost
CRY FOR HELP
SANS ELLES

Luca Tahtieazym
LA MANTE NUE
LA FORÊT
LES LARMES ÉCARLATES

Jean Dardi
LE VOLEUR D'ÂMES
L'OGRE
J'AI TUÉ MAMAN
GIO

Vincent Dionisio
REQUIEM POUR UNE CITROUILLE

www.inceptioeditions.com

Achevé d'imprimer en novembre 2022 par Corlet Imprimeur — 14110 Condé-en-Normandie
Dépôt légal : décembre 2022 — N° d'imprimeur : 22110325 — *Imprimé en France*